T0037718

Un atardecer de otoño contigo

ANDREA HERRERA

Un atardecer de otoño contigo

Grijalbo

Papel certificado por el Forest Stewardship Council®

MIXTO
Papel | Apoyando la
silvicultura responsable
FSC® C117695

Penguin
Random House
Grupo Editorial

Primera edición: noviembre de 2023

© 2023, Andrea Herrera
Representada por Patricia Fidalgo y Ricardo Herrera
© 2023, Penguin Random House Grupo Editorial, S. A. U.
Travessera de Gràcia, 47-49. 08021 Barcelona

Penguin Random House Grupo Editorial apoya la protección del *copyright*.
El *copyright* estimula la creatividad, defiende la diversidad en el ámbito de las ideas y el conocimiento,
promueve la libre expresión y favorece una cultura viva. Gracias por comprar una edición autorizada
de este libro y por respetar las leyes del *copyright* al no reproducir, escanear ni distribuir ninguna
parte de esta obra por ningún medio sin permiso. Al hacerlo está respaldando a los autores
y permitiendo que PRHGE continúe publicando libros para todos los lectores.
Diríjase a CEDRO (Centro Español de Derechos Reprográficos, http://www.cedro.org)
si necesita fotocopiar o escanear algún fragmento de esta obra.

Printed in Spain – Impreso en España

ISBN: 978-84-253-6577-5
Depósito legal: B-15.750-2023

Compuesto en Fotoletra, S. A.

Impreso en Liberdúplex
Sant Llorenç d'Hortons (Barcelona)

GR 6 5 7 7 5

Para mi valiente hermano.
Te quiero infinito

Uno no existe si no sabe vivir.
El amor siempre es la clave

1

CATA

No soy influencer, soy escritora

Empujo la puerta de acceso a la editorial. Aunque todas las reuniones suelen ser online, Emma ha querido que, aprovechando que tengo que ir a un evento, me pasara a hablar con ella y con su jefa.

Emma es mi editora desde hace dos años y medio, y por casualidades de la vida nuestra estrecha relación de trabajo ha terminado convirtiéndose en una gran amistad. No solo se encarga de guiarme y de asegurarse de que entregue los manuscritos dentro de los plazos, ayudándome cuando tengo un bloqueo mental —que según ella es muy propio de los escritores—, sino que también es mi amiga y confidente. Pero eso no quita que en algún momento tenga que ponerse seria si no hay más remedio. Y últimamente siempre estamos en esa situación extrema en la que le toca ponerme los puntos sobre las íes.

Ayer, sin ir más lejos, se dio una de esas escenas.

—Cata, necesito que mañana te pases por la editorial antes del evento. María quiere hablar contigo.

Su llamada me pilló por sorpresa.

—¿Qué evento? ¿Y por qué María quiere verme? Emma, sabes que odio que no me avises con tiempo.

—Cata, no es nada improvisado. Mañana es la presentación del nuevo libro de Raquel. Te lo dije hace más de una semana.

—Se me había olvidado por completo —me lamenté al recordarlo.

Raquel es una compañera de sello con la que me llevo bastante bien. Hemos coincidido en varias firmas y siempre me ha ayudado y apoyado, ya que tiene más experiencia. Lleva nueve libros publicados, diez si contamos el que presenta mañana. Había estado tan bloqueada y distraída con mis problemas que no me había acordado…

—¿Puedes decir que estoy mala? —Intenté que me excusara para no ir.

—Imposible. Confirmamos que presentarías a Raquel, y ya te he dicho que María quiere verte. Está preocupada por ti y por cómo va la nueva novela. Apenas has presentado nada, solo los personajes y poco más. Quiere que hables con ella. Creo que podemos ayudarte, tenemos algo organizado que estamos seguras de que te gustará.

No la dejé continuar. No estaba dispuesta a que me liara para nada más.

—Emma, tengo más que los personajes. Tú puedes transmitírselo todo. Te pasé el boceto inicial.

—Tienes que venir igualmente. No pasa nada si te tomas

un café con nosotras —suspiraba mi amiga y editora al otro lado del teléfono.

—Podemos hacer videollamada, si tanto queréis verme. Tengo planes. —Torcí el gesto mientras caminaba angustiada por el salón de casa.

—Cata… Tengo sincronizada tu agenda en mi móvil y tienes todo el día ocupado: la reunión en la editorial, la comida con Raquel y su presentación. No es culpa mía si no la consultas más a menudo, cielo. ¿Qué pensabas hacer? ¿Tu clase de yoga habitual? ¿No decías que no querías nada con Mario?

Puse los ojos en blanco.

Durante toda mi vida siempre he practicado deporte. Antes iba al gimnasio, pero conforme mi vida fue cambiando preferí buscar rutinas para hacer en casa. Me recomendaron las clases de Mario, y desde entonces es mi entrenador personal. Viene tres veces por semana y, como diría mi amiga, está cañón, pero a mí no me interesa. Es cierto que a medida que nos fuimos conociendo y cogiendo confianza llegamos a tener un lío de una noche… Bueno, en realidad fueron tres noches, pero no pasó de ahí, y ahora solo somos buenos amigos. Pero eso Emma no lo entiende, y de vez en cuando me suelta alguna indirecta sobre él que esquivo como puedo, y así lo hice.

—No quiero nada con él, Emma —le dije—. No se trata de eso. Anoche lo consulté con la almohada y creo que ya tengo todo lo que me hace falta para estructurar la historia. Las ideas están claras, pero sabes que necesito tiempo.

—¿Ideas claras? El otro día me dijiste que estabas muy

bloqueada, y a juzgar por lo que me has enviado, estoy de acuerdo. Venga, sabes que te vendrá bien salir de tu cueva durante unas horas. Quizá incluso consigas al «muso» que necesitas. —Cuando oía esa risa suya cargada de intenciones ocultas, me alteraba.

Emma me conoce muy bien y sabe que mis palabras no son solo un nuevo pretexto para alargar el tiempo de entrega, sino para evitar salir de lo que ella llama mi «cueva». Es consciente de que me cuesta un mundo salir de casa y no deja de proponerme planes para que me despeje, aunque sabe que casi todas sus tentativas caen en saco roto. Pero a ella le vale con esas pequeñas concesiones que hago de vez en cuando para no rendirse.

—Creo que he demostrado con creces que no necesito a nadie para escribir la historia. Y ya lo tengo todo planificado.

—Bueno, pues si tienes algo más, pásamelo y le echo un vistazo, como siempre. Así podemos empezar a trabajar, ¿no?

—Eh… —La verdad es que ni siquiera tenía claro si mi próxima novela acabaría siendo una comedia romántica o una tragedia en la que el protagonista moriría entre horribles sufrimientos—. Lo tengo todo en la cabeza. Además, no voy a dejar a Lita sola.

Lita es mi gata. Es el animal más independiente del mundo, así que dudo que me echara de menos, pero tengo que aferrarme a lo que sea.

—¿Lita? Si sabe cuidarse muy bien y solo serán unas horas… —La voz de mi editora cada vez sonaba más cansada y sabía que estaba a punto de zanjar el asunto—. No te puedes negar, Cata. Y no le puedes fallar a Raquel. Tú no eres así.

Estocada magistral. En eso tenía razón. La emoción que se vive el día que se publica una novela rodeada de tus colegas, amigos y familia no tiene precio, da igual que sea el primer libro o el décimo.

—Está bien… —claudiqué.

—Sabía que podía contar contigo. Eres genial. Mañana nos vemos, Cata. Un beso.

Así acabó la llamada. Como consecuencia, he pasado una noche horrible ante la mera idea de tener que salir del refugio en el que se ha convertido mi casa. Sin embargo, desde el primer minuto supe que no me podía negar por mucho que lo intentara. Así que aquí estoy. En una realidad que no me gusta nada.

Camino erguida hasta llegar a la recepción. Esbozo una ligera sonrisa para saludar al hombre mayor que se sienta detrás del mostrador. Tiene cara de llevar un mal día y apenas son las diez y media de la mañana. Sus ojos me observan tras sus gafas metálicas, pero no dejo que me intimide.

—Buenos días. —Mi sonrisa se agranda esperando una respuesta que no llega.

—¿En qué puedo ayudarla? —suelta con una voz gruesa y muy directa, sin devolverme el saludo.

—Soy Catarina Blanco. He quedado con Emma García y María López, de la octava planta —le informo extrañada de que no me haya reconocido, aunque aliviada por ello.

Soy un personaje público desde que era una cría, y me conoce mucha gente. Menos este hombre, claro está. Por ejemplo, esta mañana, cuando buscaba un taxi, una chica me ha reconocido y, emocionada, ha sacado un boli y me ha pedido que le escribiera de mi puño y letra mi nombre en la carcasa del teléfono y me ha pedido una foto, y la taxista que me ha traído a la editorial me ha pedido que le dedicara unas palabras a su hija mientras me grababa con el móvil. No ha pasado de ahí porque el recorrido lo he hecho dentro del coche, pero en la calle me agobio tanto que no suelo salir sin mi chaqueta con capucha o una gorra y mis enormes gafas de sol.

Con catorce años, la adolescencia me llevó, como a muchas chicas, a crearme una cuenta en Musically e Instagram y a creerme que era famosa. Empecé a subir muchos vídeos diarios mostrando lo que me gustaba, representando diálogos de películas, leyendo, recomendando libros, bailando y alguno de ellos haciendo el tonto. Fue un crecimiento muy lento y, al no obtener el resultado inmediato que buscaba, me aburrí y dejé de subir contenido diario. Cuando lo hacía, intentaba que los vídeos estuvieran más currados: me maquillaba siguiendo las últimas tendencias, cuidaba muchísimo los espacios y la ropa que vestía, los editaba con mucho mimo y les añadía transiciones superchulas. Nada funcionaba. Aquello fue desesperante, porque, cuanto más los trabajaba, menos visualizaciones conseguía. Un día, ya con diecisiete años, subí un vídeo simple y muy natural, sin apenas maquillaje, en chándal y sin darle mucha importancia al fondo de mi habitación. Era una tendencia de apenas seis segundos en la que lo único que hice fue sonreír a la cámara con una canción muy antigua, y ese fue mi momento de gloria. El vídeo gustó muchísimo y en pocas horas acumuló millones de reproducciones, miles de likes, comentarios, y el número de seguidores de mi cuenta se disparó haciendo que mi sueño se convirtiera en realidad. A partir de ese momento, todos los vídeos que subía, incluso los antiguos, tenían cientos de reproducciones. En muy pocos días llegué a trescientos mil seguidores entre mi cuenta de Instagram y TikTok. Muchas marcas me empezaron a proponer colaboraciones, y al principio todo fueron alegrías.

Sin embargo, ese sueño idílico pronto se convirtió en una pesadilla. Con el paso del tiempo empecé a sentirme agobiada, superada y la mayoría de las veces decepcionada. Noté un amor falso en muchas personas, y con los chicos fue aún peor. Todos querían liarse y retratarse con la chica que semanas atrás era prácticamente invisible. Al final, mis relaciones pasaron a ser escasas, desconfiadas y, cuando se daban, eran bastante penosas.

Con diecinueve años, justo cuando empezaba el segundo año del grado de Marketing y Publicidad, esa editorial contactó conmigo y me ofreció publicar un libro. Mucho del contenido que compartía en mis redes eran textos propios, fragmentos de un libro que escribí en silencio durante años. Llegó mi momento dulce y publiqué una bilogía llamada Eternos, una historia de romance juvenil que tuvo mucha repercusión, sobre todo cuando colgué un vídeo con los libros y un buen baileteo que se hizo viral. Eso sí que fue el gran *boom*. Salí hasta en los telediarios. A partir de ese momento, firmé varios proyectos con la editorial.

Con veinte años, junto a Emma, publiqué mi tercer libro, *Más allá de las estrellas*, y fui superventas en el género de la novela romántica juvenil. Vendí miles de ejemplares y las firmas por todo el país fueron maratonianas y agotadoras. Sin embargo, el hecho de que fuera famosa como influencer provocó que mucha gente pensara que no tenía talento para escribir y que el mérito no era mío. Con la publicación de ese último libro, regresaron las críticas y volvieron a poner en tela de juicio mi valía.

«Da igual que hablen bien o mal, mientras hablen. Tú sabes que eres la autora. ¿Qué más da lo que digan? —me decía Emma—. Lo importante es que esto está siendo un éxito».

Me hice una coraza y opté por no ver ni contestar mensajes. Tengo que reconocer que Emma es la amiga incondicional que me ayuda a controlar mis emociones. Los bajones me acompañan en el día a día, y ella, junto con mis padres, mi hermana, mi abuela y Lita, me ayudan cada vez que algo amenaza con hundirme. Sin embargo, no conseguí evadirme del todo de ese acoso continuo por las redes. Sé que todos los influencers, absolutamente todos, pasan por lo mismo que yo, pues muchísima gente utiliza el anonimato y la distancia que estas plataformas les ofrecen para atacar a los demás y así creerse superiores a ellos a costa de desacreditarlos tanto en público como en privado. Muchos de mis compañeros lo aguantan, otros van a terapia para que los ayuden a sobrellevarlo, pero yo no puedo. Siento que todo lo que dicen es cierto, que no valgo para esto y que soy un fraude. Llegué hasta el punto de tener miedo real a que todos esos insultos y amenazas traspasasen la pantalla del móvil. No sucedió, pero al final hubo un momento en el que me vi superada y dejé de salir de casa. Mi piso se convirtió entonces en mi lugar seguro. Seguí mis estudios online, sumergida por completo en el siguiente proyecto literario. Pasó el tiempo sin que la gente supiera mucho de mí, pero llegaron los veintiún años y con ellos el cuarto libro, *Si me llevas al cielo, te bajo la luna*, un romance con buenas vibras muy de esta era, un *slow burn* con mucho salseo y final feliz, porque a las lectoras eso les encanta. Ya no les gustan las princesas tontas que esperan a un príncipe azul o las relaciones tóxicas con un chico manipulador, sino las historias de mujeres empoderadas y emprendedoras que, contra viento y marea, consiguen sus objetivos y al amor de su vida.

Con ese libro fui número uno no solo en España, sino también en Latinoamérica. Me posicioné como la escritora más joven en vender un millón de ejemplares en solo dos años con mis cuatro libros. Esto hizo que mis redes sociales volvieran a crecer y me convertí en un personaje bastante público. Yo, que cada vez valoraba más la soledad. Tuve que salir de mi zona segura, para gran alivio de mis padres y amigos, que ya no sabían qué hacer para sacarme de ese agujero negro en el que me había hundido, pero en muchas ocasiones me sentí superada. Rechacé ofertas de trabajo como modelo o de publicidad, e incluso en algunos momentos me negué a asistir a firmas y presentaciones. Aunque salgo, lo hago muy poco, y siempre con las mismas amistades, que, por otra parte, también son escasas.

Rodeada de todo esto cumplí los veintidós años y me gradué en Marketing y Publicidad. En ese momento decidí desaparecer prácticamente de las redes sociales y compartía muy poco contenido. Todo el cúmulo de éxitos se transformó en un síndrome de la impostora que llevo arrastrando desde hace meses. Y cuanto más me exigen que dé adelantos de la novela, menos avanzo. Es una batalla en la que tengo todas las de perder. Ahora, con el nuevo proyecto, he vuelto a recluirme, y esta es la primera vez que salgo en semanas para algo que no sea ir a casa de mis padres.

Pero ha llegado la hora de dar la cara y admitir que no tengo ideas, que estoy inmersa en un bloqueo y que no sé qué hacer. Debo reconocer a Emma y a María que necesito inspiración. Eso es lo que llevo planificando toda la noche. A ver cómo me sale. Espero que la sinceridad me sirva de algo.

La voz del hombre me saca de mis pensamientos.

—Un segundo, por favor —responde con imperturbable seriedad y sin mirarme, con los ojos recorriendo la pantalla por encima de las gafas apoyadas en la punta de la nariz.

Le obsequio con una sonrisa fingida, aunque no me ve. No me aclara lo que está haciendo, así que dejo el bolso en el mostrador con aparente calma, intentando no ponerme más nerviosa de lo que ya estoy, y me dispongo a esperar.

Cuando salgo, estoy a la defensiva, todo me crispa. En este tipo de situaciones agradezco las clases de Mario y sus trucos para relajarme. Me centro en respirar, inhalando y exhalando a conciencia, limpiando mi mente de cualquier pensamiento negativo que me lleve a bufar sin razón al hombre que tengo delante. Mi paciencia es muy corta y la meditación ha logrado que controle mis arranques de histeria. Soy un poco radical en mis estados de ánimo, paso de la alegría al enfado en cuestión de segundos. Sé lo que estás pensando: «Esta es una loca del yoga, el reiki y la meditación». Sí, sí soy.

Sin embargo, a pesar de todas las respiraciones, de poner la mente en blanco y de otras mil técnicas, no puedo evitar tamborilear con los dedos sobre la superficie de madera del mostrador, reflejando mi impaciencia. Cuando soy consciente de lo que estoy haciendo, me doy la vuelta y me distraigo mirando la pantalla que anuncia las últimas novedades relacionadas con la empresa, como algún acuerdo comercial o los últimos libros que han publicado.

Cuando mi cara aparece junto a las nuevas ediciones de mis cuatro libros en formato bolsillo, me vuelvo de nuevo hacia el hombre, que en ese momento me dice:

—Puede pasar. Que tenga una buena mañana.

Suspiro a modo de respuesta, cojo el bolso, le doy las gracias y continúo mi camino. Mientras subo en el ascensor hasta la octava planta, intento calmar los nervios. Pienso en qué voy a decir, cómo voy a defender un proyecto del que aún no sé nada. Las puertas se abren y doy un paso hacia fuera, pero un mal presentimiento se apodera de mí.

Tengo la sensación de que no va a salir nada bueno de aquí.

2

LEO

Un librero soñador

Una semana antes

—Podríais haber avisado con antelación, estamos a pocos días del evento. Venga, muchas gracias. —Cuelgo el teléfono y resoplo enfadado—. Otra más que cancela. Esto es un desastre. —Hablo en voz alta mientras tacho de la lista la antepenúltima editorial que me quedaba por llamar. Me daré un respiro antes de seguir. Lo único que recibo son negativas.

Camino hacia la puerta de entrada de la tienda y cojo una de las cajas que trajo el repartidor esta mañana. Me acerco al mostrador principal, busco la libreta de pedidos y reviso con detalle la hoja que me mandaron para comprobar si concuerdan. Saco los libros y los coloco haciendo una torre, dejando a la vista del público los coloridos lomos.

Me gusta tener el escaparate actualizado con las últimas novedades. Es la primera impresión que se lleva el cliente al entrar a la librería. Cuanto más color haya, más llamará la atención, sobre todo de los turistas. Así que trato de combinar los libros de diferentes formas y los alineo cuidadosamente formando una degradación con las portadas. Tengo que darme prisa si quiero tenerlo todo a punto para hacer las mayores ventas del día cuando lleguen al pueblo los buses con los abuelos del Imserso. Quizá no sea el mejor vendedor, pero de la zona, sin duda, soy el más carismático. Si alguien entra en la librería, no puede salir con las manos vacías. Los turistas siempre pican y, si no se llevan una novela, por lo menos salen con un boli o con un punto de libro. Cualquier cosa que justifique que vinieron al sitio más pintoresco y alegre de toda España.

—¿Alguien confirmó? —Oigo la voz angustiada de mi tía Pili acompañada del sonido de las campanas de metal de la puerta, que anuncian su entrada.

Me conoce bien y sabe que, por mi gesto de desilusión, no ha habido suerte.

—¿Te queda alguna por llamar? —insiste con preocupación.

—Solo dos.

Termino de colocar el último ejemplar de la caja en el escaparate. Me acerco a ella, le doy dos besos y me abraza con el cariño que nos caracteriza. Debido a la poca diferencia de edad, siempre hemos sido muy cómplices. Apenas nos llevamos doce años. Ella es la única hermana que tuvo mi padre, y se encarga de la peluquería del pueblo, situada al lado de la librería. Tiene poco trabajo, así que se pasa la mayor parte del tiempo ayudándome con mi negocio. Siempre busca estar ocupada, y normalmente son sus hijos los que cumplen esa función, pero mientras están en el cole esto le viene bien. Mi tía enviudó hace tres años, embarazada de Ágata. Su marido sufrió un terrible accidente de coche y murió en el acto. Fue un golpe duro y aún no lo ha superado, de ahí que haga lo posible por no pensar demasiado.

Suspiro mientras voy a por la siguiente caja, me agacho y me acerco con ella a la estantería de novela negra.

—Tía, mandé las invitaciones a las editoriales a principios de primavera. Todo este tiempo me han dado largas, pero tenía la esperanza de que este año podríamos celebrar el festival. Una me dice que es mala fecha; otra, que el evento dura demasiado; la otra, que lo sienten mucho, pero que no puede asistir ningún autor, que les parecía muy buena iniciativa y que intentarían apuntarse el año que viene… Y así todas, poniéndome excusas absurdas que podrían haberme dado hace meses y así no hubiese malgastado mi tiempo en organizarlo todo. —Cierro de golpe la libreta en la que estaba apuntando el pedido y tiro el bolígrafo encestándolo en el cubilete que está en la mesa. Me siento en la silla junto al mostrador con una mala hostia de cuidado—. Lo tenía todo preparado —digo frustrado.

—Podemos conseguirlo, Leo. Dame, yo llamaré a las dos que quedan.

—No hace falta. Ya sabes cuál será la respuesta.

—¿Y si resulta que alguna confirma?

—Aunque confirmen, no voy a celebrar un supuesto festival con uno o dos escritores, no tendría sentido. Para que fuera llamativo, deberían ser como mínimo ocho o diez.

—¿Y si las dos editoriales que quedan mandan cada una a tres o cuatro escritoras guapísimas? —Me saca la lengua sonriente.

—Venga, tía. No estoy de humor.

—Leo, déjame ayudarte. Vete a buscar café donde Rebe. Cuando regreses, tendré a varias escritoras muy emocionadas con el proyecto y deseando venir a esta aldea para escribir su próximo best seller.

—¡Qué ilusa eres! —Me vuelvo hacia el escritorio y le doy la lista con los números de las editoriales—. ¿Qué le decimos a Irene? Ha reservado el hotel sin pedirnos adelanto, con la buena intención de ayudarme con mi absurda iniciativa.

Con el Festival de las Letras pretendía darle más vida al pueblo, pero vaya fracaso. Está claro que el iluso soy yo, y ahora les tocará pringar a mis vecinos por mi culpa, por las ideas imposibles de un librero soñador.

—Algún día lo conseguirás, sobrino. —Mi tía me regala su mejor sonrisa mientras coge el teléfono para hacer las llamadas.

—Me haré cargo de los gastos de cancelación del hotel —le digo levantándome de la silla.

—¿Qué gastos ni qué gastos? No te preocupes, Irene tendrá clientes de todos modos.

—Pero reservé las doce cabañas para una semana. Ha tenido las fechas bloqueadas desde primavera.

—Da igual, Leo. Aunque no haya reservas, el hotel siempre se llena con la gente de paso.

—¿Tú crees?

—Claro que sí. —Mi tía se quita las gafas para ver de cerca el papel con los contactos de las editoriales—. Leo, estas fechas no ayudan mucho para lo que estabas organizando. Los críos están en el cole. Hay firmas de libros por toda la geografía y los escritores se ausentan de su casa dos días como mucho. Las editoriales no se iban a prestar fácilmente a llevar a sus autores durante una semana entera a un pueblo donde aún no llega ni la fibra óptica.

—La verdad es que tiene razón—. Pero tranquilo, buscaré a una escritora que no esté casada, ni tenga niños, ni animales a los que atender. ¿Conseguiré que alguna incauta caiga en la trampa? —Ríe mientras me guiña un ojo.

—¿Qué trampa, tía? Este sitio es maravilloso. Te aseguro que la persona que se atreva a venir no querrá irse.

—Sobrino, ese es tu deseo, no todo el mundo piensa como tú. Pero te aseguro que haré que venga la escritora más famosa y guapa del país. Eso como que me llamo Pili.

Pongo los ojos en blanco. «Esta mujer es demasiado optimista», pienso mientras le hago un gesto con la mano y salgo de la librería a buscar ese café. Me hace falta.

Desde niño tenía un sueño: hacer que la librería en la que trabajaron mis padres toda la vida, y que heredé hace dos años, se convirtiera en ese lugar especial al que todos quisieran volver. Es cierto que hay gente que regresa a la villa porque es un lugar mágico, pero yo quiero que sea más que eso. Quiero que este pueblo, los vecinos, la librería, todo, sea una inspiración real para crear una historia.

Vivo en una pequeña aldea medieval en las montañas de Asturias, en medio de verdes praderas y salpicada de tupidos bosques y estrechos riachuelos que recorren la comarca. Sus calles adoquinadas, sus casas antiquísimas hechas de piedra con tejados de pizarra y ventanas de madera adornadas con maceteros llenos de flores de temporada, hacen de este pueblo un lugar de cuento.

Mi idea era reunir a muchos escritores y que alguno se inspirara en esta aldea y ambientara una novela con ella como escenario. Que se sentaran en los tejados y plasmasen en sus páginas los maravillosos atardeceres que se esconden en las montañas. Y que el pueblo, de alguna manera, fuera reconocido y los lectores desearan visitar este rincón del mundo.

Sin embargo, el Festival de las Letras acabará siendo un año más el clásico club de lectura: sesiones de charlas entre los vecinos en las que analizamos las historias que proponemos cada mes sentados al calor de la chimenea de la librería y acompañados del café y las magdalenas de Rebeca.

La lectura siempre ha sido mi pasión. Crecí entre altas torres de libros. Cuando era un crío ya ayudaba a mis padres ordenando estanterías, quitando el polvo a libros o cargando pequeñas cajas. En esa época, la sección de cómics era mi favorita y me podía pasar horas entre los coleccionables, imaginando que era un superhéroe. Con el paso de los años empecé a interesarme más por la novela negra y el terror, y en ocasiones me topo con alguna romántica recomendada por mi madre, una fanática del género que me mantiene más al día de las novedades que las propias editoriales.

Con lo que nunca me he sentido cómodo es con los

clásicos, esa era la especialidad de mi padre. Falleció de un infarto fulminante cuando yo tenía doce años. Sin embargo, su recuerdo está más vivo que nunca en esta casona de paredes de piedra y columnas de madera envejecida con el paso de los años, cuyo centro es la chimenea y una antigua escalera con peldaños que crujen. Toda la estancia está rodeada por estanterías y la única decoración del local son los lomos de los libros y los pósters desgastados de las películas adaptadas de los años setenta, que colgó hasta su muerte.

La librería está en la planta baja. Mi madre acondicionó el primer piso cuando yo tenía quince años para que viviera allí al hacerme mayor, y eso hice antes de que ella se fuera a Galicia a cuidar del abuelo. Una vez que la reformó, me quedaba alguna noche puntual, pero cuando salí del instituto ya me trasladé oficialmente. Mi madre vive justo a la entrada del pueblo, a dos calles de la plaza; todo está cerca. Cuando ella fue a ocuparse de su padre, pude haber vuelto a la casa donde me crie, pero ya estaba acostumbrado a vivir aquí y no quise mudarme otra vez. Me gusta este sitio.

En el ático está mi refugio. Tiene el techo a dos aguas y una pequeña terraza. Es el único lugar de la casa donde llega la señal de internet, justa pero la necesaria para revisar el correo y poco más. Allí es donde conservo los libros de mi padre. Cada rincón de esta casa guarda su esencia. Su amor por la lectura.

Cuando murió, mi madre se hizo cargo del negocio. Durante mis años de instituto, la ayudaba en mis ratos libres, pero hace tres años el abuelo enfermó, y cuando el alzhéimer empezó a mostrarse en todo su esplendor, mi madre me pidió que me hiciera cargo de la librería mientras ella cuidaba de él. Intentó varias veces traerse al abuelo, pero en las condiciones en las que se encontraba y acostumbrado a vivir frente al mar, creímos que no era la mejor opción, así que, cuando fui lo bastante mayor como para cuidarme solo, y sabiendo que estaba bajo la supervisión de mi tía, mi madre decidió instalarse con él. Solo vienen algún fin de semana, para que el yayo no se agobie con el cambio.

Abro la puerta de la cafetería y saludo con una sonrisa a los vecinos que están sentados desayunando. Paso al lado del hombre más longevo y sabio del pueblo.

—David, ¿qué hay? —Pongo la mano en su hombro y se sobresalta, levanta la vista del periódico y me sonríe, como siempre.

—¡Leo, qué susto! No juegues con la salud de este pobre viejo. Cualquier día me dará un infarto.

—¡Venga ya! ¿Tú viejo? Dime dónde tengo que firmar para llegar a tus años con esa fuerza y vitalidad.

David es de esos hombres pacientes y sabios. Su especialidad es dar consejos. No tiene familia porque nunca se casó ni tuvo hijos, así que el hombre está solo. Todas las mañanas se sienta en la cafetería a desayunar un café y una tostada y a leer la prensa. A mediodía pasa por la librería y cada tres o cuatro días se compra un libro. Es mi mejor cliente. En el pueblo lo llamamos Abuelo Lector. Todos le hemos visto llorar alguna vez, aunque casi siempre sonríe a las páginas. Cuando era pequeño le pregunté qué le hacía tan feliz: «Con mis años, ya no puedo vivir muchas aventuras, pero a través de los libros no te imaginas lo que viajo, y hasta me he enamorado varias veces».

—Sabes que me queda poco, chico.

—Eso llevas diciendo desde que era un crío.

—Pues cada día está más cerca. —Vuelve a centrar la vista, pensativo, en las páginas del periódico.

Eso no se lo voy a discutir, porque el hombre no va a ser eterno. Le doy una palmada en el hombro y continúo hacia la barra dejándolo en su mundo.

—¿Qué te pongo, Leo? —me pregunta Rebeca mientras organiza los pinchos que acaba de hacer. Decenas de minibocatines colocados en una bandeja para los abuelos del Imserso, que están a punto de llegar.

—Un café solo para mí, y para Pili, su manchado. Para llevar, por favor, Rebe.

—¿Has desayunado? —Niego con la cabeza.

Soy un desastre con la alimentación. Muchas veces paso todo el día con tres cafés y dos galletas. Cuando cierro la librería y subo a casa, me preparo una gran cena. Para mí, el negocio es lo primero.

—El desayuno es vital, te da energía para aguantar el día de locos que siempre llevas. Necesitas orden en tu vida, Leo. La dieta del ayuno es una puta mierda. —Cuando Rebe habla, no hay dios que la calle—. Un día la hice y, cuando me tocaba comer, devoraba todo lo que se me cruzaba por delante. Engordé ocho kilos y ahora no puedo deshacerme de ellos.

—Déjate de dietas. Estás perfecta tal y como estás.

—¿Estás ligando conmigo, guapo? —Se sonroja y suelta una carcajada escandalosa.

—¡Qué va! Mi corazón es solitario, y el tuyo, muy fiel, así que nada. —Le devuelvo la sonrisa cómplice. Somos muy amigos y nos va el cachondeo.

—Va, ahora en serio. Estás muy delgado.

—No hago dieta. —Resoplo y me apoyo en la barra.

—Pues parece que sí. Tus nervios y la falta de alimento te están pasando factura. ¡Si hasta te cuelgan los pantalones! Si no es por el cinturón, se te caen.

—Rebe, hoy no es un buen día, no estoy para sermones —le digo más serio.

—¿Qué ha pasado? —me pregunta preocupada.

—No hay festival. Se cancela todo —le informo mientras me siento en el taburete en la barra delante de ella y me cruzo de brazos.

—¿Y eso?

—Ninguna editorial va a mandar a nadie.

—¡Vaya! Lo siento, Leo. Pero ellos se lo pierden. —Camina por detrás la barra ordenándolo todo—. Tu idea era la hostia.

—Está claro que para ellos no era tan genial...

—No te desanimes, Leo, seguro que lo consigues. —Rebe hace el gesto de cremallera sobre los labios cuando ve la mirada que le dirijo. Sabe que no es el momento de darme ánimos vacíos—. Si quieres, esta noche me paso y charlamos un rato. Ahora te preparo los cafés, y te llevarás también unos bocadillos de lomo con queso que están recién hechos. Y no admito un no por respuesta —me advierte con un dedo en alto.

Me arranca una sonrisa y asiento.

El objetivo del festival era también aumentar las ventas

de los locales que damos servicio al pueblo. Aunque tenemos buen paso de turistas, cualquier visita extraordinaria supone un beneficio extra. Por desgracia, el bar de Rebeca ya no podrá vender en una semana lo que facturaría en un mes, y lograr que, con los beneficios que ganara, ahorrara y algún día se tomase unas buenas vacaciones con Luca, su hijo.

Rebeca es buena gente, muy trabajadora e incansable. Vino al pueblo hace tres años con su alocado y vicioso novio y con un niño recién nacido, buscando una vida mejor. Tras muchas peleas, el Porros, como lo llamábamos, terminó marchándose y dejó a Rebe y a su hijo solos en la aldea. Ella sufrió muchísimo porque se quedaba sola con un niño de meses, pero fue mejor eso que seguir viviendo ese infierno. Los vecinos de la aldea la animaron a quedarse, a seguir con su proyecto de reabrir el negocio que había pertenecido a sus abuelos y a restaurar la casa que había heredado. Con mucha dedicación y esfuerzo lo consiguió. Actualmente vive con su hijo de tres años en una preciosa casa reformada y trabaja sin descanso en la cafetería. El pequeño Luca ha crecido rodeado de los vecinos del pueblo, que se peleaban para cuidarlo por las mañanas hasta que tuvo edad de ir al colegio; desde entonces, mi tía Pili se suele encargar de él por las tardes, junto a sus hijos: Ágata, que ya tiene tres años, y Bruno, de cinco. Y Rebe volvió a sonreír cuando un turista de paso se enamoró de ella. El problema es que el hombre en cuestión es doctor y trabaja en un hospital situado en la otra punta del país. Su relación es a distancia y la visita una vez cada cuatro meses.

—Esta noche preparo *linguine al filetto*, así que perfecto. Viene a dormir el dúo peligroso, haré *nuggets* para ellos y para Luca. —El dúo peligroso es como llamo a mis primos, porque son unos auténticos trastos—. La tía hoy tiene noche de chicas en el club hasta tarde, de modo que me toca cuidarlos. Repito: no acepto un no por respuesta. —Le sonrío y levanto un dedo imitando su gesto.

Cojo la bandeja con los cafés y los bocadillos. Abro la puerta de la cafetería empujándola con el cuerpo y regreso a la librería.

El sonido de las campanitas contrasta con la voz chillona de mi tía, que sonríe y me guiña un ojo al verme. Mueve en el aire la mano contraria a la que sujeta el teléfono. Creerá que con ese gesto la voy a entender…

—Pues lo tendremos todo listo. No te preocupes. Será inolvidable. La escritora no querrá irse de aquí.

Camino hacia el mostrador y dejo la bandeja. Mi tía corretea por la librería como un hámster dentro de una jaula. Usa un tono muy agudo lleno de emoción.

—¿Una gata? Sí, no hay problema, puede traer a su gata, a su abuela —su tono se eleva muchos decibelios por la euforia. Mi cara desconcertada no sabe decir con quién está hablando—; es más, puede traerse a toda su familia si quiere. Los vamos a atender de maravilla. Dices que está acostumbrada al lujo, pues no te imaginas la de riquezas que hay en este lugar.

Impaciente, le hago señas para que me explique qué está haciendo. Mueve el papel con la lista de las editoriales y su sonrisa me confirma lo que imagino, que alguna ha dicho que sí. Me cruzo de brazos y espero a que termine la llamada.

—No se diga más, nuestro chófer la irá a buscar a Madrid.

¿Qué chófer? ¿A Madrid? Mi cara de asombro no da crédito a sus palabras. ¿Se ha vuelto loca? ¿Qué se está inventando? Le reclamo en silencio, haciéndole gestos para que termine con esa patraña, pero me ignora. Me tiro del pelo, desesperado, sin entender nada. Ella apunta en el papel el nombre de Javi, me lo enseña y sonríe mientras sigue charlando.

Javier no es chófer. Es el que regenta el supermercado del pueblo y de vez en cuando hace de taxista si alguno bebe de más en el pub. Mi tía está chalada. ¿En qué momento se me ocurrió aceptar que llamara a las editoriales restantes? Sé de sobra que es capaz de resolver cualquier problema con los métodos que considere necesarios. En el pueblo la llaman «la gestora», por el amor de Dios.

—Perfecto, lo tendremos todo preparado. Y... ¿cómo me has dicho que se llama la chica?

3

CATA

La novela del año

Lo primero que me encuentro apenas salgo del ascensor es la claridad del día que entra por las cristaleras. Las paredes blancas se mezclan con los colores de los muebles, combinados en tonos marrón, beis y azul marino que dan armonía al ambiente. En la pared del fondo hay una gran estantería con todos los libros que se han publicado en los últimos años. Mis ojos buscan mis novelas y se me dibuja una sonrisa cuando las encuentro colocadas de manera que llaman la atención de cualquier trabajador o visitante. Aún me parece increíble haber logrado tantos éxitos en tan poco tiempo. Sé que, aunque he trabajado mucho para estar aquí, también he tenido suerte. Hay gente que por mucho talento que tenga y por mucho tiempo y esfuerzo que le dedique, nunca consigue darse a conocer. A pesar de que últimamente no me siento afortunada en absoluto.

Me parece extraño que a esta hora de la mañana las chicas no estén en sus puestos. El aroma a café me da la bienvenida y, si bien no es mi bebida preferida, reconozco que el olor es agradable. Espero un par de minutos, pero cuando veo que nadie sale a recibirme, decido entrar. Me vuelvo y veo la oficina acristalada de María, la directora del sello editorial. La puerta está cerrada, los estores bajados y las luces apagadas, por lo que asumo que me espera en la oficina de Emma. Camino por el pasillo dejando la sala de reuniones a la derecha. La puerta también está cerrada, pero se oyen voces en el interior. Deben de estar todos reunidos, por eso no hay nadie por allí. Recorro los cubículos abiertos de marketing y continúo hasta las últimas oficinas de las editoras. Una de ellas pertenece a Emma. Llamo a la puerta antes de entrar. Está sentada en la silla de su escritorio. Sujeta el teléfono pegado a la oreja con una mano y con la otra hace anotaciones en la agenda. Se sobresalta cuando me ve, pero enseguida me sonríe. Me lanza un beso al aire con el bolígrafo entre los dedos y me hace señas para que me siente en una de las butacas que hay delante de ella. Entiendo que tiene que acabar la llamada. Me quito la gabardina y, en cuanto la coloco en el asiento de al lado, junto al bolso, dice:

—Mira, acaba de llegar. —Presto atención al ver que el tema de la conversación soy yo—. Sí, María, estoy segura de que le encantará la idea. No pondrá ninguna pega, ya verás.

Frunzo el ceño. Odio que hable por mí y que planee cosas sin consultármelas primero. Como sea algún tipo de evento multitudinario, tengo claro que voy a poner pegas. Además, ¿no se supone que María debería estar en la reunión?

—No te preocupes, tú encárgate de solucionar lo de Raquel, que yo hablaré con Cata... —María la interrumpe—. Sí, tranquila, por aquí está todo controlado. Hablamos. Hasta luego.

Emma cuelga y mira el reloj. Se levanta de la silla, extiende los brazos y viene hacia mí.

—¡Cata! ¡Dos minutos antes de la hora! —Me da dos besos y me abraza como si lleváramos meses sin vernos en lugar de solo unos días—. Un poco tarde para ti, ¿no? —dice, burlándose de mi costumbre de llegar pronto a todas partes.

Le doy dos besos y la abrazo con el mismo cariño.

—El de recepción me ha entretenido unos minutos abajo. Si no, sabes que me habría presentado aquí antes —le explico mientras me separo de ella.

—Sí, me ha llegado un mensaje avisándome de que estabas abajo. No te preocupes, cielo —me dice, aunque la noto un poco nerviosa.

El nudo que tengo en el estómago se intensifica.

—Bueno, ya estoy aquí, como queríais —le digo refunfuñando un poquito—. ¿Dónde está María? Espero que me dé buenas noticias, porque para hacerme venir hasta aquí...

—Lo siento, Cata, María no podrá venir. Ha ocurrido algo en el local de la presentación de Raquel —me explica, y tiene la decencia de mostrarse algo arrepentida.

Mi sonrisa se esfuma al instante.

—¿Qué me estás contando? ¿Qué ha pasado?

—No lo tengo muy claro, pero parece que se harán dos presentaciones en la librería en lugar de solo la de Raquel, y María no quiere que nada ni nadie le quite protagonismo. Tranquila, lo solucionará. —De eso no me cabe duda. María es una mujer de armas tomar—. Podemos charlar tú y yo, ¿no? Hace mucho que no hablamos en vivo y en directo, en lugar de a través de una pantalla —me dice sonriendo.

Suspiro y asiento.

—De acuerdo. Cuéntame, ¿qué es eso tan importante que no podía esperar? Es un poco raro que insistas tanto para que venga, y te noto nerviosa…

A mi amiga se le suben los colores y se recoge el pelo castaño en una coleta para disimular el temblor de las manos. Se sienta y me señala la butaca para que haga lo mismo. Le hago caso, porque creo que no me va a gustar lo que me va a decir.

—Te hemos preparado una sorpresa.

Eso, en lugar de alegrarme, me preocupa más.

—¿Qué clase de sorpresa?

—Cata, relájate. La editorial te quiere premiar. Te hemos preparado algo que te encantará. María sabe lo que te está costando este nuevo proyecto y quiere ayudarte.

—¿Y si no me gusta?

—Claro que sí, amiga, te conozco. Necesitas desconectar. Y lo que te voy a decir te flipará.

—Emma, creo que no me entiendes. Lo que necesito es estar tranquila, sin presión. Y con esto no me ayudas. No he dormido nada. —Mi tono de voz va en aumento, al ritmo de mis nervios—. Estuve dándole vueltas a la escaleta, pensando en cómo deciros que no sé qué hacer. ¿No me podrías haber mencionado algo anoche, en lugar de dejarme a oscuras?

—Lo sé, lo siento, pero tenía que ultimar un par de detalles para presentarte la idea completa. —Emma se recuesta en el respaldo y se cruza de brazos—. Y eso que pides es lo que te voy a proponer. Llevas meses bloqueada, pero tenemos la solución. Sé que quieres hacer un gran proyecto. Y ha llegado la hora de que te inspires de verdad. Sin presiones.

Me resigno mientras me recuesto en el respaldo de la silla a la espera del bombazo. Lo tengo claro. Ya han decidido por mí.

—Sorpréndeme.

—Te han invitado a pasar una semana en Los Ángeles, un lugar maravilloso que está…

—¿Qué? —la interrumpo. Sus palabras me cogen totalmente desprevenida. Con la noticia, mi corazón se acelera al instante—. ¿Me estás vacilando?

—No. —Su expresión divertida me hace dudar. Me observa con detenimiento, a la espera de mi reacción.

Una ligera sonrisa aparece en mi rostro. Emma es consciente de la ilusión que me hace ir a Estados Unidos. He estado en varios países de Latinoamérica y con mi familia he viajado por Europa, pero nunca he ido a allí. No me lo puedo creer.

—Ya sé que es algo distinto, y que no es lo común, pero nos han ofrecido la oportunidad de que vayas y disfrutes de la estancia allí para que te inspires y des rienda suelta a tu imaginación. ¡Ah! Y también harás una firma de libros. ¡Será espectacular! Tenía claro que no te ibas a negar, así que ya lo tengo todo preparado. Lo que quiero que sepas es que este Los Ángeles no es…

—Lo sé, conozco Los Ángeles, Emma. No hace falta que me digas más. Es un lugar de ensueño...

Mi mente procesa sus palabras con rapidez. «No me lo puedo creer», repito en mi cabeza una y otra vez. Mi amiga se relaja al ver mi sonrisa. Mentalmente ya estoy en Monte Lee y ante el enorme letrero de Hollywood... ¿Quién no quiere fotografiarse allí? Me fascinará recorrer los extravagantes y lujosos barrios de Bel Air o Beverly Hills. Encontrarme con algún famoso. No me creo que vayan a darme esta oportunidad. Sé que mis libros se venden un montón y que la traducción al inglés de dos de mis novelas ya está negociada para que se publiquen allí el año que viene, pero no me lo esperaba. Es una gran noticia.

—Bueno, sí, de ensueño sí que es... —musita—. Entonces ¿te gusta la idea?

—No me gusta, Emma. ¡Me encanta! —Aplaudo emocionada.

—Te dije que era una gran sorpresa —reconoce ella con una medio sonrisa—. Te lo mereces y queremos motivarte a que escribas otro best seller.

—¿Y va algún compañero o compañera del sello? Porque nadie me ha dicho nada.

—No sé si de otras editoriales enviarán a alguien, pero de la nuestra solo irás tú.

Es un lujo vivir esa experiencia y pienso disfrutarla al máximo. Le sacaré todo el provecho que pueda.

—Tía, no te imaginas lo que he pasado. Estaba asustadísima. Esta no te la perdono.

Se levanta para abrazarme y correspondo a su abrazo.

—Créeme, te va a encantar. Te he hecho venir a la oficina porque tienes que firmar los papeles para proceder con todo y…

Estoy tan acelerada con la emoción que la interrumpo a cada dos por tres.

—Vienes conmigo, ¿no?

—Lo siento, no puedo. Esta vez tendrás que ir sola.
—Me tenso pensando en cruzar el charco sin mi amiga, sin compañía alguna.

—Pero quiero que vengas.

—Estoy a tope de trabajo, Cata, lo siento, de verdad. Pero no te angusties, te puedes llevar a Lita contigo.

—¿En serio? —Me emociono aún más.

Los ojos se me llenan de lágrimas. No termino de asimilar lo que me está diciendo.

—Entonces ¿mc voy a Los Ángeles?

—¡Te vas a Los Ángeles, nena! A disfrutar y a coger inspiración.

—¿Y cuánto tiempo pasaré allí? Porque me tengo que organizar.

—Una semana.

—¿Una semana? Pero…

Emma me interrumpe.

—Pero nada, Cata. Firma que aceptas el viaje y así podremos empezar a prepararlo todo.

Se da la vuelta y camina hacia su escritorio, coge unos papeles y me los da junto con un bolígrafo. Firmo emocionada sin leer nada, confiando en que todo saldrá bien. Emma tiene razón, necesito respirar otros aires que me inspiren.

—¿Te apetece que vayamos a comprar algo que te pueda hacer falta? He bloqueado la agenda para poder estar contigo y acompañarte a la comida y a la presentación. Hay que darse prisa, porque te vas a finales de la semana que viene.

Me quedó recta y paralizada porque mi mente empieza a echar humo y a entrar en pánico.

—¿Cómo que la semana que viene? No me va a dar tiempo a preparar nada.

Es imposible que organice un viaje y los posibles planes en solo una semana: ropa, zapatos, bolsos y accesorios que combinen con cada prenda; excursiones a todos los sitios que quiero visitar. Cada vez que viajo, todo está planificado al milímetro. Y ahora estoy tan emocionada y ansiosa que siento la necesidad de empezar a prepararlo todo.

—Cata, cálmate. —Emma me reclama cuando ve que cojo el bolso y lo abro en busca de la libreta o el móvil para hacer anotaciones—. ¡Cata! Para. Hoy no vas a hacer ningún plan más allá de elegir algo de ropa para llevarte. Luego nos encontraremos con Raquel y esta noche cenas con tu familia y les das la noticia del viaje. Ya mañana organizas y anotas lo que quieras.

—No lo entiendes… —Empiezo a acelerarme—. Has cambiado mis planes. Sabes que eso me estresa. Me emociona mucho y me tengo que ir…

—No vas a hacer nada. —Se dirige a mí tajante—. Yo te organizo la agenda y todo lo que tenga que ver con el viaje. Tú solo te ocuparás de tu equipaje y del de Lita. Por cierto, cuando hablé con la chica que organiza esto, Pili, me dijo que la temperatura mínima es de siete u ocho grados, así que tienes que meter ropa de abrigo.

—¡Qué exageración! Pero si en Los Ángeles no hace tanto frío… —digo dudosa.

Cojo el móvil y voy directa a buscar la temperatura de la semana que viene en California, pero cuando intento escribir me lo arrebata con el ceño fruncido.

—Dame eso. Lo buscas después, que no es importante —añade para zanjar el tema.

—¿Cómo que no es importante?

—Bueno, eso fue lo que me dijo la chica, quizá vayan a llevarte a algún sitio frío… Y si no, no te preocupes, allí te compras alguna chaqueta.

—No sé, ya me has puesto nerviosa.

—Pues ahora te relajas, coges el bolso y nos vamos. —Lo sujeta y lo mira con los ojos brillantes—. Por cierto, a ver cuando me regalas uno así, que me mola mucho.

—Vale un ojo de la cara, tía.

—Serás rácana. Te lo puedes permitir.

—Tú también —replico, porque sé que mi amiga tampoco se puede quejar. Viene de una familia acomodada y, aunque el sueldo de una editora no es excesivo, se puede permitir muchos caprichos.

—Pero me gusta más que me lo regales tú. —Me guiña un ojo y me ofrece una sonrisa pícara—. Vale más.

—Y si escribo la novela del año en Los Ángeles, más aún.

Su sonrisa es un poco extraña, pero ya estoy acostumbrada. Seguro que el hecho de no poder venir conmigo hace que esté así de rara. Pero sabe que la echaré mucho de menos.

Aunque un poco en contra de mi voluntad, dejo de lado la tentadora idea de volver a encerrarme en casa, sabiendo que no será posible, y me dispongo a pasar con ella el resto del día.

Hoy no dejaré que nada me estropee el buen humor.

4

LEO

No, joder, esa escritora no

Una semana antes

—¿Cata? Qué nombre más raro, ¿no? —Mi tía se queda pensativa escuchando mientras le hablan por teléfono—. ¿Cata viene de Catalina?

¿Qué? No, no puede ser verdad. Me centro en la conversación.

—Ah, Catarina Blanco. Me suena. —Pili insiste, y me pongo nervioso al oír que confirma su nombre. Le hago señas para que diga que no, pero no me entiende.

«No joder, esa escritora no». La miro con los ojos desorbitados y me llevo las manos a la cabeza. No es precisamente el tipo de escritora que quiero que venga. Podrían mandar a cualquier otro. A cualquiera.

—Oye… ¿Esa no es la chica que salió en las noticias moviendo el culo con sus libros hace unos años y que se hizo megapopular? —me pregunta mientras sigue al teléfono. Esta mujer no puede ser más imprudente.

Afirmo con la cabeza. Catarina Blanco es una figura bastante polémica, ha estado en boca de todo el mundo. Aunque por una parte me gustaría conocerla, no sé si es buena idea que venga. La gente cree que alguien le escribe los libros y que ella se limita a publicarlos con su nombre para aprovecharse de su fama de influencer. En mi opinión, la chica tiene su mérito, porque siempre sale al paso de las críticas, que no son pocas. La sigo desde hace mucho tiempo en las redes, desde que se hizo famosa con aquel baile sensual. Aunque creo que antes ya era conocida, solo que no la seguía hasta que colgó ese vídeo. Cata, como todo el mundo la conoce, lleva tiempo sin subir apenas contenido a sus redes sociales, algo que entiendo teniendo en cuenta el acoso que debe de sufrir casi a diario. Cualquiera se cansaría de aguantar que día tras día te insultasen personas escondidas tras un perfil anónimo. Como está tan ausente del foco mediático, yo había llegado a pensar que no iba a seguir publicando, aunque sea una autora superventas. Me parece muy raro que haya aceptado venir aquí, a lo que ella consideraría un pueblo rodeado de maleza y bestias. Por lo poco que sube ahora, se ve que es una chica acostumbrada al lujo y a la gran ciudad. No sé qué pensar acerca de que hayan decidido mandarla aquí, si es un premio o un castigo. Creo que podría considerarlo de ambas formas: un premio para mí y un castigo para ella.

Cada vez que saca un libro, la tía arrasa. Hasta aquí, en este pueblo perdido en las montañas del norte, sus ejemplares se agotan apenas salen a la venta gracias tanto a los vecinos como a los pocos turistas que llegan en autobús cada semana. Me he leído los dos últimos libros por recomendación de mi madre, a la que le encantan sus historias; siempre es muy pesada hablándome de ella. Al contrario de lo que opina mucha gente, después de leerlos pienso que sí que es ella la que escribe los textos, y debo decir que, a mi parecer, es bastante buena; su pluma es ligera y adictiva.

—Vale, pues espero tu llamada mañana y me dices todo lo que esta chica necesita para sentirse como en casa.

—Las palabras y la gran sonrisa de mi tía me confirman que Cata es la persona a la que van a mandar.

Cada vez me arrepiento más de haber insistido tanto en organizar todo esto.

—Tengo a tu escritora —dice victoriosa mientras cuelga el teléfono.

—¿Y la otra editorial? —pregunto con la tonta esperanza de que ellos me manden al menos a cinco autores más.

—Me dijeron que no mandarían a nadie porque justo esa semana tienen varios congresos con sus escritores. Me han comentado que un par de ellos se van a Punta Cana. —Hace una mueca—. Como entenderás, es mejor el Caribe que la humedad de las montañas asturianas.

—Pues me parece que se cancela todo —respondo con seriedad.

—¿Qué dices? Ni hablar. Me he comprometido con esa mujer y no pienso quedar mal por tu culpa. Mi palabra por delante.

—No vamos a hacer nada. Daré la cara y lo cancelaré.

—Perderás la oportunidad de hacer lo que llevas meses organizando.

—Tía, el Festival de las Letras no se hace con una sola escritora. Deberían ser como mínimo ocho, te lo dije. Quería hacer una especie de campamento para escritores.

—¿Como si fueran niños pequeños?

Como siempre está de cachondeo, opto por ignorarla y continúo:

—Joder, mi idea era que todos los invitados se nutrieran unos de otros con sus experiencias. Que en alguna sesión pudiéramos ver su trabajo de cerca. Íbamos a hacer el club de lectura como de costumbre, pero con sus obras, y las debatiríamos con ellos. Además, querría preparar una especie de breve representación teatral de alguna escena de sus novelas, llamar a los vecinos de los otros pueblos, organizar una firma con todos los autores en la librería…, en fin, esa era mi idea, no esto. No tiene sentido. Olvídalo.

—De eso nada —insiste la muy pesada, y me empiezo a desesperar—. Aprovecha la oportunidad, sobrino. Nunca ha venido una famosa de esta categoría al pueblo. ¿Sabes lo que eso significa? Esa chica nos puede enseñar incluso a bailar. Mira que se mueve bien, ¿eh? —Suelta una carcajada escandalosa mientras hace un movimiento extraño con la cadera.

—¿Ves? Ni de coña. Todo el mundo se centrará en ese tipo de cosas sobre ella y no en lo verdaderamente importante, que son sus libros. Además, estoy seguro de que no estará a gusto. No quiero arriesgarme a tenerla aquí tanto tiempo. A saber por dónde puede salirnos.

—¿Y si resulta que inspira su nueva novela en esta aldea y se enamora del chico alto y delgado con cabello despeinado y gafas de pasta? Como esa película que le encanta a tu madre, la de la actriz famosa que entra en una librería huyendo de sus fans y termina enamorada del dependiente.

—*Notting Hill* —resoplo con fastidio.

—¡Esa! —dice emocionada—. ¿Y si ocurre eso?

—Tía, solo dices tonterías.

—El chico más atento y servicial de la mejor librería del país. —Se ríe y continúa—: Creo que aquí tiene buen material, seguro que encontrará la inspiración.

—Siempre has dicho que no crees que ella escriba sus libros.

—Eso era porque no sabía que la editorial la iba a mandar. Ahora confirmo que sí, y, por cierto, son buenísimos. Y el de… las estrellas, o no sé cómo se llama…

—*Más allá de las estrellas* —le aclaro.

—¡Ese! El protagonista me puso cachondísima.

—Joder, tía… —Con sus palabras solo pienso en la que me espera—. Qué confianzas.

—Oye, ahora estás tú muy vergonzoso.

—Lo mejor es que se cancele —digo volviendo a la conversación.

—¿Dónde queda la palabra, Leo? Le he explicado a esa chica todo lo que vamos a hacer. Y como se te ocurra cancelar, voy yo y la traigo para casa.

Resoplo una vez más, dándome por vencido.

En menudo lío me he metido.

5

CATA

Lee y vivirás mil vidas

He pasado una semana horrible. No puedo describir cómo ha sido organizar el viaje. Apenas he dormido; soy incapaz de conciliar el sueño pensando en que quiero visitarlo todo, conocer la ciudad de punta a punta. Deseo aprovechar cada segundo en ese maravilloso destino. He cancelado todas las citas de la agenda, aunque tampoco es que tuviera muchos planes para esos días. He hablado con Mario para suspender las clases de yoga y he llamado a la agencia para no hacer colaboraciones o publicidad durante esa semana. Aprovechando el cambio de aires, desconectaré aún más de las redes sociales y me centraré en mi nueva novela. Subiré una historia anunciando que estaré fuera unos días y *ciao*. Eso dará que hablar y escribirán miles de comentarios inventándose cualquier tontería, pero no me importa, ya estoy acostumbrada. Solo quiero concentrarme en disfrutar del lugar y recopilar todas las ideas posibles para mi nuevo proyecto.

Después del evento de Raquel, Emma me dejó en casa de mis padres. Mi familia se emocionó al oír que me iba a Los Ángeles. También mi hermana se alegró muchísimo al enterarse y me pidió que la dejase acompañarme, como ha hecho otras veces, pero ahora tiene clases y no puede faltar. Mi madre me sugirió que ambientase la novela en California, y desde entonces no dejo de pensar en la historia. Estoy segura de que ese destino me inspirará muchísimo… Ya tengo en mente al rubio surfista que protagonizará mi nueva comedia romántica. Emma tenía razón: necesitaba algo que me sacara de la rutina y me hiciera olvidar toda la presión.

Sin embargo, solo quedan dos días y mi querida amiga aún no me ha mandado los billetes de avión. Eso me tiene bastante estresada, pero quedamos en que esta noche me lo enviaría todo, de modo que intento tranquilizarme. En el fondo sé que no pasará nada, porque Emma siempre lo tiene todo controlado.

Le he comprado a Lita un transportín nuevo de color rosa pálido con un colchón mullido para que esté cómoda durante el viaje. Emma me ha dicho que me ha reservado una cabaña muy lujosa, que el sitio es precioso y que cuenta con todos los servicios. Me permiten dejar a Lita en la habitación aunque yo no esté, así que no tengo de qué preocuparme.

Ya he elegido la ropa que voy a llevarme y he guardado las cosas de Lita en un bolsito de mano, así que aún me queda media maleta vacía. Prefiero ignorar la advertencia de Emma sobre lo de llevarme ropa de abrigo. Tras consultar el tiempo, he confirmado que, de día, en la ciudad estaremos casi a treinta grados, de modo que decido cogerme un par de chaquetas finas y otras tantas sudaderas por si refresca de noche, aunque lo dudo.

Voy a la cocina y me preparo un té verde. Con la taza en las manos, me dirijo al estudio. El piso es bastante grande, teniendo en cuenta que solo estamos la gata y yo. Hay tres habitaciones: la mía, la de invitados (que suelen utilizar Emma y mi hermana) y otra acondicionada como biblioteca y estudio. Desde niña, mis padres me inculcaron la pasión por la lectura y me regalaron muchísimos cuentos que aún conservo. Eso despertó en mí el amor por los libros. Los colecciono de todos los géneros y, sí, soy de esas chicas que se dejan llevar por las cubiertas; cuanto más llamativas, más me gustan. Tengo las estanterías llenas y muchas novelas siguen pendientes en la gran lista de «*To be read*». Un día leí una frase que se me quedó grabada a fuego en el corazón: «Lee y vivirás mil vidas antes de morir... Si no lo haces, solo vivirás una».

Sujeto el portátil entre los brazos y admiro las increíbles vistas de la ciudad que me ofrece el enorme ventanal de la habitación. Es mi lugar favorito del mundo. Será muy difícil que otro sitio me haga sentir tan feliz y segura como estas cuatro paredes llenas de libros. Amo el silencio de la soledad, lo libre que me siento al coger el ordenador, hacer volar las ideas y plasmarlas en un documento. No necesito nada más.

Sentada en el sillón, delante de la ventana, contesto algún correo electrónico e intento centrarme en la escaleta. Pensaba que con la emoción y las ideas que se me estaban ocurriendo podría escribir algo más, pero solo he conseguido cambiar el personaje masculino y describir por encima algunos de los lugares que aparecerán en la historia. Parece que todo fluye hasta que me toca poner negro sobre blanco. Al verlo escrito, nada me convence. Quiero ducharme, pedir algo de comida, acostarme e intentar dormir.

Mientras voy de camino al baño con el pijama en la mano, suena el timbre. Extrañada, me dirijo hacia la puerta con Lita a mi lado. Me agacho y la cojo en brazos para que no se me escape en cuanto abra. Puede que sea mi madre, ya que mis padres y mi hermana viven a apenas dos calles. De vez en cuando se presenta por sorpresa y me trae algo de cena, como hace unos días, que apareció con varios táperes, incluido el postre: su riquísimo arroz con leche. Esta semana no me apetece cocinar, y cuando me ha llamado a mediodía le he dicho que iba a pedir comida a domicilio, así que se ha enfadado conmigo porque dice que eso es basura. Aunque creo que ella considera «basura» todo lo que no sea uno de sus elaborados y deliciosos platos.

Sin embargo, echo un vistazo por la mirilla y compruebo que no es mi madre, sino mi amiga Paula, la última persona que habría esperado porque no vive en Madrid. Tiene mi edad y se graduó conmigo en el instituto. Fue la que tuvo la idea de ese vídeo superviral bailando con los libros. Nos conocimos en segundo de secundaria y desde entonces es mi mejor amiga. Al graduarnos nos distanciamos un poco porque ella se fue a estudiar Psicología a la Complutense, y ahora está haciendo un máster en Londres. Siempre nos hemos acompañado en los éxitos y hemos llorado juntas en los momentos de bajón, pero ahora podemos pasar días sin hablar, en concreto desde que empezó con su novio, con el que vive desde hace ya un año, cuando se fueron a Inglaterra. Por eso es una grata sorpresa que haya venido. Abro la puerta y me sorprendo aún más al ver que Emma está a su lado.

—¡¡Cata!! —gritan a la vez.

Lita se asusta y se revuelve entre mis brazos.

Me alegra mucho tener a mis amigas en casa; estuve con Emma hace unos días, pero a Paula no la veía desde el verano. Lita se desespera, así que las invito a pasar rápido para soltar a la gata y que no se agobie. Paula trae poco equipaje, solo una maleta pequeña.

—Pero ¿qué hacéis aquí? —pregunto confundida mientras me lanzo a sus brazos.

Estas dos traman algo. No es común que se presenten sin avisar.

—Quería verte antes de que te fueras a la gran Los Ángeles, por si decides no volver —bromea Paula—. Cámbiate, anda, que nos vamos de fiesta.

Caminamos hasta la cocina y se sientan en las sillas altas de la isla que separa esa zona del salón.

—¿Se os ha ido la olla? Estoy agotada, llevo días sin dormir y sabéis que no me siento cómoda entre tanta gente. Además, mañana quiero estar despejada para terminar de prepararlo todo —les digo mientras abro la nevera—. ¿Qué queréis beber?

—¿Qué tienes que preparar? Ni que te fueras a millones de años luz de aquí, ¡y para siempre! Da gracias a que hemos decidido salir hoy y no la noche antes de que te vayas. Nunca nos lo habrías perdonado. —Paula se burla sacudiendo las manos en el aire—. Yo quiero una cerveza.

—Yo lo mismo —pide Emma—. Bueno, para siempre no se irá —aclara, y le da un codazo a Paula—, pero sí hay unos cuantos kilómetros.

—Sí, claro, como quinientos, ¿no? —responde entre risas.

—¿Qué dices, Paula? ¡Si hay más de nueve mil en línea recta desde Madrid! —corrijo entre risas mientras saco tres botellines y los dejo en la barra. Mi mejor amiga es muy despistada, no se entera ni del clima—. Las matemáticas y tú nunca os habéis llevado bien.

Paula se agacha a coger a Lita y su sonrisa brilla emocionada, pero la gata no parece tener ganas de mimos, así que le da un zarpazo que mi amiga esquiva por poco. Protesta y la suelta, refunfuñando algo acerca de lo antipática que es, y yo sonrío, secretamente satisfecha de que Lita solo se deje acariciar por mí. Emma también sonríe y sé que va a decir algo que no me va a gustar.

—Paula, ¿crees que allí podría enamorarse?

—Y dale… ¿Solo piensas en eso? —protesto mientras abro las cervezas.

Paula coge una, le da un sorbo y dice:

—Pues sí, yo también creo que podría pasar. Estarás aislada con un acompañante guapísimo que te enseñará todo lo que quieras… —dice al tiempo que arquea las cejas de forma insinuante—. Volverías enamoradísima y basarías el resto de tus libros en ese breve y tórrido romance.

Ambas estallan en carcajadas. Son el dúo perfecto para

tocarme las narices por lo que a mis relaciones amorosas se refiere.

—No pasará —aseguro rotunda, y zanjo el tema con una sonrisa pícara—. Además, lo que pasa en Los Ángeles se queda... —Alzo el botellín y brindamos.

—¡En Los Ángeles! —decimos las tres a coro.

—Nada de eso, quiero enterarme de todo —replica Paula.

—Y yo. Por cierto —Emma cambia radicalmente de tema—, me han informado de que el día del viaje vendrá a buscarte un chófer a las ocho de la mañana. Me quedaré contigo hasta que te vayas, así te ayudo con el resto del equipaje.

—¿Ves? ¡Hasta chófer! —se emociona Paula dando palmaditas.

—Vaya, qué considerados. Esto me recuerda que aún no me has mandado los billetes de avión. ¿No ibas a hacerlo hoy? —le pregunto algo nerviosa.

—Confía en mí, Cata. Todo está arreglado, no habrá contratiempos. Tú céntrate en lo alucinante que será el viaje.

—Siempre he confiado en ti, y lo sabes. Pero también sabes que me gusta tenerlo todo organizado y controlado, y no me dejas hacerlo. Me da la sensación de que no sé nada de nada, de que me ocultas algo. Sé que no es así, pero conoces de sobra mis manías, y no estoy tranquila.

—Y porque sé cómo eres me estoy encargando de todo. Solo quiero que te centres en el equipaje y en estar lista a tiempo. Javier, el chófer, te ayudará con las maletas y te llevará a tu destino.

—¿El chófer vendrá conmigo hasta Los Ángeles? —Mi cara refleja un «No entiendo una mierda».

Paula suelta una carcajada, pero al verme seria intenta imitar mi gesto, aunque bromea con el tema:

—Mira por dónde te vas a llevar a un guardaespaldas, como Whitney Houston. Oye, Emma, ¿está de buen ver?

—Que no —aclara Emma poniendo los ojos en blanco—. Él te acompañará, pero ni guardaespaldas ni nada, solo se asegurará de que llegues bien.

Emma se me acerca al ver que me estreso.

—Esto no me gusta, Emma. —Doy un sorbo largo a la cerveza y hago un puchero—. No me gusta ir como una marioneta sin saber muy bien qué voy a hacer.

—Cuando llegues allí, alucinarás —dice mientras me abraza—. Te lo aseguro. Confía en mí.

—Venga, va, que nos vamos de fiesta. ¡Arriba esos ánimos! —Paula llama nuestra atención y nos separamos.

—Chicas, estoy cansada. Ni siquiera me he duchado.

—¿Pues a qué esperas? Date prisa mientras Emma y yo nos tomamos otro botellín. ¡Corre! —me exige.

—Mejor pedimos unas pizzas y vemos una peli, aunque me quedaré dormida en cuanto empiece.

—No seas aburrida, Cata. Pasado mañana te vas de viaje. ¿Y si es cierto que te enamoras y te quedas a vivir allí? No serías la primera a la que le pasa eso. —Paula junta las manos suplicando—. Además, he hecho este viaje relámpago para estar esta noche con vosotras. Mañana me voy.

—¡Vale! —digo vencida, y me levanto de la silla para ir a arreglarme—. Si tardo es porque me he dormido en la ducha.

—Hasta mi abuela es más fiestera que tú... —añade Emma.

—¡Y quiero reservado! —insisto sin hacerle caso.

Resignada, camino hacia mi habitación, elijo la ropa y me dirijo a la ducha, dispuesta a pasar una noche de fiesta con mis amigas.

Mañana será otro día.

6

LEO

Esto no es lo que yo quería

—¿Y qué le digo a esa chica si se niega a venir? —Javier, desesperado, discute con mi tía.

Pili —la lianta, la cotilla— se ha mantenido en sus trece y no ha consentido que cancele nada, a pesar de que estaba decidido a hacerlo. Desde ese momento no paramos de discutir, y como siempre se sale con la suya me ha ignorado y ha preparado el festival con el resto del pueblo. Javier irá a buscarla a Madrid, e Irene, su mujer y dueña del hotel rural, le ha preparado la mejor cabaña con jacuzzi, la que tiene reservada para ocasiones especiales. Hasta el mismísimo David, el Abuelo Lector, se ha entusiasmado al saber que vendrá la chica porque dice que, aunque no ha leído sus libros, para él el talento de escribir está al alcance de muy pocos, y por eso siente una gran admiración por ella. Rebeca incluso ha decorado la cafetería: ha puesto la silueta de cartón de varias escritoras y, para homenajear a la autora, la suya la ha colocado a la entrada del establecimiento. Los hermanos Ragazzi, dueños de la pizzería, y María, del centro de entretenimiento, también han organizado algo para que se sienta como en casa. Todos han colaborado para recibirla. Mi madre me llama a diario desde que mi tía le contó que vendría Catarina, para decirme que se acercará unos días con el abuelo, que no se quiere perder la oportunidad de conocerla.

—Tú solo la recoges en su casa, en la dirección que te he dado. Al poco de subir al coche seguro que se quedará dormida, porque el día antes saldrá de fiesta, que me lo ha dicho su editora, y no tendrá el cuerpo para aguantar un viaje tan largo. Ella sabrá…, pero me ha asegurado que no tenemos que preocuparnos por eso. Vamos, que la chavala no se enterará de que viene aquí hasta que llegue.

—Hostia, Pili, ¿y ya te fías? ¿Y si se despierta? Lo que me propones es un secuestro en toda regla —protesta Javier con cierto temor.

—¡Qué secuestro ni qué leches! —estalla mi tía. Lleva así toda la semana—. Su editora está segura de que esto es bueno para ella. Según me contó, esta chica, Cata —mueve las manos dramáticamente—, lleva meses muy triste, sin ánimos de nada. Está sometida a mucha presión y sufre muchísimo acoso por las redes. Casi no se atreve ni a salir de casa si no la acompañan. Necesita desconectar, por eso la editorial quiere que venga, para que se inspire y demuestre al mundo que realmente escribe ella. Podemos ayudarla. Leo. —Mi tía dirige su atención hacia mí y me coge las manos—. Tenemos que hacer algo. Y al venir aquí hará que cumplas el sueño del festival.

—Es una locura —digo con seriedad—. No puedo participar en esto. No es lo que quería. Vas a traer a una chica acostumbrada al lujo y la fama a un sitio donde por casualidad llega la luz.

—¡Hombre, no exageres! —replica Javier un tanto ofendido—. La luz llegó hace años.

—Sabéis que tengo razón. No es fácil venir al pueblo a pasar una temporada y ver que apenas tiene la posibilidad de divertirse.

—¿Cómo que no? Cualquiera puede venir y adaptarse a la perfección. Si es que tanta tecnología es una mierda, hace que nos perdamos las cosas bonitas de la vida —insiste el hombre. No, si al final seré yo el que le convenza de que ir a por Catarina es lo mejor que puede hacer.

—Javi tiene razón, Leo. Aquí sabemos apreciar cosas que en las grandes ciudades apenas existen. Como la lectura —dice sonriendo mi tía.

—Joder, porque apenas llega internet… Con algo nos tenemos que entretener.

—Eso no es cierto; si quieres internet, hay. Tú estudiaste a distancia y ahora revisas los e-mails y las redes.

—Sí —rebato—, escalando al tejado de mi casa y con el portátil y el teléfono de última generación. Aquí llega el 3G y por casualidad.

—Pues solucionado, porque seguro que tiene un teléfono de esos modernos y carísimos. —Está claro que no va a zanjar el tema hasta que le dé la razón. Pero ambos somos igual de cabezotas—. Aquí encontrará la paz y el descanso que necesita. Nunca hay malos rollos, todos nos queremos. Y somos felices. Hasta tú, que tuviste la oportunidad de irte, no quisiste. ¿Por qué?

—Porque soy de aquí y estoy acostumbrado. Pero Óliver y Marco se fueron, por ejemplo. Y otros que querían disfrutar de la gran ciudad. Me quedé porque no me gustaba la idea de cerrar la librería, porque es mi legado familiar —contraataco.

—Óliver está a cuarenta kilómetros —replica Javier, el padre orgulloso—, aquí al lado. Y viene cada fin de semana.

—Y Marco está en Cantabria porque le salió trabajo allí, pero siempre que regresa dice que echa de menos esto. Y sé de otros a los que esa gran ciudad de la que hablas les genera demasiado estrés. Casi todos quieren volver —declara Pili—. A eso me refiero, este pueblo tiene magia, Leo. Tú mismo lo dices a todas horas. Por eso quieres darlo a conocer, ¿no?

—Seguro que esa chica estará bien aquí. Todos nos encargaremos de que así sea —asegura Javier.

—No entiendo por qué os empeñáis tanto en traerla —resoplo, pero sé que he perdido. No puedo luchar contra ellos.

—Porque no podemos perder esta oportunidad. Esa chica pondrá al pueblo de Los Ángeles en el mapa. ¡Ya lo verás!

7

CATA

Bienvenida a Los Ángeles

Llega el día del viaje y solo puedo pensar en que necesito dormir un día entero. Pero no tendré más remedio que esperar a estar en el avión, de camino a Los Ángeles.

El cansancio acumulado me impide coordinar; ya me he tropezado varias veces y en este mismo instante he estado a punto de ponerme en la cara la crema de noche en vez del protector solar. Ni con la ducha fría me he espabilado. Termino de recoger el pijama con el que he dormido y lo echo en el cubo de la ropa sucia. La otra noche, la de nuestra salida por Madrid, terminé llegando a casa a las seis de la mañana, y eso no es normal en mí. Las tres íbamos bastante perjudicadas porque, para celebrar que estábamos juntas, la noche fue de chupitos. No sé a quién se le ocurrió, pero al décimo vasito ya no me acordaba ni de mi nombre. Al llegar a casa solo dormimos tres horas porque nos tocó madrugar para llevar a Paula al aeropuerto, que tenía planificada la vuelta a Londres. Comí con mis padres y mi hermana mientras Emma hacía unos recados, y no sé muy bien qué ocurrió luego, pero consiguió convencer a Lucía, mi hermana, para salir a cenar las tres y que ella también pudiera despedirse de mí antes de que me fuera. Puse mil excusas y más tarde intenté irme, pero no me dejaron. Al final volvimos más temprano que el día anterior, a las cuatro de la madrugada. Hoy estoy un poco mejor que ayer porque anoche no bebí alcohol, pero arrastro demasiado cansancio desde hace una semana. Esta mañana Emma me ha despertado antes de lo normal para que desayunáramos juntas, aunque a las seis de la mañana no es que me entre nada. No sé de dónde saca la energía. Anoche se durmió durante todo el trayecto en metro, y al llegar a casa tuve que ayudarla a subir las escaleras. En cuanto se ha levantado, se ha duchado, se ha maquillado, se ha planchado el pelo y estaba perfecta, sin rastro de las dos borracheras seguidas que lleva en el cuerpo. Aunque me dijo que se quedaría hasta que vinieran a por mí, le ha surgido un imprevisto y ha tenido que irse a la oficina antes de tiempo. Al despedirse me ha dejado un té blanco exótico que se trajo de un viaje a Japón que hizo el año pasado y que, según ella, es superrelajante, pero creo que le ha echado algo, porque me ha dado más sueño que el que tenía al despertar. Solo espero no dormirme en el coche.

Generalmente, para un viaje con la editorial me mandan los billetes y los horarios con antelación, y aunque me gusta estar al tanto, siempre me acompaña Emma o alguien que se encarga de todo: traslado, registros en el hotel, etcétera. Así que, como esta vez ella no puede venir, me dijo que se ocuparía Javier, el hombre que me llevará al aeropuerto. Esas fueron las únicas instrucciones: «Te recogerá en casa y te acompañará. Él ya sabe dónde ir». Me dijo que no me preocupara por nada, que todo estaba organizado, que la reserva del alojamiento estaba confirmada y todas las actividades programadas, y que ya me informarían al llegar a Los Ángeles.

Suena el timbre. Supongo que será el tal Javier, el chófer. Llega con diez minutos de retraso, pero, para ser sincera, hoy no me importa. Cierro la puerta de la habitación para que Lita no me siga e intente escapar. Al abrir, me encuentro a un hombre muy erguido parado en la puerta, con la mirada nerviosa. Es calvo, de unos cincuenta años, con unas cejas y una barba muy pobladas y canosas. El señor me regala una amigable sonrisa en cuanto me mira a los ojos. Parece un buen hombre. A primera vista, me parece agradable.

—Buenos días. Vengo a buscar a la señorita Catarina Blanco Díaz. —Habla con un tono de voz muy grave. Parece locutor de radio.

—Buenos días. Sí, soy yo. ¿Eres Javier?

Reviso su atuendo y me parece acorde a un guardaespaldas, aunque físicamente no sea el caso: es bajito y luce una barriga prominente. Va todo de negro: pantalones chinos, jersey de corte en uve por el que sobresale el cuello de una camisa y zapatos de vestir también negros.

—Sí. Pero ¿en serio es usted la famosa escritora?

Ante el comentario, mi frente se arruga al instante. Asiento con la cabeza y me sale un bostezo que oculto con la mano.

—Lo siento —me disculpo—. He dormido poco.

—No se preocupe. —Se ríe tras bostezar, contagiado por mí—. Yo también lo siento. No quiero incomodarla, es solo que conozco a un chico que es muy fan de sus libros... Es un tío muy alto, delgaducho y algo desaliñado. Siempre le vacilo con que necesita un corte de pelo, pero no me hace caso, ¡y mire que su tía es peluquera! —Sonríe mostrando unos dientes pequeños. El hombre está inspirado contándome su vida, así que ¿quién soy yo para interrumpirlo? Aunque aún no entiendo adónde quiere llegar describiéndome a ese amigo suyo—. Y usa unas gafas grandes porque tiene algún defecto en la vista desde que era un crío. —Ese chico podría ser una figura secundaria de mis libros, porque con esas referencias ni de coña sería el protagonista. En mis novelas, el personaje masculino siempre es un malote con el cuerpo definido y, por supuesto, bien vestido, un pijo muy deportista, un *badboy*—. La verdad que es un buen chico, muy amigo de Óliver, mi hijo. Estudiaron juntos toda la vida, pero Óliver se fue del pueblo el año pasado y él se quedó. —Escucho paciente lo que me cuenta, esperando que no le quede mucho, porque si sigue con el monólogo llegaremos tarde. Javier levanta un dedo y sonríe emocionado—. Este fan suyo es un tremendo lector y dueño de la librería del pueblo. Se encarga de ella desde que su madre se fue a cuidar de su abuelo. El pobre Tomás tiene alzhéimer desde hace años —se lamenta.

—Vaya por Dios.

Le sigo la corriente porque de verdad siento pena por el abuelo de su amigo. Pienso en el mío, que también padeció esa terrible enfermedad. Mi abuela y mi madre sufrieron mucho, pues le cuidaron hasta el final. Aquella época fue muy caótica en casa… Yo tenía doce años y mi hermana, siete; éramos pequeñas, pero lo recuerdo a la perfección.

—El caso. —El hombre vuelve a la carga sacándome de mis pensamientos—. Ese chico es un gran chaval.

—¿Quién? —pregunto un poco perdida.

—Jolines, pues Leo.

—¿Quién es Leo? —insisto.

—Leo es el que organiza el festival. Mi amigo, el que le estoy diciendo que es muy fan de sus libros —suspira con cansancio.

Mi cara de «¿Qué me estás contando?» es evidente. No sé a qué festival se refiere, pero me parece muy divertido escuchar cómo alaba a su amigo. Sin duda, el nombre es cuando menos ingenioso. «Leo lee libros y es el librero de su librería», repito mentalmente, como un trabalenguas. Solo faltaría que su signo zodiacal fuera Leo.

Lo que estoy oyendo no suena del todo mal, aunque seguro que exagera porque nadie es tan perfecto. Aun así me arranca una sonrisilla. Javier debe de ser buen comercial, porque en un minuto me acaba de vender a un tío que no voy a conocer en la vida, a saber dónde cae ese pueblo suyo.

—Él no reconocerá nunca lo que le voy a contar, pero ayer hablaba de usted y le brillaban los ojos. Yo no la conocía, pero Leo, mi hijo Óliver y Marco, que es otro de sus amigos, que ahora vive en Cantabria, siempre la mencionaban. Leo decía que era muy guapa y ha acertado, la verdad. —Me sonrojo tontamente al oír sus palabras—.

Pero él hablaba más de sus libros, de que se los había recomendado su madre, que también es muy fan suya. En cambio, Óliver y Marco también son fans, pero de unos vídeos que hizo usted. —Suelta una carcajada escandalosa, pero en cuanto me mira se pone serio al instante.

Sí, ya me imagino de qué vídeo está hablando.

—El caso es que yo imaginaba que era un poco mayor. No tan jovencita, ¿me entiende? —dice nervioso para salir del paso.

Relajo todos los músculos y esbozo una sonrisa. Es normal que diga eso, no es la primera vez que me pasa. No todo el mundo entiende lo de ser escritora joven, como si fuera algo exclusivo de personas adultas, muy mayores y extremadamente inteligentes, lo que mc parece una estupidez.

—Sí, claro, no se preocupe. Y espero que algún día pueda presentarme a ese amigo suyo. Me alegrará mucho conocerlo.

Saber que existe alguien que me admira más por mis libros que por mi físico me hace sentir bien… Por la descripción que me ha dado Javier, y sin verlo, no es mi tipo, pero también es cierto que nunca me he pillado por nadie. Me intriga un poco. Si no tuviera el viaje, hasta le diría que me lo presentase.

El hombre sonríe aún más y comienza a asentir con rapidez.

—Se lo presentaré, señorita, lo haré.

—Trátame de tú, por favor.

—Claro, seño… —tartamudea con una risa nerviosa—, Catarina.

Por fin el hombre se centra y me pregunta:

—¿Dónde están las maletas? Que con tanta charla se nos hace tarde.

Menos mal que se ha dado cuenta él, porque he estado a punto de hacerlo pasar, pero no para que cogiera las maletas, sino para invitarle un café y que me siguiera hablando de su amigo el librero.

El equipaje está en la entrada. Sujeta una maleta con cada mano y, cuando está a punto de salir de casa, me dice:

—La espero en el coche.

—Voy enseguida —le respondo dispuesta a correr.

Termino de arreglarme y meto a la gata en el transportín.

No pasan ni cinco minutos y ya estoy lista. Me acerco a la mesita de noche y, al coger el móvil, me doy cuenta de que solo tengo un diez por ciento de batería. Cuando llegamos anoche estaba tan cansada que se me olvidó ponerlo a cargar. Mando un mensaje a Emma y otro a mi madre para decirles que ya ha llegado el chófer, que tengo poca batería y que veré cómo cargo el teléfono. Aunque durante el vuelo no lo necesitaré, salvo que el avión tenga wifi. Aun así, creo que preferiré dormir. Aprovecho mientras espero las respuestas y subo a Instagram una historia que estoy segura de que provocará todo tipo de comentarios: una imagen con fondo negro y el texto «Hasta pronto» en letras blancas.

A veces soy masoquista y me gusta que intenten adivinar cuál será mi siguiente paso. Algunos pensarán que dejo definitivamente las redes; otros, que lo he hecho para llamar la atención. En realidad, en este momento de mi vida intento que me dé igual lo que digan. Para mí, Instagram, TikTok, todo eso se ha convertido en un complemento, y el poco contenido que subo son frases y alguna que otra foto con un outfit para hacer publicidad. Quiero desconectar, y eso haré a partir de este instante. Cojo el bolso, guardo el móvil y compruebo que llevo la documentación. Todo en regla. Agarro el transportín con Lita dentro y, ya sí, comienza el viaje.

Salgo a la calle y en cuanto llego al aparcamiento del edificio, veo que Javier me espera paciente al lado de un coche negro, antiguo pero bien conservado, que tiene los cristales algo tintados. Me abre la puerta trasera, me subo con el transportín de Lita, le doy mis cosas para que las guarde en el maletero y cierro la puerta.

A los pocos minutos, tras acomodar mi equipaje, cierra el maletero y ocupa el puesto del conductor. Se ajusta el cinturón de seguridad, enciende el motor y, en una maniobra rápida, emprendemos camino.

Mientras desayunaba he buscado cuánto tardaría hasta el aeropuerto y hay unos cuarenta minutos en coche, así que puedo echar una cabezadita. La verdad es que me apetece que me siga hablando de ese chico lector, librero y desaliñado, quizá para empezar a pensar en algún personaje, pero no quiero pecar de cotilla. Javier sube el volumen de la música y opto por callarme. Me pongo los cascos para escuchar la última *playlist* que me hice, aunque no creo que la batería me dure mucho. Al poco rato de ponernos en marcha, me duermo.

—Señorita.

Oigo una voz a lo lejos.

—Catarina…

Pego un salto cuando noto que alguien me toca la rodilla y escucho una voz grave que me llama.

Cuando miro a Javier, me doy cuenta de que se ha quedado blanco. Pobre, menudo susto le he dado con mi sobresalto. Sin embargo, enseguida se recupera y me señala la ventana.

—Mira qué vistas más bonitas —dice con una gran sonrisa.

Aún adormilada, me pregunto qué puede haber bonito en la carretera de camino al aeropuerto. No creo haber dormido más de diez minutos, pero me cuesta hasta pestañear, señal de que ha pasado bastante más tiempo, y las lentillas ya me molestan. Dormir con ellas nunca es buena idea, y siento los ojos pegados, pero intento fijar la vista.

Mi corazón se detiene en cuanto lo único que veo a mi alrededor son praderas delimitadas por largas filas de árboles. Miro mi reloj de muñeca: han pasado casi cinco horas desde que salimos de casa.

Lita comienza a maullar; la saco del transportín y la cojo en brazos, intentando entender qué ha ocurrido para que esté allí en vez de en el aeropuerto.

—He parado hace un par de horas y he intentado sacarla con la correa para que hiciera sus necesidades, pero me ha bufado en cuanto he metido las manos en el transportín para cogerla. Los gatos del pueblo son bastante más amables, supongo que porque siempre estamos dándoles de comer —dice Javier mientras me ocupo de Lita.

Esas palabras me hacen reaccionar.

—¿Qué pueblo? ¡Dios mío! ¡¿Qué ha pasado?! —Me desabrocho el cinturón y me incorporo para mirar de nuevo por la ventana. Estamos en medio de la nada—. ¡¿Dónde estamos?! ¿Qué es esto? ¡Javier, voy a perder el vuelo a California!

Comienzo a hiperventilar y la gata se revuelve en mis brazos hasta zafarse. Es tan perceptiva que vuelve a meterse en la caja sin que se lo mande.

—¿California? —me pregunta extrañado frunciendo el ceño.

—¡Claro! ¡Mi vuelo a Los Ángeles! ¡¿Dónde estamos?! —grito histérica.

Javier abre mucho los ojos y chasquea la lengua.

—¡Vaya! Lo siento, Catarina, creo que ha habido una confusión. —Sonríe nervioso—. Mira ese cartel.

Vuelvo la cabeza hacia donde me indica con el dedo.

BIENVENIDOS A LOS ÁNGELES, reza una pequeña valla publicitaria en el lateral de la carretera donde ha parado el coche, aunque no sé si se le puede llamar así. Es más bien un camino de tierra.

—Te he despertado ahora porque hemos llegado a la primera cuesta de camino a la aldea y no quería que te perdieras estas preciosas vistas antes de que empiece a llover. Mira las nubes que vienen por allí... —El hombre habla, pero no entiendo sus palabras.

Mi mente se bloquea. El viaje no es a California. El viaje ni siquiera es a Estados Unidos. Por eso el secretismo, por eso Emma no quiso darme las reservas. Por eso me hizo firmar unos papeles de forma tan rápida, porque sabía que me fiaría de ella y no leería nada. Si es que soy gilipollas. ¿Cómo se me ocurre? Seguro que con mi rúbrica me comprometí a venir a este lugar. Porque sabía que me iba a negar en cuanto lo supiera.

Voy a matar a Emma. Y a Paula, que seguro que estaba compinchada con ella. Y como mis padres lo sepan, también los voy a matar.

Salgo del coche para intentar respirar aire fresco y me sorprendo al notar que hace bastante frío. Siento la humedad del ambiente y mi piel se eriza ante el cambio brusco de temperatura. Por eso Emma me dijo que me llevase ropa de abrigo. ¡Será desgraciada! Cuando la vea, la voy a arrastrar de los pelos hasta dejarla tan calva como el chófer.

Todo cuadra. En ningún momento mencionó California, solo dijo: «Te vas a Los Ángeles». Ahí ya me di cuenta de que estaba rara, pero nunca me imaginé esto.

Todo es un engaño. El viaje es a un pueblo en medio del monte en algún lugar perdido de España.

Empiezo a llorar desesperada y me siento en el suelo abrazándome las piernas, intentando controlar mi inestabilidad emocional. Paso unos minutos así, desahogándome y pensando qué hacer. Si Mario estuviera aquí, tendría la solución, o al menos me diría las palabras correctas que me ayudarían a mantener la calma. Me incorporo de un salto y me seco las lágrimas. Necesito llamarlo antes de que me dé un chungo.

Veo que Javier ha bajado del coche y me mira preocupado. El pobre no sabe qué hacer conmigo.

—Señorita, ¿qué ocurre? —Se me acerca despacio.

—Necesito el móvil.

Voy a abrir la puerta para coger el bolso cuando me dice:

—Siento decirte que aquí no hay cobertura, pero en el pueblo sí, poca, pero hay. Y si no, están los teléfonos fijos.

La luz de un rayo nos ilumina momentáneamente y me encojo asustada en cuanto oigo el estrépito de un trueno a mi espalda.

—Esto es una broma muy pesada. —Intento guardar la calma, pero es imposible, estoy flipando—. ¿Dónde estamos, Javier? —le pregunto con un tono algo duro.

—En Asturias, *fía*.

—¿Qué?

Necesito correr y huir de aquí. Empiezo a caminar en sentido contrario al coche y me voy alejando. Miro a mi alrededor y las lágrimas aumentan.

—¡Ahhhhhh! —grito al aire con los puños apretados a ambos lados de mi cuerpo.

Siento mucha rabia y no sé qué hacer.

—¿Me puedes llevar de regreso a casa? —le pido a Javier con desesperación.

Me importa una mierda la sanción que me apliquen por no asistir a algo que no soy consciente de haber aceptado. Sé cómo justificarlo y, si tengo que pagar algo, lo pagaré, pero necesito volver a casa, de la que no debí haber salido.

—Uy, no, ¿cómo me vas a pedir eso? Si en el pueblo todos te están esperando y el festival ya está organizado…

—¿Qué festival? Yo no pedí venir aquí.

—No nos puedes hacer esto, lo tenemos todo listo. Llevo once horas en el coche, seis de ida a Madrid y cinco de vuelta. No puedo más. Además, Rebeca, la del bar, ha hecho tu figura gigante en cartón. Y a Leo le emocionará mucho tenerte aquí.

¿Una figura gigante de mí, de cartón? No me lo puedo creer.

Sus palabras me retumban en el pecho y mi mente recuerda lo que ha dicho Javier antes de salir de casa: «Leo es el que organiza el festival».

Mis neuronas procesan la información y responden con lentitud:

—Un momento. ¿Tu amigo es el que ha organizado todo esto?

—Pues claro, sí. Leo lo ha preparado todo. ¿Cómo lo has sabido?

«Será que tengo dotes de adivina», pienso, pero no me salen las palabras.

A su amigo también lo voy a matar.

—Solo falta que me digas que Pili es la dueña del alojamiento donde se supone que me voy a quedar. —Mi enfado es palpable, pero el risueño hombre va a lo suyo y no se entera de nada.

—¡Qué va! —Niega con la cabeza y las manos—. Pili es la peluquera, la tía de Leo.

¡Vamos! Esto da para una novela *rom-com* de mil hojas, y me faltan páginas.

—¿La peluquera? —Me río por no llorar. La peluquera del pueblo es la mujer con la que Emma lo ha organizado todo.

Mi asombro es cada vez mayor.

—La dueña de la cabaña de lujo donde te vas a quedar es mi mujer, Irene.

Claro, claro, era de esperar. Esto debe de ser un mal sueño. Sí, eso es, es solo una pesadilla y en cualquier momento despertaré.

Comienza a lloviznar de forma casi imperceptible, pero soy terca y me resisto a entrar en el coche sin antes aclararme la mente. De nuevo, un relámpago nos alumbra y vuelvo a encogerme cuando resuena el tormentoso ruido.

«Respira, Cata».

—La cabaña tiene hasta jacuzzi. Es la mejor, solo se reserva para ocasiones muy especiales. —El monologuista intenta animarme.

Hombre, gracias, todo un detalle. Será un buen lugar para morir ahogada.

—Nos vamos a mojar mucho —dice.

Ignoro su comentario y sigo inmóvil a unos metros del coche.

Quiero seguir soñando para ver si Javier me toca la rodilla de nuevo y me despierto llegando al aeropuerto.

Le pregunto intrigada:

—Javier, déjame adivinar… —Me cruzo de brazos mientras noto que la lluvia empieza a empaparme la ropa poco a poco.

—Me alegra que te hayas calmado —me interrumpe con alegría.

—Sí, estoy calmadísima. —El sarcasmo es mi especialidad para no perder la paciencia—. Tú no eres el hombre de la agencia que gestiona los viajes, ¿verdad?

—¿Yo? —Suelta una carcajada escandalosa que me altera aún más—. ¡Qué va! Llevo el supermercado y me pidieron el favor de ir a buscarte porque el mejor coche del pueblo es el mío.

—El supermercado. —Asiento. En este instante, mi cara tiene que ser material de memes.

Esta historia mejora por momentos. En cuanto pienso que no puede ir peor, el universo insiste en llevarme la contraria.

Si el cielo se llena de nubarrones, lo normal es que llueva. Pero no de esta manera tan repentina. La fina llovizna que había empezado a caer se ha convertido en un diluvio en toda regla, y al intentar ir hacia el coche, el lodazal que se ha formado entre mi persona y el vehículo me impide llegar sin mancharme los pantalones blancos que he estrenado para la ocasión. De haber sabido que venía al último pueblo de la Tierra, me habría enfundado unos pantalones cargo marrones y botas de agua. Pero ya es demasiado tarde.

Javier me espera en el asiento del conductor con la sonrisa escondida tras su gran bigote y su espesa barba cuando me meto rápido en el coche, completamente empapada. Lo voy a dejar todo hecho un desastre.

—Te lo dije, cuando se acercan nubes como esas, hay que correr.

Me sacudo los pantalones que, pese a ser anchos, siento pegados a las piernas. Los bajos, al igual que los zapatos Gucci que también he estrenado hoy y me costaron setecientos euros, están destrozados y llenos de barro. Tengo los brazos helados, por lo que cojo el jersey fino que llevo en el bolso de mano y me cubro los hombros. Me toco el pelo, que está empapado y gotea sobre el asiento de cuero.

Genial, adiós a las ondas perfectas que me había hecho para la ocasión. Cojo un espejo del bolso y veo mi reflejo. Nunca había estado tan horrorosa.

Cierro los ojos con fuerza deseando despertar de este maldito sueño. Los abro decepcionada. No funciona. Estoy en el mismo asiento en el que segundos antes he posado el culo, con los pantalones manchados, los zapatos perdidos y con Javier mirándome fijamente.

Observo el transportín, donde Lita duerme hecha un ovillo. Qué maravillosa es su vida. Sin preocupaciones de ningún tipo.

Vuelvo a suspirar.

«Bien, Cata, piensa. Decide con calma lo que vas a hacer. Y no te estreses porque, ahora sí, ya nada puede ir peor».

Aquí no hay cobertura y tengo que llamar a alguien.

No sé a cuantos kilómetros estoy de casa.

Necesito una ducha y cambiarme de ropa. Estoy empapada.

Empieza a oscurecer y la lluvia va a más. Con una tormenta así, este hombre no dará la vuelta para llevarme a casa. Y tampoco lo hará porque, con once horas de carretera, en cualquier momento se quedaría dormido y nos estrellaríamos.

Así que antes de que Javier abra la boca, le digo:

—Vale, llévame a tu maravilloso pueblo.

Asiente con la cabeza y me regala una gran sonrisa enseñándome los dientes. Se da la vuelta y vuelve a poner en marcha el coche.

Cojo el móvil del bolso, pero como suponía está muerto. Vuelvo a guardarlo y me limito a mirar por la ventana, sumida en mis pensamientos.

No quiero estar en este pueblo perdido en las montañas. Es lo único que veo por la ventanilla del coche: montañas, prados, miles de árboles y unas densas nubes que dejan caer una intensa lluvia que lo tapa todo. Si me dijeran que estamos entrando en Forks, el pueblo de *Crepúsculo*, me lo creería, pero no es así. No estamos en Estados Unidos.

De nuevo estalla un trueno y un golpe a mi espalda hace que me dé la vuelta al instante. Se han caído dos pinos gigantes a escasos metros del coche y cortan la carretera de lado a lado.

«¿Estamos de coña?», pienso con el susto en el cuerpo.

Miro a Javier. Su cara no muestra mucha preocupación, como si lo que está pasando fuera normal.

—Bueno —suspira—, la que nos espera —dice tan tranquilo, y yo entro en pánico—. Así el pueblo queda completamente aislado. La última vez que pasó esto, Protección Civil tardó casi diez días en restablecer las comunicaciones.

Vale, sí, todo puede ir peor.

8

LEO

No pienso hacer nada

Las tormentas eléctricas son muy habituales en esta zona. Otoño en Los Ángeles es igual que decir «días de lluvia, café caliente y bizcocho casero junto a la chimenea con la mejor compañía: un buen libro y Sky», el husky siberiano que me regalaron mis padres cuando cumplí los diez años. Siempre les pedí un hermano, pero como no querían tener más hijos, pensaron que un perro sería un compañero fiel y acertaron de pleno. No conocí la adrenalina que genera pelear o el cariño que se siente por un hermano que es sangre de tu sangre, pero he vivido el amor incondicional de un ser que solo espera que entres por la puerta y le des afecto.

Para algunas personas, esta forma de vivir es bastante monótona y aburrida, pero a mí me encanta, es la vida a la que estoy acostumbrado. No me imagino mudándome a una gran ciudad, con calles llenas de tráfico, coches pitando en cada esquina, gente estresada en el metro… Creo que no me adaptaría. Aquí todo es relajado, con calma. No hay prisas. La puntualidad está sobrevalorada. Tengo un horario en la librería, de las diez de la mañana a las cuatro de la tarde, pero cuando los turistas ya han hecho sus compras y han vuelto a los autobuses, puedo estar tranquilo y me voy a casa, que está subiendo las escaleras interiores de la tienda. Siempre dejo la puerta abierta para oír si alguien llama. Si algún cliente quiere comprar, toca el timbre y en veinte segundos estoy abajo.

Después de un gran relámpago siempre viene un trueno. Y esta tarde ya van varios. En muchas ocasiones, como ahora, se va la luz. A los pocos minutos oigo que alguien está tocando a la puerta de la librería. Sky ladra con suavidad, pero permanece acostado en su alfombra de pelo, al lado de la chimenea. Por su ladrido, seguro que intuye quién es, por eso no se mueve del sitio. Mientras estoy bajando las escaleras, Pili está metiendo la llave y abre de forma brusca.

—¡Ayyy! —El grito de mi tía me sobresalta—. ¿Has visto la tormenta, Leo? Pasad, niños, que nos mojamos.

Sacude el paraguas y lo deja en la entrada. Los pequeños llevan el chubasquero goteando y las katiuskas llenas de lodo. Bruno y Luca se quitan las botas en la entrada y vienen corriendo en calcetines directos a mis brazos. Me siento en uno de los peldaños de la escalera y los recibo con los brazos abiertos.

—¡Qué pasa, fierecillas! —Les sacudo el pelo y los ayudo a quitarse los chubasqueros. Están mojando todo el suelo, pero da igual; luego pasaré la fregona.

—¿Tienes galletas? —me pide Bruno.

—¡Sí, yo también quiero! —grita Luca con los brazos en alto.

—Ahora vamos a buscarlas —les digo, y se sientan cada uno a un lado con unas consolas portátiles en las manos.

No pasan ni cinco segundos y se ponen a jugar. Mejor, porque se entretienen y bajan los niveles de maldad. Cuando están los tres juntos, son peores que un terremoto. Cuando se les acabe la batería, no tendrán dónde enchufarlas, porque no hay luz, y volverán las fieras.

Ágata se echa a llorar junto a mi tía al darse cuenta de que ha tardado en quitarse las botas y que su hermano y Luca han llegado antes que ella a sentarse a mi lado.

—Ven aquí, cielo —la llamo, pero se enfada, me ignora y se agarra a la pierna de su madre. La peque de la familia es muy caprichosa y le encanta llamar la atención.

—Leo, estoy preocupada —habla mi dramática tía. Sin duda, Ágata salió a ella—. Javi no ha llegado y se fue la luz.

Me echo las manos a la cara haciéndome el sorprendido para burlarme de ella.

—No puede ser —respondo imitando su drama—. ¿Y qué quieres que haga?

—No sé, ¿será que le pasó algo con la escritora? ¿Que tuvieron un accidente o una avería en el coche?

Con los dedos, hago señas a Ágata para llamar su atención. Poco a poco se le está pasando el enfado y ahora me muestra una tímida sonrisa. Por su rostro corren lagrimones. De mayor, esta niña será actriz. La profesión frustrada de mi tía.

—¿Leo?

Me vuelvo hacia mi tía, que me mira indignada porque

no le estoy haciendo caso. Madre e hija son como dos gotas de agua.

—Que no les ha pasado nada. Ya verás, llegarán en cualquier momento —digo para restarle importancia.

—¿Y tú? ¿Vas a recibir a esa chica así?

Señala mi ropa. Me miro la camiseta y los pantalones.

—Pensaba ponerme el traje de la graduación, pero tengo que planchar la camisa y...

—Yo te la plancho —me interrumpe, y se ofrece en el acto.

Mi tía es de bajo contexto y no entiende el sarcasmo.

—Eh, tía. Lo del traje es broma.

—Pero...

—Pero nada, no tengo que vestirme de gala para recibir a esa chica que yo no he invitado; lo hiciste tú.

—¿Yo? Pero si solo quería ayudarte.

—Vale, pues muchas gracias. Pero no pienso recibir a la escritora. Me dijiste que la recibirías en tu casa antes de acompañarla a la cabaña y te encargarías de ella. Todos nuestros actos tienen consecuencias, me lo enseñaste tú, así que esa chica pasa a ser responsabilidad tuya.

—No, no, no. No me puedes hacer esto. No entiendo de libros como tú.

—¿Y? Tampoco creo que venga a comprar, y si lo hace te aseguro que no será de las que piden recomendación.

—¡Claro que sí! —rebate desesperada—. No me puedes dejar sola en esto, Leo.

Me levanto de la escalera y los niños siguen con los ojos clavados en la consola. Me acerco y Ágata me sonríe cuando ve que le presto atención.

—Sí que puedo. Seguro que le harás unos peinados guapísimos en tu peluquería.

Me agacho frente a la niña consentida, se me tira a los brazos y la cargo.

—Leo, no me hagas enfadar.

—Chicos, vamos a encender unas velas y a comer bizcocho con chocolate.

—¡Sííí! —gritan los tres, pero la voz aguda de Ágata me perfora el tímpano y me toco la oreja por instinto.

—Jolines, chica, con ese tono puedes ser cantante de ópera. —La pequeña suelta una carcajada.

Mi tía pone los brazos en jarras cuando ve que paso de ella.

—Leo, para. Tú eres el del festival, la tienes que recibir tú.

Le doy la espalda con Ágata en brazos. Luca y Bruno suben las escaleras y los seguimos. La claridad de un relámpago ilumina una vez más toda la estancia y los niños se tapan los oídos esperando el trueno. Aquí, o te acostumbras desde pequeño a las tormentas eléctricas de otoño o vivirás llorando presa del pánico toda tu vida.

—Leo —vuelve a llamarme.

Me giro en mitad de la escalera y la miro con una sonrisa ladeada. Tiene las manos juntas, como si rezase, y su mirada es de súplica.

—Lo que tú digas, tía. —Sonríe al creer que se ha salido con la suya—. Pero no haré nada.

Me doy la vuelta y continúo mi camino.

9

CATA

Sí, fijo que nos vamos a llevar genial

No hay nada más que naturaleza profunda, bosques muy tupidos de lado a lado de la carretera, hasta que llegamos al inicio de un túnel vegetal, lo atravesamos y al fondo veo una entrada preciosa. Todo eso es digno de ambientar en un libro. Se alza una fortificación de piedra y me fijo en que hay un riachuelo poco caudaloso que la bordea.

—Esto es muy antiguo —comento en voz alta, y Javier me está escuchando, porque me responde inmediatamente:

—Sí, casi toda la aldea cuenta con construcciones que datan de la Edad Media. —Sus ojos se achinan en el espejo retrovisor cuando ve que le presto atención, y eso es suficiente para que siga hablando—. Como puedes ver, es un camino bastante empinado y solo se puede acceder por esta carretera. Este pueblo estuvo aislado durante mucho tiempo, y hasta los años ochenta no tuvimos agua corriente ni electricidad.

—Vaya... ¿y cómo lo hacíais?

—Los pozos naturales y el río que cruza la villa por un lado nos proveían de agua. Además, tenemos la suerte de que aquí siempre llueve, por eso todo es tan verde. —Escucho atenta porque me parece increíble que en esa época vivieran sin los servicios mínimos que ahora nos damos el lujo de derrochar—. En cuanto a la luz, utilizábamos velas, antorchas y lámparas de aceite. —Se ríe y anuncia—: Y hoy, con la tormenta, seguro que cuando lleguemos estarán como en aquella época.

—Claro —digo resignada, captando el mensaje.

Ni luz, ni teléfono y aislados. Buen plan, justo el «Los Ángeles» que había soñado.

Pasamos con el coche por debajo de un gran arco y me fijo en que en lo alto hay un escudo tallado en la propia piedra.

—Es la aldea mejor conservada de toda la comarca. Hemos salido hasta en la tele, así que imagínate.

Me agrada ver la inocencia que transmite el hombre. Aunque sigo molesta, sé que no puedo hacer nada. Tengo que conformarme y entender que es algo que me toca vivir y punto. Es unas de las claves del autocontrol: si no puedes hacer nada, adáptate.

—La muralla es impresionante —digo con sinceridad mientras la recorro con la mirada—. Y... ¿rodea todo el pueblo?

—La fortificación llega hasta la parte más alta de la montaña, y allí hay una torre de vigilancia en ruinas, que, en la antigüedad, servía para alertar al pueblo cuando venían los enemigos.

Me doy cuenta de que la fortaleza se parece mucho a

85

la de un pueblo portugués que visité con mi familia hace unos años. Se llamaba Valença o algo así, pero, por lo que puedo apreciar a medida que nos adentramos por las calles de piedras desgastadas llenas de tierra mojada, esta es más pequeña.

El lugar es increíble, pero no por ello dejo de estar enfadada. El pantalón mojado, pegado al cuerpo, me provoca escalofríos. Me muero por llegar y darme una ducha en el hotel.

Entramos en una calle ancha, adoquinada, con casas de piedra bajas. Según pasamos, veo que algunas están recubiertas por hiedra, y todas coinciden en que en sus ventanas de madera hay flores coloridas. Una de las viviendas tiene una buganvilla enorme, llena de ramilletes de color violeta. Pasamos por un puente sobre un río algo estrecho que lleva más agua que el de la entrada.

—Los Ángeles es un pueblo que le gusta mucho a la gente, tiene magia. —Javier me aparta de mis pensamientos, alzo la mirada y nuestros ojos se cruzan en el retrovisor—. Es un lugar pequeño, pero tenemos todos los servicios necesarios. —Mis ojos se dirigen a las casas mientras escucho lo que me va contando—. Si continúas recto por esta calle, que es la principal, se acaba a menos de novecientos metros, y al final está la fortaleza y termina la aldea. Si te apetece ir a la urbe, tendrás que salir por donde entramos —suspiro con resignación—. La segunda ciudad más grande de Asturias está a unos cuarenta y cinco kilómetros.

—¿Por qué dices que es un pueblo de paso —pregunto con interés—, si entras y sales de la aldea por el mismo sitio?

—Me refiero a que por aquí pasa mucha gente. Vienen hasta autobuses del Imserso y de turistas porque el pueblo tiene mucho atractivo.

Me parece que exagera.

—Ah, y… ¿a qué distancia está la población más cercana?

—A unos diez kilómetros.

—¿Eso cuánto es andando?

—Pues no lo sé, nunca lo he hecho. Pregúntaselo a Leo, que de vez en cuando camina por fuera de la fortaleza. Hace rutas de senderismo y se va hasta las cascadas. Nunca he sabido hasta dónde llega.

—Leo —nombro a su amigo en alto.

—Exacto. El librero, el que ha montado este sarao. Me dijiste que querías que te lo presentase, ¿verdad?

—¿Es el mismo?

—Sí, claro, ¿cuántos Leo crees que viven en Los Ángeles? Seguro que te cae bien… A los dos os gustan los libros.

«Sí, fijo que nos llevaremos genial». El sarcasmo hace acto de presencia. Vamos, con ese tío no quiero ni el saludo. Él, la traidora de mi editora y su tía, la peluquera, han organizado todo esto. Pero pronto se dará cuenta de que el festival no será la gran fiesta que espera.

Javier cruza varias calles con el coche hasta llegar, según él, al centro del pueblo.

—La plaza mayor de Los Ángeles es cuadrada. Aquí encontrarás todos los servicios —me cuenta.

Aparca en una calle y se da la vuelta en el asiento.

—Bienvenida al corazón del pueblo del amor y la familiaridad. No es muy grande, pero su encanto te enamorará.

Sonrío con educación. ¿Y qué se supone que debo hacer ahora? Espero que me diga cuál es el siguiente paso; yo lo tengo claro, pero el que conduce es él.

—¿Dónde quieres ir? El hotel está por allí. —Señala hacia la derecha—. Y la librería, en dirección contraria. —Indica a la izquierda.

—Me gustaría ir al hotel y comer algo… Solo he desayunado —contesto seca.

—Te puedo acercar a la pizzería de los Ragazzi o al Dónut de Rebe. En los dos se come de maravilla.

—Creo que eso puede esperar. Al hotel, por favor, quiero llegar al hotel.

—Vamos para allá. —Sonríe con entusiasmo—. Te encantará la comida que prepara mi Irene.

Me da pena que el pobre hombre me traiga a su pueblo superfeliz y orgulloso y yo reaccione de esta manera. Sé que se lo ha currado, ha hecho muchos kilómetros para traerme, ha aguantado mi llorera y no ha perdido el buen humor. No tiene la culpa, y la verdad es que conmigo ha sido muy amable.

Sigue camino al hotel, que está a dos calles. Cuando llegamos, me sorprende entrar en un pintoresco complejo rural con muchas cabañas de madera, a cuál más bonita, escondidas entre enormes árboles. En la vida habría imaginado que este sitio fuera así.

Aparca enfrente de una gran casona con estructura de piedra y tejados de pizarra gris oscuro, igual que el resto de las casas del pueblo.

—Bien, hemos llegado.

Apaga el motor y me pide que espere dentro del coche porque aún no ha dejado de llover y se va a encargar del equipaje. Me parece un poco abusivo que el hombre se ocupe de todo. Le hago caso omiso, cojo el bolso y el transportín de Lita, que en ese momento se despierta y se estira en el interior con un tímido maullido.

—Buenas tardes, señorita —la saludo—. Hemos llegado, aunque no al lugar que creíamos.

Abro la puerta del coche y corro hasta la entrada de la casa, donde hay una cornisa bajo la que guarecerse. Suelto a la gata para que pueda estirarse y hacer sus necesidades. Lita es tan fiel que no se separará mucho de mí, y menos con la que está cayendo. A cada lado de la puerta hay unas antorchas que iluminan la entrada, como en las películas antiguas. En cuanto llego al umbral, sale Javier seguido por una mujer mayor.

—¡Por fin habéis llegado, me teníais preocupada! —La mujer se dirige a mí y me recibe con una gran sonrisa—. Hola, soy Irene.

Ah, es la mujer de Javier.

Me extiende la mano y tira de mí para darme un beso con confianza, pero me tropiezo con los adoquines y acabo en sus brazos.

—¡Perdona! —le digo rápidamente mientras me reincorporo.

—¡Qué va! Aquí nos gusta dar abrazos y besos.

Tanta cercanía y contacto físico me estresa, pero no puedo hacerle el feo a esta mujer.

Es delgada y más bajita que yo, con unos bonitos ojos

verdes y el cabello con canas naturales, en una mezcla entre blanco y castaño. Irene me coge el transportín con una mano y con la otra me tira del brazo para que entre. Lita se apresura y camina a mi lado. Es un poco tosca, pero aunque parezca extraño me agrada y hace que esboce una sonrisa. Por lo que parece, la gente de Los Ángeles es muy feliz. Al menos, es la sensación que me da.

—Déjame decirte que eres más guapa en persona que por la tele —comenta mientras entramos en la casa.

Me sonrojo con el halago.

—Muchas gracias.

—Cuando Óliver te conozca... —Se emociona y lo transmite tapándose la boca con la mano—. ¡Ay, madre! ¿Y esta gata tan bonita? —Deja el transportín a un lado e intenta coger a Lita en brazos, pero el animal se eriza. Irene prefiere no tentar a la suerte y se aparta.

Sonrío por instinto y me fijo en lo que me rodea.

Tras cruzar la enorme puerta, hay una amplia zona de recepción recubierta de madera. La estancia está iluminada con farolillos metálicos con velas en su interior. Están por todas partes y ofrecen una calidez maravillosa a la habitación. En el centro hay encendida una enorme chimenea de piedra. La temperatura es templada, contrasta con el frío del exterior. Lo que veo es tan bonito que por un momento no me importa que no haya electricidad.

—Menos hablar y más hacer. —Javier entra con la segunda maleta—. Y deja a la chica en paz con Óliver, que está agotada y tiene hambre.

—No te preocupes —digo para restarle importancia. Su mujer me parece muy amable.

—Bueno, me marcho —se despide—. Me voy al supermercado. Está en la plaza, por cierto —me indica gentilmente con el dedo, como si lo tuviera a la vista—. Cuando termines por aquí, pásate y así te acompaño a la librería y te presento a Leo.

—¿Cómo va a ir ahora a conocer a nadie, hombre? Con la que está cayendo… Deja que se duche, coma algo y descanse. A Leo y a los demás ya los verá mañana —amonesta Irene a su marido—. Por cierto, cielo —dice refiriéndose a mí—, no te preocupes por la ducha, acaban de cambiar la bombona de butano para que tengas agua caliente. Así entrarás en calor.

Afirmo con la cabeza, contenta. No veo el momento de quitarme esta ropa mojada. Javier asiente y se despide.

—Aviso a todo el mundo.

—Gracias por todo, Javier. —Levanto la mano para despedirme y le digo antes de que salga por la puerta—: Tú también deberías descansar después de un viaje tan largo.

—Nada, mujer. Y sí, tienes razón, pero antes tengo que asegurarme de que todo va bien en la tienda. Si me necesitas, ya sabes dónde encontrarme.

—Ya la atiendo yo. Ve a comprobar si funciona el generador de emergencia, no se vaya a descongelar todo.

—Me ha dicho Javier que la última vez tardaron diez días en restablecer las comunicaciones. ¿Suele ser así? —le pregunto a Irene mientras su marido sale por la puerta refunfuñando sobre no sé qué congelador problemático.

—Depende. En otoño siempre tenemos tormentas de

este tipo, y por lo general lo resuelven en unas horas, pero teniendo en cuenta que la carretera está cortada, depende de lo que dure la borrasca —suspira Irene.

La imito, pero mi suspiro es más largo.

—Bueno, al lío.

La pequeña mujer camina hasta el mostrador y coge unas llaves. Se acerca a las maletas, ágilmente sujeta una con cada mano y se encamina hacia la puerta. Cojo a Lita y vuelvo a meterla en el transportín.

—Tu cabaña es la más bonita y grande de todas las que hay aquí; estarás muy cómoda. Durante esta semana podrás desconectar de esas urbes tan peligrosas, dormir, escribir... —Me regala una amplia sonrisa.

Por suerte, ya no llueve tanto como hace unos minutos, pero todo está enfangado; el frío se apodera de mí y empiezo a temblar apenas cruzo la puerta.

—Te lo advierto... —Se detiene un momento en el lodazal que nos lleva hacia la cabaña, una cuesta prominente; la mujer respira acelerada, pues carga con las dos maletas. Apoya el equipaje en una piedra y levanta un dedo—. Quien prueba a vivir en Los Ángeles no quiere marcharse nunca.

La miro escéptica. No dudo que el sitio sea mágico y que, en otras circunstancias, me gustaría pasar un fin de semana, pero siete días ni de coña... Y ni te cuento toda la vida.

Lo de desconectar no es mala idea y, si no hay luz, tampoco tengo otra opción. Por lo que se refiere a dormir, creo que hoy me bastará para recuperar el sueño atrasado. Sin embargo, no le digo a la amable mujer que se ha tomado tantas molestias que, en cuanto vuelva la luz y quiten los pinos de la carretera, volveré directa a Madrid, corriendo si es necesario, a vengarme por lo que me han hecho. Eso me lo reservo.

Me encojo de hombros y sonrío asustada al ver que las maletas hacen peligrosos equilibrios en esa diminuta piedra. Justo al lado hay un enorme charco... Como se caigan, se quedarán como mis zapatillas. Irene sigue a lo suyo, como su marido, con un monólogo de venta del pueblo. Si es que los dos parecen guías turísticos...

—Te aseguro que te lo pasarás muy bien. Hemos organizado unos eventos muy chulos en la cafetería y la pizzería, y también en el club Los Ángeles, donde las amigas bailamos y nos juntamos los viernes. —La mujer coge de nuevo las maletas y emprende la subida—. Y en la librería de Leo, que era de sus bisabuelos, pasó a sus abuelos...

Sí, el personaje desaliñado que ha fraguado todo esto. Si no fuera por él, estaría cómodamente sentada en la terraza de casa removiendo un gin-tonic y escribiendo mi próxima novela.

—Imagínate los años que tiene esa tienda. Cuando los abuelos de Leo murieron, la heredó su padre. El pobre también falleció hace unos años, que en paz descanse. Y ahora la lleva él.

Sigo a Irene con el bolso al hombro y Lita en el transportín. Cuando la saque y se vea libre en la habitación, la pobre querrá hacer sus necesidades en paz.

No puedo imaginar qué edad debe de tener el armadanzas que me ha traído hasta aquí, pero, si lleva la librería desde hace tiempo, lo más probable es que pase de los treinta. Por alguna razón, me inquieta conocer a ese hombre.

Sacudo la cabeza. Ahora necesito una ducha.

10

LEO

Impaciencia

Apago las velas que había puesto en el mostrador de la librería y me levanto dejando a un lado el libro que estaba leyendo. La impaciencia me puede.

Hace ya un par de horas que vi entrar en la plaza el coche de Javi. La escritora ya ha llegado. Pensaba que el «chófer» la haría entrar en la tienda y me la presentaría... Al fin y al cabo, aunque muy a mi pesar, soy el que ha organizado este sarao, y estaba seguro de que mi tía le habría indicado que la trajera aquí. En ese momento llovía muchísimo, y estuve tentado de salir con un paraguas, pero eso le habría dado la razón a Pili, y el orgullo me puede. No me iba a arriesgar a pasar por delante de la peluquería y que me viera recibiendo a su invitada.

Sin embargo, a los pocos minutos el coche se puso en marcha otra vez, así que supuse que llevaría a la chica al hotel. Estará cansada después del viaje. Seguí esperando y leí, me tomé un café y seguí leyendo y esperando. No quise subir a casa con la esperanza de que vinieran. Estoy nervioso, una angustia extraña se ha apoderado de mí. Cuando envié el e-mail solicitando la participación de la editorial para el evento que estaba montando, pensé que, si aceptaban, mandarían a algún escritor de poca monta, a alguien nuevo con una primera novela o casi desconocido. Ni en mis sueños más locos habría imaginado que sería ella, una mujer de grandes eventos. Ni siquiera en las ferias de libros la llevan a firmar a las casetas convencionales, sino que le preparan lugares especiales solo para ella. Cuando supe que era la elegida, y que encima iba a ser la única escritora que participaría, me acojoné. Me preocupa tener que acompañarla durante toda su estancia. «Leo, eres un pringado, siempre te han rechazado». Eso me he repetido toda la vida, pero más esta semana, al saber que vendría esta mujer.

Admiro a Catarina porque ha alcanzado el éxito muy joven. Muchos han fantaseado con ella —empezando por mis amigos— por culpa del sensual bailecito de aquel vídeo que terminó de catapultarla a la fama, pero para mí lo que la hace más interesante es que, aunque hubiera podido hacerlo, decidió no centrarse en vivir de las redes, sino que siguió escribiendo (aunque nadie crea que los libros son suyos), publicando y defendiendo sus historias. No tiene una buena relación con la prensa y cada vez que la entrevistan es muy polémica en sus respuestas. Un día le preguntaron qué sentía al ser una influencer de éxito, a lo que ella respondió: «Mejor pregúntame: "¿Cómo te sientes al ser una escritora de éxito?"». Siempre en el ojo del huracán... No puede dar un paso sin que la critiquen, pero ella, por lo que parece, pasa de todo. Aunque creo que le afecta y que por eso se ha alejado de las redes; apenas sube contenido. La última historia la subió esta mañana: se despide con un escueto mensaje y deja bastantes dudas. En su vida privada es muy hermética. No se le conoce pareja. En alguna ocasión han llegado a decir que es lesbiana y la han emparejado hasta con su editora. Han afirmado incluso que le debe su fama a ella porque fue su mentora.

Mi madre es su gran fan. Apenas se enteró por mi tía de que la editorial había confirmado su asistencia al festival, lo organizó todo para venirse unos días con el abuelo.

Trabajó en la librería muchos años. Sus recomendaciones eran precisas y muy acertadas, según el gusto de los clientes. Como ella misma dice: «No existe un libro malo, sino personas que no saben escoger». Desde que se marchó a cuidar del abuelo y me dejó al mando, he seguido su legado y el de todas las generaciones anteriores, pero con un toque más acorde con los nuevos tiempos. Siempre estoy inventando artimañas para promover la lectura y vender más. De hecho, tengo más ventas online que presenciales, que ya es decir. En mis ratos libres (que son bastantes), y cuando la señal de internet me lo permite, subo fotos bastante *aesthetic* leyendo libros a una cuenta desde la que promuevo la lectura y recomiendo novedades. Nunca se me ve la cara, solo salgo de espaldas, a veces junto a la chimenea, con un café, en otras ocasiones con Sky... Alguna foto me la ha hecho Óliver en el tejado de la casa, con la puesta de sol. Varias han tenido miles de views y likes. En una ocasión incluso conseguí que nos hicieran en televisión un breve reportaje que revolucionó al pueblo. Nuestra pequeña librería ha conseguido posicionarse en el mapa a pesar de estar en una aldea de las recónditas montañas del norte. Para los turistas que visitan el pueblo es un lugar de visita obligada, y se interesan por saber dónde se han tomado las fotos para imitarlas: la puerta de la librería es una de las más demandadas, junto con el sillón de piel que está al lado de la chimenea, al fondo del local. Las más virales son en el tejado y en la biblioteca del ático, pero ese es mi secreto. Allí guardo los ejemplares antiguos, algunos de mi padre, que él heredó de sus antepasados.

Vencido por tanta espera, decido subir a casa con Sky y una pequeña lámpara de aceite. Es la forma de alumbrarnos; ya estamos acostumbrados a dejar linternas, velas y mecheros por las esquinas para cuando se va la luz, más a menudo de lo que me gustaría. Echo la llave de la entrada del local y subo a prepararme un bocadillo o cualquier cosa que me evite encender la cocina de leña que me auxilia en los momentos de penumbra. No tengo cocina de gas, como el resto del pueblo, y me da pereza encender el hornillo para prepararme unos huevos.

Cuando estoy llegando a los últimos escalones, oigo unos golpes fuertes en el cristal de la puerta de la librería. Hastiado, vuelvo a bajar, esperando encontrarme a mi tía con cara de malas pulgas, pero cuando levanto la mirada me sorprende ver que no es ella.

11

CATA

Una experiencia cercana a la muerte

Como suponía, toda la cabaña es de madera. La habitación cuenta con cocina americana en un ambiente con el salón. Presiden la estancia un gran sofá de dos plazas y una mesa de centro sobre una alfombra de pelo largo, delante de una chimenea de piedra con un gran cristal que me separa de las llamas. Todo está decorado en blanco y beis. Es un sitio muy acogedor. Lo más bonito es el gran jacuzzi que hay en una terraza acristalada y la hamaca que hay al lado, a modo de columpio. ¿Qué mejor lugar para escribir una novela? Al instante borro ese pensamiento de mi cabeza porque ya tengo un plan. En cuanto quiten los pinos de la carretera, me voy.

Irene camina por la cabaña y me lo va enseñando todo.

—El baño. —Señala con el dedo desde la puerta y me invita a que la siga. Entramos mientras lo observo todo con detenimiento—. Aquí tienes toallas, zapatillas, albornoz, secador... —me mira sonriendo—, aunque no funciona sin luz. Y en esa cesta tienes productos de aseo.

Todo está muy cuidado y decorado con gusto. No es un hotel de cinco estrellas, pero es tan bonito que supera con creces cualquier lujo. Continúa andando hacia la habitación. En el centro hay una gran cama de matrimonio y unas mesas al aire en madera a los lados. Tiene un dosel que cuelga del techo con una tela transparente. Es precioso.

—Ahora te enseño cómo encender el termo, aunque, si tienes algún problema, no dudes en llamarme, que para eso estoy.

—No te preocupes, creo que me las puedo apañar —le sonrío.

—Otra cosa: la cocina no la usarás. Tienes todas las comidas incluidas. Aquí solo tendrás que prepararte el café y poco más.

—Pero...

—Pero nada, chica. Está todo organizado.

Me gusta cocinar, aunque soy muy perezosa y en ocasiones prefiero recurrir a los fideos chinos —que me encantan y los tengo de todos los tipos— o a la comida a domicilio. Es la eterna lucha con mi madre.

Irene camina hasta la cocina y la sigo. Me explica cómo funciona el termo y creo que lo entiendo. No parece muy difícil.

—Ya me ocupo, Irene. Has sido muy amable.

—¿Segura? Me puedo quedar hasta que lo enciendas.

—No es necesario, ya me encargo.

Ella asiente.

—No dudes en avisarme si necesitas algo. Ya sabes dónde estoy.

—Gracias por tanta hospitalidad, estaré muy bien. —Soy sincera, me ha hecho sentir como en casa.

—Bueno, espero que disfrutes de tu estancia. En un rato te traigo algo para comer. Y mañana, cuando te apetezca, te acompañaré a la librería para presentarte a Leo —comenta amablemente.

Javier e Irene están empeñados en que conozca a ese tipo, pero yo lo único que quiero es reprocharle que me haya traído hasta aquí.

Se despide y sale por la puerta. Me dirijo al baño.

Darse una ducha con agua helada en este puto pueblo y vivir una experiencia cercana a la muerte debe de ser lo mismo.

Resulta que el termo funciona, pero la bombona de butano se ha terminado. O eso creo. Al principio me ha parecido que el agua salía cada vez más caliente, pero apenas ha durado unos segundos. Luego ha empezado a salir congelada. Está claro que, a pesar de lo que ha dicho Irene, no la han cambiado por una nueva.

Todo mal, Cata. Ya me he quitado la ropa mojada y me he puesto el albornoz y las zapatillas que había en el baño, y volver a cambiarme para mojarme de nuevo de camino a recepción me da un poco de pereza. Tampoco puedo llamar a Irene por teléfono porque no hay luz, y no quiero hacerla venir solo porque me asuste un poco de agua fría, así que me he hecho la valiente pensando que el clima templado de la habitación me serviría para calentarme al salir de la ducha. Craso error. Una ducha fría ensombrece la maravillosa cabaña que me han asignado. Al entrar en ella me he sentido en el paraíso, pero ahora estoy en el maldito Polo Norte. Me he puesto un chándal y deportivas, y me he tapado con tres mantas, tirada en una alfombra, delante de la chimenea, intentando entrar en calor. He pasado diez minutos inmóvil, temblando como un chihuahua en el frío de una noche de invierno, aunque ahora empiezo a sentir el cuerpo. Lita me observa tumbada en el sofá sin mostrar empatía. Normal, es una gata. ¿Qué quiero? ¿Que me caliente con su diminuto cuerpo? Pues no. Aún tirito, me duele la cabeza y me muero de hambre. En el momento en el que las tripas empiezan a rugirme, oigo unos golpes en la puerta. Abro y veo a Irene sujetando una bandeja.

—Te traigo la comida.

—Gracias. —Cojo la bandeja y la invito a pasar.

—Pensaba que estarías dándote un baño —me dice sonriente.

—Ya me lo he dado, pero creo que la bombona estaba vacía y he tenido que ducharme con agua fría, por eso he sido tan rápida. —Me encojo de hombros restándole importancia para que no se preocupe.

—Vaya por Dios, ¿y cómo no me has avisado? Se suponía que habían cambiado la bombona. Me van a oír… —dice enfadada—. Lo siento, de verdad. Ahora mismo me encargo de esto.

—Ya, bueno, no te preocupes…

Me siento en el taburete alto de la barra que separa la cocina del salón y quito las tapas que cubren los platos de la bandeja. En un cuenco hay una crema que huele muy bien. Al lado, una bonita tabla con ibéricos, quesos y panecillos.

—¿Has pasado frío? —me pregunta preocupada.

Irene camina hasta la chimenea, abre la puerta de cristal y mete unos troncos para avivar las llamas.

—Tranquila, la temperatura de la cabaña está bien, solo que la ducha fría me ha destemplado un poco.

—Pues come, que debes de tener hambre y querrás descansar. Esto es la merienda, luego te traigo la cena.

—Con esto tengo suficiente, no soy de comer mucho.

—Pues entonces eres como Leo; ese chico está tan delgado porque apenas come.

Ese nombre me recuerda por qué estoy aquí. El calor me sube por el cuerpo, no sé si por la crema, que está deliciosa, o por el enfado, que regresa a mi mente. Irene camina hasta la entrada y me dice:

—Te dejo tranquila.

Se lo agradezco, porque apenas llevo tres horas en el pueblo y saber que no puedo enchufar el móvil ni el portátil me desespera. No creo que sea capaz ni de leer. Antes de que se vaya, le lanzo una pregunta para confirmar si tengo o no razón:

—Leo ha sido el que lo ha organizado todo para traerme, ¿verdad?

—Era su sueño, sí —asegura con una sonrisa sincera.

Se despide y cierra la puerta dejándome con la intriga. ¿Por qué yo? ¿Será un loco obsesionado conmigo? Me entran las dudas, pero el enfado aumenta.

A este chico le voy a quitar el sueño.

Acabo de comer y vuelvo a la habitación.

Me pongo la única sudadera que he traído por si iba a la supuesta excursión que me comentó mi ahora examiga. Me hago una coleta y, sin mirarme al espejo, cojo la linterna que he visto en el mueble de la entrada antes de salir por la puerta y bajar la cuesta. Corro por delante de la casa principal para que Irene no me vea. La calle está asfaltada, pero hay barro y charcos por todos lados, aunque los esquivo siguiendo las rodadas del coche de Javier. Por desgracia, a los pocos metros comienza a llover con fuerza y no llevo paraguas. ¿Será una señal para que vuelva sobre mis pasos?

No me voy a echar atrás, así que me pongo la capucha y me dirijo al centro del pueblo bajo la lluvia torrencial, dispuesta a vengarme de quien tuvo la genial idea de traerme hasta aquí. El cielo está oscuro y apenas veo tímidas luces en las casas, ya sean velas o lámparas de emergencia. Llego a la plaza y voy directa a la librería que antes me ha señalado Javier. Me resguardo bajo el voladizo de la entrada, chorreando, y me abrazo para calentarme, muerta de frío. ¿En este pueblo siempre es así? Me asomo por el cristal de la puerta y veo una lucecita en el interior. Comienzo a tocar con desesperación, segura de que está, porque no creo que haya dejado una vela encendida entre tanto papel. No veo nada, así que golpeo más fuerte por si está en el almacén. Supongo que tendrá almacén, ¿no? Y vuelvo a insistir.

12

LEO

Un oído muy fino

Termino de bajar las escaleras de dos en dos, apresurándome al oír que los golpes son cada vez más fuertes, con miedo a que la mujer que está detrás del cristal lo rompa en cualquier momento. Le hago señas y le grito que pare, pero o no me escucha o me ignora.

Al oír el estruendo y ver que una extraña va a tirar la puerta abajo, Sky ladra desde el primer piso. Con la lámpara en la mano, camino por el pasillo mientras saco las llaves.

—¡Para, para! ¡Me vas a destrozar la puerta! —le reclamo mientras abro.

La mujer entra y se quita la capucha.

La chica que tengo delante no parece la misma a la que sigo desde hace tanto en las redes. La mismísima Catarina Blanco está frente a mis narices y su expresión da un poco de miedo. En la mano lleva una linterna que parece de juguete, pues casi no alumbra. Apenas me llega por debajo de la barbilla y su cabello, recogido en una coleta alta, no es al que nos tiene acostumbrados, con sus perfectos rizos. Tiene la cara roja, quizá por el frío, y bajo los ojos color café luce unos manchones negros de maquillaje corrido. Viste un pantalón de chándal blanco, unas deportivas del mismo color y una chaqueta con capucha marrón claro. Está completamente empapada y moja todo el suelo al entrar. Ni siquiera saluda, sino que me da un empujón en el brazo, me aparta, entra como si fuera la dueña de la tienda y cierra de un portazo. Me cruzo de brazos y me la quedo mirando alucinado, a la espera de que diga algo.

—Tú debes de ser el tal Leo, ¿verdad? —bufa al tiempo que se abraza, tiritando del frío.

—El mismo —respondo tocándome el pelo, nervioso ante sus malos modos.

Como me temía, no se ha tomado bien el engaño. Pero no esperaba que se plantase en la tienda, andando y sola, con la que está cayendo. Su cabreo ha de ser monumental.

—¿Se puede saber por qué te empeñaste en arrastrarme a este puñetero pueblo? ¿Qué te pasa? ¿Te aburres demasiado y necesitas traer bufones para que te entretengan?

—¿Perdona? —pregunto asombrado.

No esperaba que fuera tan directa; no sé por qué, ya que ni en las redes ni en las entrevistas se muerde la lengua.

Pone los brazos en jarras y me reta con la mirada.

—¿Por qué me has traído aquí? Me has engañado... —Le tiembla el labio inferior. Rompe a llorar y se tapa la cara con las manos.

Sky baja sigiloso y se le acerca gruñendo. En cuanto se

da cuenta de que tiene al perro cerca, Cata da un salto, se encarama a mi cuerpo y me abraza con miedo.

No es la escena que había imaginado para cuando nos viéramos, la verdad.

—Sky, para —le ordeno.

El animal obedece al instante, se sienta y mueve la cola. Pero ella no tiene intención de separarse de mí.

—Aleja a ese perro de mí, por favor.

—No te hará nada —le digo tratando de transmitirle confianza.

Sky está entrenado y atiende a mis órdenes desde cachorro, pero ella continúa aferrada a mi cuello temblando, de modo que la abrazo por instinto.

Esta chica me gusta más así que con la frialdad que muestra en Instagram o TikTok. Tal vez al principio fuera más cercana con sus seguidores, pero a medida que fue pasando el tiempo sus escasas publicaciones se limitaron a la publicidad de algún producto, y parecía más distante, alejada de lo que sucedía al otro lado de la pantalla. Y ahora la veo en directo, con su llanto y su miedo. Su perfume es dulce; me envuelve al tenerla pegada a mí. Sus brazos me rodean y, sinceramente, no me molesta. Me gusta, aunque sospecho que durará poco. Creo que será la única vez que la tenga tan cerca. Si nos vieran Óliver y Marco, alucinarían.

—Sky, sube. —Mi voz hace que el perro obedezca y se vaya.

La chica no se mueve, solo siento el temblor de su cuerpo, no sé si por frío o por miedo. Suspiro e intento aclararlo:

—Oye, Catarina, lo siento, yo…

—¿Por qué? —me interrumpe mientras se separa de forma busca al darse cuenta de la situación—. Debería estar en Los Ángeles, no aquí.

—Eh…, pues estás en Los Ángeles —le aclaro.

Su mirada se endurece y me entra la risa. Hago una mueca y creo que eso la molesta.

—¿Te estás burlando de mí?

—No. Lo siento, no he podido evitarlo. Verás, lo que pasa es que… —Intento volver a explicárselo, pero no me deja.

—Lo que pasa es que a estas horas debería estar aterrizando en Los Ángeles. —Mueve las manos para representar con mímica el aterrizaje en pista de un avión—. En California, Estados Unidos. Y me han mandado a este pueblo de mierda en…

—Asturias, España —acabo, y ella se cabrea aún más.

—Te crees muy gracioso, ¿verdad? Tú, el culpable de todo.

—Pero es que no tengo nada que ver. Si me dejaras explicártelo…

—¿Que no tienes nada que ver? Entonces explícame esto —dice obstinada—: hace una semana mi editora habló con una tal Pili, que ya sé que es tu tía, la peluquera, porque me lo ha contado Javier mientras entrábamos en el pueblo. —Está acelerada y sus palabras siguen el ritmo de su respiración—. No sé por qué Emma ha organizado un viaje con una peluquera, el dueño de un súper y contigo. ¿Me lo puedes aclarar? ¿O tendré que esperar a hablar con ella? Te juro que la voy a matar. No me vas a responder, ¿verdad? —Parece hablar sola; la miro enmudecido mientras escucho su discurso desesperado y trato de empatizar con ella, pero sigue y no me deja decir una palabra—. Claro, era de esperar. No se lo puedo preguntar a Emma porque en este maldito sitio no hay luz, por lo que no puedo cargar el móvil, y aunque pudiera tampoco sé si tendría cobertura. Para colmo, estoy aislada porque unos putos pinos se han caído en la carretera y no tengo manera de salir de aquí. Ni siquiera he podido ducharme en condiciones, joder.

No es raro que nos quedemos sin luz o sin teléfono, ni tampoco es extraño que con este viento se caigan los árboles que bordean la carretera, y supongo que es normal que quien no está acostumbrado lo vea de una manera tan dramática.

—El caso es que me habéis engañado. Me habéis traído a un sitio al que ni en sueños hubiese venido si hubiera sabido dónde estaba, y mucho menos a pasar una semana.

—Pero si ni siquiera sabes cómo es este lugar… —respondo picado porque sus palabras son un tanto ofensivas. El hecho de que esto no sea el «Los Ángeles» que ella creía no quiere decir que me vaya a quedar callado viéndola aplastar mis orígenes con sus palabras—. Y si tanto te molesta, mañana, cuando amanezca, te doy mi bicicleta y te vas hasta el pueblo más cercano, pides un taxi y te largas a tu ciudad, con tu vida de niña rica y caprichosa —digo ante su cara de sorpresa al verme capaz de responderle—. Y que sepas que yo no quería que vinieras. He organizado un festival para doce escritores más adultos y maduros que tú, pero no pudieron acudir porque tenían otros compromisos.

—¡Qué casualidad! —replica con sarcasmo—. Ah, no, ya sé lo que ha pasado… Seguro que a ellos les dijeron que vendrían aquí, no a Los Ángeles, California. Normal, cualquiera se negaría.

Esta chica está a punto de agotarme la paciencia.

—Pues tienes un problema. Si es el peor sitio del mundo, está claro que tu editorial no te tiene en gran estima, ya que han sido ellos los que te han mandado aquí —contesto indignado.

Ella responde con una carcajada y se tapa la boca burlándose de mi comentario.

—No te rías tanto… ¿Sabes? Deberías preguntarle a tu editorial. ¡Venga! Llámalos y pregúntales por qué te han mandado a este infierno. No era obligatorio participar… Si quieres, te presto mi teléfono. —Me acerco al dispositivo, que está sobre el mostrador, y se lo paso.

Tiene los ojos rojos y su mirada muestra rabia al oír mi sugerencia. Sabe que el fijo no le sirve.

—¿Me has llamado «niña rica y caprichosa»?

—Sí. Al menos te comportas como tal. No eres capaz de adaptarte a nada que no sea un hotel de cinco estrellas, tu gran metrópoli y tu ropa cara.

—Gilipollas —susurra, pero, por desgracia para ella, tengo un oído muy fino.

Lleno los pulmones de aire y lo suelto; no le voy a dar el gusto de contestarle. Camino hasta la entrada, abro la puerta, cojo un paraguas, se lo doy para que no se moje más y, con un gesto de la mano, la invito amablemente a salir. Se me queda mirando anonadada al darse cuenta de que la estoy echando.

Sin embargo, no está dispuesta a perder su dignidad: pisa fuerte al andar, me empuja la mano para rechazar el paraguas y sale por la puerta. Se vuelve para decirme algo, pero no le doy la oportunidad de que vuelva a abrir la boca, sino que cierro y echo la llave.

Está furiosa. La observo por el cristal y le sonrío mientras me toco las ojeras. Ella imita mi gesto sin saber qué quiero decirle. No importa, lo entenderá cuando se mire al espejo. Me giro sobre los talones, cojo la lámpara de aceite y subo a casa para meterme en la cama.

Esta mujer me ha quitado el hambre. Me ahorro la cena.

13

CATA

Soy capaz de adaptarme a todo

En mi vida me he sentido tan mal. Puedo considerar este día como el peor que he vivido desde que tengo uso de razón. Y he tenido días malos, pero ninguno como el de hoy.

Camino a grandes zancadas las dos calles que separan del hotel la librería del imbécil que me ha traído al pueblo. Hace un frío horrible y sigue lloviendo. Ahora cae poco, pero no he aceptado el paraguas que me ha ofrecido ese tipo, así que sigo mojándome. Entro en las instalaciones del complejo con ganas de patear lo primero que se me cruce por delante. Estoy histérica. Si tuviera un saco de boxeo, me desahogaría con él, pero no es el caso. En la puerta de las cabañas hay encendidas unas luces que deben de ser solares, porque lo demás sigue a oscuras. Con la linterna, ilumino el camino que lleva a la mía. Cuando llego delante de la puerta, meto la llave y oigo un ruido a mi espalda que me hace dar un bote y tirar la luz. Me vuelvo asustada pensando que quizá sea un animal.

—¿Cómo se te ha ocurrido irte sin avisar? —me pregunta Irene cargada con una bandeja en la que lleva una ensalada cubierta con film, una cesta con panecillos, un bol de fresas, dos yogures y una botella de agua.

—Lo siento. —Me encojo de hombros y me disculpo como cuando llegaba tarde a casa de mis padres—. He salido a dar una vuelta.

—Estás empapada y te vas a resfriar —me riñe con cariño—. Lo de antes era broma, mujer. Ya te dije que puedes hacer lo que quieras, solo que de noche debes tener cuidado porque alguna vez se ha dejado ver algún que otro oso pardo por la zona.

Me recorre un escalofrío al pensar en la escena. Sería rematar el día con una victoria magistral, y así acabaría la pesadilla. El titular en los rotativos sería: «Influencer engañada por su editora muere en las montañas asturianas devorada por un oso». Y digo «influencer» porque la prensa nunca me recordaría como escritora.

—¿Aquí hay osos? —Doy la vuelta a la llave y abro la puerta con rapidez, aún asustada. Invito a pasar a la mujer, pero se queda en la puerta mirándome con una sonrisa en los labios.

—Pues podría ser, pero no quería perderme tu cara de pánico al oírlo.

No sé si es que todos los habitantes de este pueblo han salido de *El Club de la Comedia* o es que me quieren hacer la vida imposible.

—Lo suponía. —Le sonrío de medio lado, aceptando su broma.

A Javier y a Irene se lo disculpo todo porque han sido

muy amables conmigo, pero a Leo no quiero verle nunca más.

—No voy a pasar —me dice mientras me da la bandeja—. Cena, descansa y quítate esas manchas de la cara.

—¿Qué manchas? —Me toco el rostro por instinto.

Me vuelvo hacia el espejo de la entrada y me ilumino con la linterna. El reflejo revela lo que hace un rato me ha señalado el librero. Se me ha corrido el maquillaje. Después de ducharme, solo quería entrar en calor, así que no se me ha ocurrido terminar de desmaquillarme; como consecuencia, bajo mis ojos hay manchas de rímel corrido y parezco un mapache furibundo. No me lo puedo creer. En mi vida nadie me ha visto en condiciones tan lamentables. El muy insolente no solo ha tenido la desfachatez de echarme de su local, sino que encima se ha burlado de mi cara.

Como bien le he dicho esta mañana a Javier cuando me ha hablado de su amigo, Leo no es mi tipo. Jamás me fijaría en alguien tan maleducado que ha sido capaz de echarme de la librería sin motivo. Bueno, quizá tenía alguno, pero mi orgullo nunca reconocerá que me he equivocado, porque todos, incluido él, me han traído aquí engañada. De eso estoy casi segura.

Su metro noventa y pico no me va a amedrentar, y cuando su perro me ha gruñido, no me lo he pensado dos veces antes de refugiarme en sus brazos. Esos animales me dan pánico, es un trauma que arrastro desde niña. A los diez años, siempre iba andando al cole con mi hermana y mi madre. Un día vino corriendo hacia nosotras un gran danés que iba suelto porque el irresponsable de su dueño no lo llevaba atado. Se nos abalanzó para jugar, pero pensé que iba a morder a mi hermana, así que salí en su defensa. Al intentar ayudarla, me caí y me rompí la rodilla y un brazo.

Ver tan cerca a ese enorme perro me ha hecho rememorar aquel episodio. En ese instante la adrenalina ha empezado a correrme por las venas y ni siquiera he pensado que me estaba encaramando al librero como una gata miedosa. Tampoco me arrepiento de haber invadido su espacio.

He de decir que físicamente es bastante llamativo. No es de esos hombres en los que te fijas a simple vista, y menos con tan poca luz, pero tiene algo. Altura, cabello largo y descuidado, ojos almendrados tras unas gafas de pasta que le dan un aire intelectual, camiseta básica ancha, vaqueros rotos y Converse... Sí, es llamativo... Pero, repito, no me interesa.

—Gracias, Irene. Mañana nos vemos. —Me despido con rapidez mientras le doy un fuerte empujón con el pie a la pesada puerta, que se cierra poco a poco.

Se me ha olvidado preguntarle si ya hay agua caliente, pero mejor se lo digo mañana. Ahora tengo algo más importante que hacer: limpiarme la cara.

Me dirijo al baño y, al mirarme de nuevo, confirmo que mi aspecto es horrible. Se me ha corrido el rímel, así que parezco un mapache, con manchas oscuras alrededor de los ojos.

«Vale, Cata, tranquilízate.

»Es de noche.

»Nadie más te va a ver.

»Necesitas comer y dormir.

»Mañana despertarás de esta pesadilla», pienso.

Oigo un golpe y abro los ojos, aunque vuelvo a cerrarlos por la claridad que entra por las ventanas. Asustada, vuelvo a abrirlos y pestañeo. Lo primero que veo es el techo de madera de la cabaña, que me confirma que la pesadilla continúa. Suspiro y me tapo hasta la cabeza. Si tengo que quedarme en el pueblo hasta que abran la carretera o restablezcan las comunicaciones, dormiré hasta entonces. No puedo oír música, no tengo móvil, no puedo insultar a mi examiga... Pero no seguiré bañándome con agua fría y solo comeré lo necesario para sobrevivir. Como una especie de hibernación.

Suena otro golpe en la puerta, aunque me niego a levantarme. Me doy la vuelta en la cama, pero quien llama insiste. A los pocos segundos, los golpes se oyen en la ventana. Esto no será fácil. Me siento en la cama y me sujeto la cabeza.

—Catarina, soy Irene. ¿Estás bien? —La voz tras el cristal me obliga a levantarme.

—Un momento —grito con la esperanza de que me oiga y deje de golpear todas las esquinas de la cabaña.

Me pongo el albornoz y las zapatillas y me dirijo a la entrada. Antes de abrir, me peino con los dedos e improviso un moño, me miro al espejo y compruebo que llevo la cara completamente limpia.

Abro la puerta y la brisa fría de la mañana hace que me cruce de brazos. La encargada del hotel me muestra su mejor sonrisa. La claridad del día termina de despejarme, y no puedo evitar admirar el paisaje, presidido por un cielo azul precioso y unas montañas muy verdes al fondo. Veo varias cabañas del complejo, algunas con la chimenea encendida. Las ventanas tienen una alucinante variedad de flores y colores. Todo es muy bonito. Ayer al mediodía, cuando llegué, estaba lloviendo y, entre eso y Lita y el equipaje, no alcancé a fijarme en los detalles, y anoche, entre el enfado y la oscuridad alumbrada por tenues velas y linternas, tampoco pude apreciar esta maravilla.

Irene viene cargada con una bandeja en la que me trae un cuenco pequeño con frambuesas, arándanos y moras, un bol con una ensalada mixta, otro plato con una tapa de madera y un florero pequeño con camelias blancas y rosas. Todo es de mi agrado y hace que le devuelva la sonrisa.

—Buenos días, Irene.

—Querrás decir buenas tardes, chica. —Esta mujer es tan expresiva que habla con la mirada—. Pensé que te había pasado algo porque no dabas señales de vida. He venido ya tres veces…

—Es que tengo el sueño muy profundo —me justifico. Necesitaba dormir—. ¿Qué hora es?

—Las tres y cuarto. Todos están deseando conocerte.

No puedo creerme que haya dormido tanto. Eso nunca me pasa. Quizá no solo estaba cansada físicamente, sino también a nivel mental. Antes de quedarme dormida, reflexioné e intenté dar sentido a por qué me habían mandado aquí por sorpresa, sin una explicación lógica para semejante engaño. Recordé las palabras de Leo: «Está claro que tu editorial no te tiene en gran estima». No le encontré un motivo. Siempre he sido la niña mimada, la benjamina del equipo, la voz más joven y con más ventas del último año. No existe una razón para castigarme de esta manera.

—¿En serio? No me he dado cuenta. —Me encojo de hombros mientras respondo a Irene—. Y como no tengo móvil, no sé ni qué día es.

—Eso quiere decir que dormiste bien y a gusto. —Su sonrisa se amplía aún más y me extiende la comida.

—Muchas gracias, Irene. Me encanta. —Entro en la cabaña y dejo la bandeja en la mesa que está junto al sofá.

Irene me sigue y se acerca a la cocina.

—Has visto que en los armarios tienes todo tipo de bebidas, ¿no? —Abre uno y me lo muestra—. Aquí tienes té y café. La cafetera está aquí, junto al microondas.

—Sí —afirmo—, las vi anoche. Lo que quería preguntarte es si habéis cambiado la bombona.

—¡Vaya por Dios! —Irene se lleva las manos a la cara sorprendida—. Ayer, cuando saliste a dar el paseo, entró en la habitación el chico que nos hace el mantenimiento y ya la sustituyó, pero olvidé decírtelo.

Me siento aliviada, al menos podré repetir la ducha, pero esta vez con agua caliente.

—No pasa nada, muchas gracias.

—Esta mañana temprano vino Leo. —Mi atención se centra de golpe en la casera—. Te trajo una bicicleta, seguro que para que pasees por la aldea. Todo un detalle por su parte... Ah, y te dejó una carta. Es una bonita manera de darte la bienvenida, ¿no?

Irene se encamina hacia la entrada y la sigo intrigada. Al llegar a la terraza, señala la pieza antigua apoyada en un soporte, justo al lado de la cabaña. Mis ojos no dan crédito.

—Ese chico es especial. El día que Leo consiga una

buena chica que lo quiera de verdad, si la mujer es inteligente, no lo dejará ir —dice mientras me guiña un ojo.

Asiento sin hacer mucho caso a su comentario y admiro sorprendida la bicicleta: es preciosa; está impecable y bien cuidada. Parece la pieza de decoración de una tienda *vintage*. Es color verde agua, con las ruedas blancas, igual que el asiento, y en la parte delantera cuelga una cestilla de mimbre llena de jacintos, mis flores favoritas. Cuando es temporada, en casa nunca falta un bonito ramo. En la cesta hay tantísimos que es imposible contarlos; entre ellos, un sobre blanco. Este detalle no me encaja con el personaje desaliñado que me describió Javier ni con el chico con el que me enfrenté anoche. Estoy confusa. Entiendo que con la bicicleta me quiere decir que me largue, como me propuse, pero ¿por qué me manda flores?

En toda mi vida he recibido muchos ramos: flores, peluches, globos, gominolas, bombones… En una ocasión me enviaron un ramo de libros. Siempre han sido obsequios de la editorial, de la agencia de publicidad, de mi editora, de mis padres o de mis abuelos, pero muy pocos hombres —por no decir ninguno— me han regalado flores. Quizá porque no han tenido la iniciativa o porque a ninguno le he dado la posibilidad de pasar más de una noche conmigo.

Además, que me halaguen después de una bronca no es muy normal, aunque no sé muy bien qué pensar. ¿Querrá disculparse por haberme echado de la librería? Tal vez sea la costumbre de los aldeanos, regalar flores a cualquier persona sin motivo, porque mires donde mires las hay de todos los tamaños y colores. Puede que piense que las flores son para mí y que solo sean un adorno de la bici porque la tiene expuesta en la librería. Anoche no vi la bici, aunque entre la lluvia, el frío y la poca luz no me fijé mucho.

—Ayer, cuando saliste —Irene me llama la atención con un chasquido delante de mis narices—, ¿conociste el pueblo?

Reacciono y la miro un poco ausente porque mi mente curiosa está pensando en la carta.

—No mucho, caminé hasta la plaza y volví.

—¿Te gustó?

—Es bonito —contesto recordando amargamente la escena en la librería.

—Me alegro. De día te gustará más —asegura rotunda—. Ahora tengo que irme. Disfruta de la comida y arréglate, que más tarde te han preparado la fiesta de bienvenida en el Dónut de Rebe.

—¿Cómo? ¿Qué fiesta?

—¿No te lo dijo Javier?

—No. No sé nada.

—Si es que no sé dónde tiene la cabeza… Rebeca te ha organizado una gran fiesta en la cafetería para darte la bienvenida, así que ya sabes, ponte más guapa de lo que eres. Allí estaremos todos esperándote.

No puedo negarme. Esta mujer transmite tanto entusiasmo que me veo incapaz de decirle que no. Aunque no sea el sitio que había soñado, haré el esfuerzo, al menos hasta que vuelva la luz y pueda hablar con Emma.

—Allí estaré, Irene. Muchas gracias.

La mujer se va camino abajo. Al instante, me acerco a la bici y cojo la carta de la cesta.

Vuelvo al interior de la cabaña y me siento en el sillón junto al que he dejado la bandeja que me ha traído Irene. Me acomodo y me dispongo a leerla. No sé con qué me voy a encontrar.

Estimada Catarina:

Te escribo estas letras por si no te vuelvo a ver.

En primer lugar, te debo una disculpa. Quizá mis formas no fueron las más adecuadas para darte la bienvenida, aunque, siendo sinceros, tú tampoco fuiste muy agradable que se diga. Así que, en ese sentido, creo que estamos en paz.

Sinceramente, siento que tu destino no sea el que soñaste. Solo quiero que sepas que intenté que no vinieras. De hecho, descarté la posibilidad de celebrar este festival que llevo organizando sin éxito desde hace un par de años. Envié las invitaciones hace mucho y nunca obtuve respuesta, así que la semana pasada opté por llamar a las editoriales una a una. Todas se negaron a mandar a alguien; cuando iba por la décima, al oír su negativa, me di por vencido. Solo me quedaron dos por llamar. La verdad, no sé si los escritores tenían compromisos o, como dijiste, al enterarse de dónde estábamos, se negaron en rotundo. Prefiero seguir pensando que fue lo primero. Y ahí entra Pili, mi tía. Intentó ayudarme, como hace siempre que me ve superado, y se encargó de llamar a las dos últimas. Con la primera obtuvo el mismo resultado que con las diez anteriores, y la número doce fue tu editorial, que extrañamente aceptó. Estaba muy emocionada por conseguir que viniera una escritora, y cuando me dijo que eras tú, intenté que no te trajera, porque sabía que este sitio no es para ti.

Lo siento mucho, de verdad. No sabía que te habían ofrecido ir a Los Ángeles, California. Quizá todo sea un malentendido y tenga una explicación lógica. No creo que una editorial de tanto prestigio se preste a semejante engaño.

Puede que el destino quiera que vivas algo. A veces las cosas pasan por alguna razón, y tal vez este sea el lugar ideal para escribir una buena novela de esas que escribes. No sé, piénsalo. Si decides quedarte, aunque sea unos días, te prometo que haré que sean inolvidables.

Si por el contrario sigues con la idea de marcharte, el mejor vehículo que te puedo ofrecer es esta bicicleta. No es como los coches de lujo a los que estás acostumbrada, pero sí el único vehículo que puede sacarte de aquí. Eso sí, por favor, cuídala, porque es una reliquia de mi familia y le tengo un cariño especial.

Si sigues el camino que sale de la aldea sin desviarte, a diez kilómetros encontrarás el pueblo de Las Vegas, pero no te emociones, no está en Nevada ni hay un desierto, grandes casinos ni esas cosas. Como mucho encontrarás unas tragaperras en el bar. No te engaño, seguirás estando en Asturias. En el centro de Las Vegas hay un bar que se llama Joselito, como su dueño. Es mi amigo, dile que yo te mandé... Bueno, ya eres mayorcita y sabrás apañártelas.

Espero que en ese pueblo ya tengan electricidad y teléfono, porque esta mañana vino andando uno de los pastores y dijo que también se había caído la antena que da cobertura a toda la zona, pero que estaban trabajando para arreglarla. Puedes dejar la bici allí, en el bar, y pasaré a buscarla. Cuando restablezcan los servicios aquí, te haremos llegar las maletas a la dirección que quieras.

Una cosa más, Catarina: me gustó mucho abrazarte, aunque fuese accidental.

Siempre le estaré agradecido a Sky por haberte asustado. Fueron pocos minutos y apenas cruzamos palabras, pero me encantaría volver a verte. Si te animas y te quedas, no te arrepentirás. Aquí hay ~~magníficos~~ los mejores atardeceres que verás jamás.

L*EO*

Mi respiración está muy acelerada y mi corazón late a gran velocidad. Creo que nunca una carta me había hecho sentir tantas emociones al mismo tiempo. Tengo las manos frías y no es por el clima. Toda mi vitalidad está concentrada en el cerebro para releer cada palabra, cada letra perfectamente trazada por el chico de la librería. Me vienen *flashes* de cuando estaba en sus brazos y temblaba de miedo; por unos segundos sentí su protección. Y me hace reír que hasta le dé las gracias al perro por asustarme. Eso ha sido divertido e ingenioso. Tengo el estómago contraído, me he quedado sin palabras y eso es difícil. Por primera vez en mi vida no sé qué hacer: subirme a la bicicleta y huir de esta pesadilla o vivir este mal sueño, dejar que fluya y ver qué pasa.

Dice que no es sitio para mí, como si no me viera capaz de adaptarme. Es cierto que estoy acostumbrada a una vida de privilegios al alcance de muy pocos, pero no siempre fue así. En casa, mis padres trabajaban en la hostelería y se quedaron varias veces en el paro. Cuando tenían trabajo, echaban muchísimas más horas de las debidas para cobrar un mísero sueldo y unas horas extra vergonzosas. No pasamos necesidad, pero tampoco podíamos permitirnos grandes lujos.

Todo cambió a raíz de mi éxito. Al crecer mi número de seguidores en las redes sociales, con los primeros pagos que recibí por publicidad y colaboraciones, conseguí que mi padre dejara su trabajo tras la barra de un bar y que se convirtiera en mi asesor. A los pocos meses de conseguir mi contrato editorial, también mi madre dejó el restaurante y ahora trabaja en la parte creativa de mi marca. Ellos lo gestionan todo y negocian mis contratos, incluso con la agencia. No doy un paso sin que lo sepan. Por eso me extraña que no hayan sido cómplices de esto.

Así que sí, soy capaz de adaptarme a todo.

14

LEO

Ojalá acepte

De pequeño, mi padre me llevaba a hacer rutas de senderismo hasta las cascadas que hay cerca del pueblo. En aquellas largas caminatas me enseñó que la sinceridad es una de las mayores virtudes del ser humano. Me decía: «Nunca dejes de demostrar tus sentimientos y exprésalos de la mejor manera que puedas. Aunque te rechacen. Di siempre lo que sientes». Por eso crecí con esa máxima: aunque no te guste lo que te voy a decir, te lo digo.

Al subir a casa después de pedirle a Catarina que se fuera, me sentí mal. Quizá fui insensible y bastante capullo, pero me molestó su actitud chulesca con ínfulas de superioridad. No me detuve a pensar que podía estar pasándolo mal, y más si vino engañada. Mi única culpa fue iniciar todo este lío del festival. No fui cómplice de esa farsa, aunque no me crea jamás. Es imposible que una persona acostumbrada a la acelerada vida de la gran ciudad se adapte en unas horas a un pueblo tranquilo, sin grandes acontecimientos, sin servicios y sin la posibilidad de salir fácilmente. Lamento no haber sido empático con ella y con lo que debe de estar sintiendo, por eso le envié las flores y la carta de disculpa. En algún lado leí que los jacintos son sus favoritas y, como una de nuestras vecinas es una apasionada de las flores y tiene un jardín lleno de ellos, esta mañana le pedí unos pocos, aunque terminé llenando la cesta.

No somos conscientes de que, sin querer, mostramos al mundo cada paso que damos y de que cualquier desconocido puede saber nuestros gustos y preferencias, aunque estemos a miles de kilómetros. Por ejemplo, Catarina es una lectora romántica empedernida, y su biblioteca es alucinante. Hace un par de meses subió una imagen de la habitación donde dijo que escribía, y la colección que mostraba a sus espaldas era digna de cualquier librería en la sección de novedades de *chick lit*. La estantería mostraba títulos de novela romántica de los dos últimos años. Me imagino que eso la ayudará a crear sus novelas, que alimenta su creatividad leyendo ese género. Según lo que comparte, por cómo se expresa en los reels y en sus directos, parece una persona seria y lógica, amable pero fría. Dime qué compartes y te diré quién eres, ¿no?

Teniendo en cuenta lo que pasó ayer, está claro que me equivocaba. Aunque estoy arrepentido por no haber sabido comportarme, reconozco que me hizo mucha gracia verla tan fuera de su hábitat, empapada, echando fuego por los ojos y con cara de querer terminar conmigo. Me gustó verla sin lo que ya sé que es una fachada, una armadura para que el mundo no se porte demasiado mal con ella. Cata es una chica espontánea, sin pelos en la lengua y dispuesta a defender lo que cree y lo que siente, aunque eso implique salir en mitad de una tormenta para ponerme en mi sitio.

A Óliver le pasa lo mismo, pero a él le sale peor. Mi amigo se empeña en parecer un malote, en venderse como un tipo duro sin sentimientos cuyos únicos intereses son el *gym* —cultiva su impresionante y definido cuerpo— y las fiestas —alardea de las borracheras que se pilla—, y en decir que jamás se enamorará, así que se lía con toda chica que se le acerca. Pero en realidad es un moñas que sueña con encontrar a alguien que le mande canciones bonitas y pasar horas con ella viendo pelis al calor de una chimenea.

Lo sé desde siempre. Óliver es un romántico, como yo. Nos conocemos desde críos y nos parecemos en gustos, aunque no en formas. A mí no me importa reconocer ese lado sensible que tenemos todos, aunque algunos se empeñen en negarlo. Lo mejor siempre es mostrarte tal cual eres, como lo que decía mi padre: «La sinceridad es lo más importante». Al parecer, algo le enseñaron sus últimos fracasos amorosos, porque lo noto diferente y ha ocultado historias que antes exhibía orgulloso. Lo que sucede es que Óliver pasa del blanco al negro en fracciones de segundo. ¿A quién se le ocurre combinar esa fachada de *badboy* con subir en la actualización de Instagram la canción de «You Belong with Me»? El tío es un *swiftie* en toda regla. Y eso fue justo lo estaba viendo cuando nos quedamos sin luz. En cuanto tenga señal le llamaré y me reiré de él un mes. Sé que manda mensajes a alguna tía de la que está pillado, y espero que esta vez le salga bien.

Porque ahora las redes son nuestra forma de ligar, así que estoy bastante jodido por la cobertura que tenemos en el pueblo. Aunque en ocasiones utilice ese método, prefiero la manera tradicional, a pesar de que mis ligues sean un poco penosos, por no decir nulos. La última vez que una chica entró en la librería, nuestras miradas se cruzaron. Intenté mantener el contacto visual, tal como Óliver y Marco me habían aconsejado. Ella parecía interesada, le salió una risilla tonta que me gustó. Quise pensar que estábamos haciendo *match* solo con mirarnos. Me atraía, de modo que me animé a halagarla mientras se distraía hojeando un libro y entonces… me mandó a la mierda. Y así es mi vida.

Volviendo al tema de Cata. Le ofrecí que se quedara porque es lo que me gustaría, no solo por el festival y por mis vecinos, muy emocionados por que esté aquí, sino también para tener la oportunidad de conocerla mejor y de demostrarle que puedo conseguir que se sienta a gusto en este pueblo, con esta gente, conmigo, al menos durante esta semana.

Ojalá acepte.

15

CATA

«Él es todo lo que está bien en un hombre»

Nunca me había pasado que un hombre que apenas he conocido en penumbra durante quince minutos me eche de su local y al día siguiente me regale flores y una carta de disculpa. ¿Me ha sorprendido? Sí, y mucho. La vida es muy corta para perder el tiempo y no aprovechar las oportunidades que se nos presentan. Quedarme en este pueblo no formaba parte del plan, pero por alguna razón estoy aquí, así que voy a dejar de lado mi mal humor y disfrutaré del momento. Mi madre siempre me ha dicho que debemos vivir el presente, porque el pasado no podemos cambiarlo y el futuro es impredecible. La única manera de no repetir errores es dar los pasos correctos y construir nuestro porvenir como buenamente podamos.

Camino cuesta abajo sujetando la bicicleta que me ha traído el librero, enfundada en unos pantalones cargo beis, un jersey de punto fino blanco y unas deportivas del mismo color. Es un día despejado.

Me he vuelto a dar una ducha, esta vez con agua caliente, de modo que ha sido bastante más agradable que ayer. Sin electricidad no puedo usar las tenacillas, así que llevo el cabello al natural. Voy sin apenas maquillaje: un simple corrector de ojeras, máscara de pestañas transparente y brillo de labios. He elegido un outfit bastante *casual* y acorde con el lugar, aunque, si empieza a llover como ayer, correré en cuanto caiga la primera gota. No me arriesgaré a acabar empapada de nuevo.

Paso disimuladamente por delante de la recepción, pero me doy cuenta de que en este pueblo no puedo ser invisible. Tras la ventana, Irene me sonríe y me hace señas para que la espere. Sale por la puerta principal con una bolsa de tela colgada al hombro y un paraguas pequeño en la mano; eso significa que la lluvia está al caer, a pesar de que no hay ni una nube en el cielo.

—Bueno, ¿por fin te has decidido ir a conocer a los vecinos?

—La verdad es que voy a devolverle la bicicleta a…

No me deja acabar la frase y me interrumpe:

—¿Por qué?

—Bueno… —Irene no sabe nada de mi encuentro nocturno con el librero, y si él no se lo ha dicho, yo tampoco se lo voy a contar—. Me gusta caminar y quizá la bici es innecesaria en un pueblo tan pequeño.

—¿Pequeño? ¿Tú sabes la inmensidad que tenemos a nuestro alrededor? Una vez que sales de la fortaleza, hay sitios muy bonitos que debes conocer.

Me encojo de hombros. «Cuatro calles y poco más», pienso.

—No sé, la verdad.

—Pues seguro que Leo quiere enseñártelo todo. Este chico es nuestro mejor guía.

Una cosa es agradecerle el detalle de la bicicleta, sus disculpas en una carta y las preciosas flores, y otra muy distinta es que vaya a recorrer las montañas con él. No es momento para discutírselo a la amable mujer, así que solo digo:

—Sí, ya me lo imagino.

Se me contrae el estómago al pensar en lo que me encontraré cuando vuelva a ver a ese chico. Estoy nerviosa y perdida en mis pensamientos mientras Irene me va contando historias de los vecinos a medida que pasamos por delante de las casas. No le presto mucha atención, solo empujo la bicicleta por el camino lleno de tierra ya seca, sin apenas rastro del barro de anoche. Por la parte trasera de los patios de las pintorescas viviendas hay una vereda estrecha que bordea un río rocoso. La vegetación es muy variada. El verde es el color que predomina en todo el pueblo, nunca había visto tantos tonos. A lo lejos se aprecian unas inmensas montañas. Es un paisaje precioso.

Irene se detiene justo delante de la casa que me llamó la atención ayer, la que tiene buganvilla en la fachada.

—Esta es la casa de los padres de Leo —dice con cara triste—. Su madre enviudó hace tiempo y ahora está en Galicia, cuidando del abuelo del chico. En la primera planta vive su tía, que también se quedó viuda hace casi tres años, y sus primos.

No digo nada, la miro y me limito a escucharla.

—Este chico y su familia tienen una historia triste y larga, pero es mejor que te la cuente él.

Eso hace que aumente mi interés. Soy escritora, así que todo lo que oigo o veo me sirve para adjudicárselo a algún personaje. Entonces lanzo la pregunta:

—¿Y él no vive aquí?

—¡Qué va! Él se ha instalado encima de la librería. Es un chico tranquilo, independiente y demasiado responsable para lo joven que es. Claro que tras la muerte de su padre maduró a palos. Mientras otros fumaban porros, él salía de clase y se iba a ayudar a su madre. Ella, su tía y yo siempre intuimos que el chico lo pasaba mal en el instituto. Él nunca se quejó, pero Óliver se enfadaba mucho y decía que se metían con él por su físico y porque le gustaban los libros. Le llamaban «friki de los libros» o «comelibros» porque en todo momento tenía uno en las manos, pero él jamás se enfadaba. Al contrario, decía que eran tonterías y que no le molestaba que lo llamaran así, pues estaba orgulloso de serlo. Decía: «Qué ignorantes los que piensan que llamarme "comelibros" es un insulto». Marco y Óliver, mi hijo, hicieron lo posible para defenderlo, pero no podían pelearse con todos. Aunque Leo parecía no darle importancia, con el tiempo se fue aislando. Nunca quiso irse del pueblo, pues decidió encargarse de la librería cuando su madre se fue, así que estudió a distancia a pesar de todos los impedimentos por vivir aquí, donde apenas llegan internet ni la cobertura móvil. Es cierto que es muy sociable con los clientes y que se relaciona bien, pero es un tanto desconfiado. Sufrió mucho con la muerte repentina de su padre, la enfermedad de su abuelo y la ida de su madre para cuidarlo, de modo que se refugia en sus primos, en su tía y en los vecinos. No sé qué haríamos sin él, es el alma de todas las fiestas, y encima cocina de maravilla. Como dices en Eternos: «Él es todo lo que está bien en un hombre».

—¿Te has leído mi libro? —pregunto sorprendida.

—¡Pues claro! —asegura alzando las manos—. Me lo compré en cuanto supe que venías. Y me lo acabé en dos días. Así que ya sabes, me lo tienes que firmar.

—¡Pues claro! —exclamo con alegría mientras seguimos el camino.

Casi hemos llegado a la plaza.

—Lo único que le falta a este muchacho es ilusionarse con una chica. A ver si tus novelas le abren el corazón… —Me sonríe intencionadamente.

Me hago un poco la tonta para no demostrarle que me interesa conocer al chico que tan bien me han vendido, aunque creo que exageran. Javier e Irene parecen una de esas aplicaciones que, cuando estás decidida a cerrarlas, te vuelven a mostrar un vídeo para que no seas capaz de abandonar y sigas interesada en descubrir un poco más. Solo me falta encontrar el «me gusta».

A raíz de todo lo que me ha dicho, ha aumentado mi interés por el chico lector. Parece tener demasiadas facetas: librero, no le gusta pelearse, ama los libros, independiente, tiene un precioso husky que me asusta, sabe abrazar sin tambalearse, puede echar de su local a una mujer desolada y empapada, se burla del maquillaje corrido con una risita burlona y es de los que envían flores y una disculpa.

Es la mezcla de imperfección perfecta para crear un

protagonista que me enfurezca y me enamore al mismo tiempo. Necesito conocer a ese hombre, saber qué es real y qué no. He pasado de estar enfadada con el mundo y con él por haberme traído a tener ganas de quedarme estos días y averiguar por qué el destino me ha hecho venir.

Si tuviera que describir a Leo, apenas sería capaz, porque la oscuridad y la rabia de anoche no me permitieron fijarme mucho en él; solo pude apreciar su altura, su cabello despeinado, su vestimenta sencilla y sus gafas de intelectual mientras estaba entre sus brazos, a escasos centímetros de distancia.

—¿Qué edad tiene? —Se activa mi versión periodística a medida que la intriga aumenta.

—Pues cumplió veinte el 30 de julio.

«¿Es más joven que yo?», pienso.

—Leo —respondo de forma instintiva.

—Sí, se llama Leo. —Me mira y sonríe sin entender qué quiero decir.

—Me refiero a que el horóscopo de Leo es leo —le aclaro para que no piense que estoy loca.

Algo que me caracteriza es que suelo perderme en mis pensamientos. Eso no significa que no preste atención a lo que me están contando, sino que mi mente es selectiva y se centra en lo que le interesa. Creo que mis neuronas trabajan demasiado rápido y piensan en varias cosas al mismo tiempo, y en muchas ocasiones hablo desde el inconsciente.

Me gustan los hombres leo. Tienden a sentir empatía por los demás, aunque ayer ese muchacho no se lució demasiado; por lo general son comprensivos, como me demostró al cerrarme la puerta en las narices, ja, ja; y además son muy sociables. No hablamos mucho, así que de eso no puedo opinar. Independientes, como lo ha descrito Irene. Líderes por naturaleza, valientes y aventureros, pero también muy cabezotas... Ya lo veremos.

Al pensar en ponerlo a prueba, se me dibuja una sonrisa en la cara.

—Por fin te veo sonreír. —Irene llama mi atención—. Desde que llegaste, me ha dado la impresión de que te sentías un tanto incómoda... Es la primera vez que te veo los dientes.

—Bueno, es una historia un poco larga, pero estoy bien.

Entramos en la plaza, que ahora, como es de día y no llueve, puedo apreciar del todo. Es cuadrada, como me dijo Javier, con cuatro entradas, una en cada esquina. El sitio me recuerda a Stars Hollow, y me emociona pensar en mi serie favorita. Pasé mi adolescencia con *Las chicas Gilmore* y siempre quise ser una mezcla de la explosiva y alocada Lorelai con la perseverancia de Rory, tan organizada ella. De esa serie me nació el gusto por escribir, y mi gran deseo era convertirme en escritora, como su protagonista. Y lo conseguí. Ahora solo me falta encontrar un Jess Mariano mezclado con un Luke Danes; de ahí seguro que salía el hombre perfecto. Y eso solo existe en los libros y en las películas.

Aunque las dimensiones del lugar se asemejan a las de la serie —con la plaza y el templete central—, la arquitectura es totalmente distinta: las casas, muy juntas, son de dos pisos, de piedra, y en las plantas bajas hay locales comerciales. Destaca una cafetería de colores pastel con un enorme dónut con chispas de colores en la entrada, junto al letrero EL DÓNUT DE REBECA. La casa que está al lado tiene una cruz en la puerta; supongo que será una iglesia, aunque no es como las que conozco, más grandes y ostentosas. Le sigue una puerta con un cartel iluminado, SUPERMERCADO LOS ÁNGELES, donde trabaja Javier. Justo después está la peluquería y mis ojos siguen el trayecto que ya conocen hacia la siguiente casa. «La librería de Leo», pienso, y allí se queda mi mirada. Es el primer sitio al que quiero ir.

—Te lo vas a pasar de maravilla. Cuando los conozcas a todos y veas la que te han preparado, alucinarás. —Irene saluda a lo lejos a varias mujeres que levantan la mano con emoción y nos saludan tras el cristal de la cafetería. Devuelvo el saludo con timidez.

Pasaré por allí en cuanto devuelva la bicicleta.

—¿Podemos acercarnos primero a la librería? Me gustaría devolverle la bici.

—Dime la verdad, ¿te emociona conocer a Leo?

No sé por qué no le confieso que ya le he conocido.

Sonrío con reservas y me encojo de hombros para no ser demasiado evidente.

—Pues no se diga más, primero donde Leo. —Irene alza las manos hacia la cafetería y hace una señal que no entiendo a las mujeres que nos han saludado.

Mi vista regresa al exterior de la tienda y me fijo en la entrada; por un momento me lleva de nuevo al viaje a París que hice con Emma el año pasado, cuando estuve en la magnífica e histórica Shakespeare & Company, situada en el quinto distrito de la capital francesa. Es la librería y biblioteca más bonita que he visto en mi vida y está especializada en literatura anglosajona. Es una de las más importantes porque la visitaron autores de la llamada Generación Perdida, como Hemingway, Ezra Pound, Fitzgerald, Steinbeck y James Joyce. Fue una experiencia espectacular que me muero por repetir. Y la librería que tengo ante mí me saca una sonrisa al recordarla. La entrada es de color verde oscuro, como la parisina, y tiene un letrero de fondo beis con letras marrones donde se lee el nombre del establecimiento. Detrás de una gran cristalera se aprecia un escaparate muy bien organizado, junto a la puerta de entrada por la que anoche me echó su dueño.

—Deja la bici ahí. Seguro que Leo la guarda luego.
—La apoyo en la pata de cabra y aumentan mis nervios. Las manos me sudan y no entiendo por qué estoy tan nerviosa.

¿Cómo reaccionaremos al vernos? Delante de Irene, ¿haremos como si no nos conociéramos? No tenemos nada que ocultar, pero la verdad es que ahora me avergüenzo un poco de cómo me presenté ayer aquí, así que espero que no saque el tema.

Irene abre la puerta y yo la sigo. Una campanita anuncia nuestra llegada. Nadie sale a recibirnos. Me limito a esperar observando el lugar: hay estanterías del suelo al techo repletas de todo tipo de libros. Me envuelve un olor a vainilla y madera que anoche no percibí. El lugar no es grande, pero me impresiona lo bien aprovechado que está. Hay tres pasillos de estanterías y al fondo destaca una zona apartada con un sofá oscuro junto a una chimenea. El asiento es casi del mismo tono que algunas de las plantas que suben por las estanterías, y no puedo evitar preguntarme si son de plástico o de verdad, aunque no me voy a acercar a averiguarlo. Me he enamorado del lugar en segundos. Esta librería es incluso más cálida que la de París. Espero que su dueño me permita pasar tiempo aquí durante los días que me quedan.

—Es preciosa. —Es la expresión que sale de mi boca.

Llegamos hasta un mostrador marrón donde hay un ordenador y unas libretas. A la izquierda veo discos de vinilo y un tocadiscos antiguo. Es todo perfecto.

—¿Leo? —lo llama Irene—. Debe de estar en casa —asegura mientras entra con confianza hasta el fondo.

No hay respuesta. Se apoya en el mostrador y empieza a dar toquecitos a una campanita que hace un ruido bastante insoportable. Reparo en que a continuación del mostrador, junto a una columna de piedra, hay una escalera de madera bastante antigua con unos escalones muy desgastados.

—¡Voy! ¡A quien esté tocando la campana le voy a amputar la mano! —grita esa voz masculina que ayer oí por primera vez, ese tono grueso que hace que me recorra un escalofrío.

Se oye una puerta y a alguien que baja rápido por las escaleras. Lo hace a tal velocidad que, en el último escalón, da un traspié y se cae de bruces al suelo.

—¡Joder! —se queja.

—¡Niño —grita Irene—, que te has matado!

Nos acercamos para ayudarle, pero se levanta con rapidez tocándose la rodilla. Al cruzar la mirada conmigo, se sorprende y disimula el dolor como puede.

—¡Ostras! Tropecé, pero estoy bien. —Se le nota que le duele. Me extiende la mano y me dice—: Vaya… Me alegra tenerte por aquí.

Nerviosa, respondo al saludo y le estrecho la mano. La tiene muy suave y cálida. Ese hormigueo de nervios que recorre mi cuerpo sigue ahí y aumenta en cuanto nos tocamos.

No sé si hablar o esperar a ver qué dice. No quiero dar pasos en falso, porque no sé si le ha contado al pueblo nuestro penoso primer encuentro. El saludo se alarga porque ninguno de los dos aparta la mano y nuestras miradas conectan.

—¿Solo le vas a decir eso? Qué soso, Leo. Tú no eres tan seco. —La voz de Irene nos sorprende, así que nos soltamos y dejamos de mirarnos.

—Eh… —Sonríe, y lo noto nervioso—. Es que no os esperaba, y… —Se coloca bien las gafas y vuelve a sonreír—. Este no es el mejor recibimiento.

—No te preocupes —respondo.

Vale, entiendo que no ha dicho ni va a decir nada; si no, ya me hubiese preguntado qué hago aquí.

Leo es muy alto; está a mi lado y me saca unos cuantos centímetros. También es muy delgado, aunque lo disimula porque lleva ropa ancha. Su cabello es castaño oscuro, largo, lacio y revuelto; sus ojos, grandes y de color miel, se esconden tras esas gafas negras y redondas de pasta en las que anoche ya me fijé. Tiene las cejas y las pestañas muy pobladas, y la piel aceitunada. Es muy guapo. No es mi tipo, pero reconozco que es bastante atractivo. Cuando Javier me habló de él, me lo imaginé mayor, pero ya puedo confirmar que su físico coincide con esos veinte años, con facciones definidas pero aún con cara de niño. Dicen que los hombres crecen hasta los veinte años, algunos hasta los veintitrés. Espero que no sea su caso o podría llegar a ser una estrella del baloncesto.

Joder, esa altura es un puntazo. Me gusta.

—¿Estás bien? —le pregunta Irene preocupada al ver que se inclina para tocarse la pierna.

—Sí, claro, no ha sido nada —dice sacudiéndose la camiseta negra de Nirvana.

Se revisa el codo y se quita las gafas. Parece que están bien, pero las observa y las limpia con la camiseta antes de volver a ponérselas. Me mira y no sé quién está más nervioso, si él con sus movimientos para disimular o yo con mi inmovilidad. No sé qué decir, así que opto por mantenerme en silencio.

—Disculpadme, estaba haciendo la comida y bajé corriendo. ¿Qué tal estás? —me pregunta mientras se dirige hacia el mostrador—. Aún me parece increíble que hayas aceptado venir.

Disimula apoyando las manos y tamborileando con los dedos en la tabla que nos separa. Arquea una ceja y me observa inquieto. Se le dibuja una sonrisa que no sé cómo interpretar. Es consciente de que no he aceptado venir de manera voluntaria. ¿Qué debo decir? ¿Cómo debo actuar?

—Bueno, Leo, hemos venido porque la escritora quería devolverte la bicicleta. Dice que le gusta más andar. —Irene me salva de hablar y me señala.

Él sigue con los ojos fijos en mí, lo noto porque estoy mirando los pósters de pelis que tiene a su espalda, tratando de disimular los nervios, aunque mi valentía hace acto de presencia y hablo sin pensar:

—Gracias por las flores y la carta de bienvenida, ha sido todo un detalle. —Sus ojos se clavan en los míos con incomprensión. Creo que él tampoco sabía cómo iba a reaccionar yo.

Mantenemos un intercambio de miradas fugaces que expresan más que las palabras. Creo que me entiende, sonríe y dice:

—Es lo mínimo que podía hacer para que te sintieras cómoda.

Asiento.

—Leo es adorable, Catarina. Siempre se esfuerza para que todos estemos a gusto. —Se toca el pelo avergonzado y baja la mirada al tiempo que se reduce la tensión—. Hace unas magníficas recomendaciones de tus libros. —Irene aparece a mi lado y me sobresalto; no la esperaba. Hace dos segundos estaba caminando entre las estanterías… Lleva un ejemplar de *Más allá de las estrellas* en la mano—. No sé cuántos ha vendido, pero estás en su lista de los que le gusta recomendar sí o sí. Tu editorial debería darle un plus de ventas a este chico.

—No exageres —susurra Leo intentando hacer callar a la mujer, pero, si ella es como me ha demostrado hasta ahora, seguirá alabando al muchacho.

—Estaba muy emocionado mientras organizaba el Festival de las Letras. Sin embargo, cuando las editoriales cancelaron, desistió, pero Pili, que es quien hace los milagros de las cosas imposibles, convenció a algún dios supremo para que vinieras y, mira por dónde, estás aquí.

Vaya, no dejo de sorprenderme. Al final el librero decía la verdad.

—Me llevo este, Leo. —Me guiña un ojo y sonríe entregándole el libro.

Claramente, quieren halagarme, así que debo mostrarme agradecida. Hay personas que fingen que te quieren para obtener un beneficio, pero desde que Javier vino a buscarme a casa, tanto él como su mujer me han demostrado que aquí hay gente que me admira y que se siente feliz por que haya venido. Los vecinos han preparado varios actos solo para mí, Irene no deja de atenderme mejor que en un hotel de cinco estrellas y hasta el librero me ha regalado jacintos.

¿Qué más puedo pedir?

16

LEO

Fue en serio

—Bueno, Leo, tengo que ir a ayudar a Rebeca. Os esperamos allí, ¿vale? Así también le informas a la chica del itinerario que le tienen preparado. ¿Sabías que los Ragazzi le pusieron su nombre a una pizza? —dice Irene en cuanto le devuelvo el cambio.

Catarina se lleva las manos a la boca sorprendida.

—Algo me comentaron —respondo, pues ya me he enterado de la novedad culinaria de la pizzería. Es una de las brillantes ideas de mi tía... Por cierto, me parece muy raro que aún no haya aparecido para conocer a Catarina. Seguro que se ha escondido a esperar a que la reciba y salirse con la suya, para luego presentarse y poner cualquier excusa.

—Debe de ser una broma —dice Cata emocionada.

Un poco extraño este cambio repentino. Ayer estaba histérica, con ganas de irse y de matar a unas cuantas personas, y hoy llega, hace como que no me conoce y me devuelve la bici. ¿Eso querrá decir que se queda? ¿Acepta mis disculpas y se arrepiente de lo que hizo? ¿O está esperando a que Irene se vaya para soltar su furia y romperme la carta en las narices? Su modo de saludarme me sorprendió. Seguro que por dentro se estaba partiendo de risa por mi monumental caída, que si lo pienso aún me duele. Por mi altura, suelo ser torpe, pero esa manera de recibirlas fue penosa.

—No, querida. Espero que te guste la piña, porque oí que es el ingrediente estrella.

—Pues sí, me encanta. Y a la pizza le da un toque espectacular.

No sé si es educada o tiene un gusto de mierda, porque al que se le ocurrió ponerle piña a la pizza estaba loco. Antes muerto que comer esa mezcla de sabores.

Ella sonríe animada; no sé si está actuando. A menudo es muy complicado entender a las mujeres: nunca sabes si vienen o van, si hablan en serio o se están cachondeando de ti. Con esta chica necesito un manual de instrucciones.

Irene nos mira antes de irse, y ambos sonreímos. Al fin entiende que ha llegado la hora de ayudar a Rebeca y se encamina hacia la puerta.

—Muchísimas gracias, Irene, ¡luego nos vemos! —le digo muy rápido antes de que vuelva y siga hablando.

—Gracias por todo —dice Cata levantando el brazo.

—Adiós, adiós. —Suenan las campanitas y sale por la puerta.

Nos quedamos solos.

El sol baña el escaparate. Como soy muy cuidadoso con la mercancía, cuando la luz da en esa zona echo la persiana para evitar que se deterioren.

—Discúlpame un segundo.

Camino hasta el aparador y la bajo de modo que quita un poco de luz al local.

Ella me observa hasta que vuelvo al mostrador, donde la encuentro hojeando unos cómics que aún no he colocado en su sitio.

—Te gustan las novelas gráficas —dice con un tono agradable.

—Sí —respondo nervioso.

La miro unos instantes en silencio. No sé qué decir, la situación me resulta un tanto incómoda.

—Lo que dije antes iba en serio. —La chica rompe el hielo y yo me acojono.

Intento recordar sus palabras, porque no sé a cuáles se refiere. Desde que la vi, estoy nervioso. No es fácil tener a una chica como ella ante mis narices. Y encima una superventas en literatura. Ayer no me dio tiempo a reaccionar, pero sabía que vendría en cualquier momento, y ahora que la tengo enfrente no sé cómo actuar. ¿Si hago un chiste se enfadará? Prefiero salir por la tangente:

—Lo que dije en la carta también iba en serio.

Ella frunce la nariz y hace un gesto de desagrado. Dios, la he cagado, seguro…

—No es por nada, pero ¿no hueles a quemado? —pregunta extrañada.

Imito su gesto y noto el olor. Mi expresión es de terror al instante.

—¡Hostia! ¡El horno! —Subo corriendo las escaleras dejándola con la palabra en la boca—. Qué desastre… —me lamento en cuanto llego y veo la humareda.

La comida quemada es la causante. La carne está carbonizada. Sky duerme plácidamente en la alfombra. Sabe que no es su comida, así que no lo veo preocupado por si se incendia la casa. Ardería en minutos, porque hay madera en cada rincón.

Me asomo por la puerta de la escalera y la veo inmóvil mirando un libro de la estantería.

—¡Puedes subir si quieres! —la invito. Tiro a la basura lo que iba a ser mi almuerzo. Me haré un bocadillo y por la noche ya veré qué preparo si al final decide quedarse.

—¡No te preocupes! Te espero curioseando por aquí —grita pensando que no la veo. Creerá que estoy muy lejos. Solo tiene que mirar hacia arriba para encontrarme en el hueco de la escalera, pero sigue a lo suyo.

A los dos minutos, mientras estoy concentrado recogiendo, una cabeza asoma por la puerta y doy un brinco en cuanto la veo, porque no me la espero. Sky levanta la cabeza, pero ya conoce a la chica, así que no se mueve. Además, ya tiene sus años y no es el guardián de antaño. Ahora pasa muchas horas tumbado.

—Ostras, ¡qué susto! —Pongo la fuente en el fregadero y me limpio las manos en un paño—. Pasa, pasa, perdona el desastre —digo mientras me acerco al sofá y recojo una camiseta y un pantalón que estaban allí tirados; empujo con un pie los zapatos y los escondo en un rincón. Me dirijo a la ventana y la abro de par en par para que salga el humo; sin luz, la campana extractora es inútil. Cojo el ambientador y rocío toda la estancia.

Ella sigue en la puerta, observándolo todo con detenimiento, mientras recojo lo que voy viendo tirado. No soy especialmente cuidadoso con el orden en casa. Lo único organizado en mi vida es la librería y la rutina de salidas del perro. Por lo demás, todo es para cuando pueda hacerse.

—No te quedes ahí, estás en tu casa.

—Pero el perro...

—Tranquila, no te hará nada.

—Prefiero seguir aquí, me dan miedo.

Entiendo que no le guste, le pasa a mucha gente. Voy a mi habitación y lo llamo.

—Sky, ven. —Con pereza, se levanta y camina con parsimonia hasta que se mete dentro y cierro la puerta.

—Gracias. —Entra con cierta reserva—. Se te ha quemado la comida...

—Un poco, pero no ha ardido la casa.

—¿Tu cocina es de gas?

—No, de leña. ¿Has comido? —le pregunto.

—Creo que ha sido lo único que he hecho desde que he llegado. Irene me trae comida cada dos por tres.

—Eso no es cierto.

Me mira desconcertada.

—También te has duchado. —Sonrío con cierto temor de que se enfade, pero es que tengo que decir algo gracioso. Tanta pose no va conmigo.

—¿Qué?

—Ayer, con la lluvia.

Chasquea los dientes y entiende la broma.

—Sí, la verdad es que me he duchado cuatro veces desde que llegué, así que sí, he comido y me he duchado.

—¿Cuatro veces? Eso es mucho aseo, ¿no?

Se ríe y afirma con la cabeza; veo prudente no preguntar. Hago el gesto de cerrarme la boca con una cremallera.

—La primera vez fue antes de llegar al pueblo. —Sonrío al darme cuenta de que me lo va a explicar—. Javier me lo advirtió, pero estaba tan enfadada que no le hice caso y arruiné mi ropa con la lluvia y los inmensos charcos que se formaron en segundos.

—Nada que no tenga solución. —Hablo sin pensar, pero es lo que siento. Nada en esta vida se arruina si tiene solución, lo material siempre se puede sustituir. Lo único que no se sustituyen son las palabras y, sobre todo, los hechos. Valen más que unas palabras bonitas.

Ella asiente.

—La segunda vez fue cuando llegué a la cabaña. Irene me explicó cómo iba el termo, pero en cuanto se fue el butano se acabó y tuve que ducharme con agua fría. La tercera, anoche, bueno…

Duda en decirlo, así que termino la frase por ella:

—Sí, me pareció verte. Pensé que era un sueño, pero creo que fuiste muy real.

Ella se recoge el pelo detrás de la oreja; hay tensión, pero ambos queremos llevarnos bien y por eso la conversación fluye.

—La cuarta ha sido hace un rato, antes de venir.

—¿Con agua fría también?

—No, cambiaron la bombona, gracias a Dios.

Los dos nos reímos. Nos estamos mirando, ninguno aparta la vista.

—Bueno, es un avance en el pueblo.

—¿El qué?

—Que puedas ducharte con agua caliente.

Se encienden las luces y solo tardan dos segundos en volver a apagarse. Unos gritos entran por la ventana, seguidos de un «ohhh» cuando se dan cuenta de que ha sido falsa alarma.

Ella me mira con ilusión y hago una mueca cerrando los ojos.

—Deben de estar arreglándolo. Volverá pronto, al menos eso espero. —Me dirijo a la cocina seguido de cerca por ella y le enseño una caja—. ¿Quieres un té?

Asiente con la cabeza y me dispongo a calentar el agua.

—¿De cuál quieres?

—El que tengas, me gustan todos.

—Uff, pues yo no los soporto.

—¿En serio? —Me mira observando todos los sabores que hay en el armario que he abierto para que escoja—. Con toda esta variedad, pareces un aficionado.

—Soy adicto al café, pero siempre vienen los vecinos y alguna visita y me gusta que haya de todos los sabores para que puedan elegir entre una infusión o un café. De café también tengo de muchos tipos. Ah, y cerveza, vino…

—¡Vaya! —Se sorprende aún más cuando abro el armario de al lado, donde guardo el café—. Todo un anfitrión.

—¡Qué va! Solo me gusta agasajar a las visitas.

Me mira con dudas y sonrío. Seguro que me pide algún té que no tenga, aunque es difícil, porque compré toda la variedad en una tienda online que lo vende al peso.

—Té negro —pide decidida.

—Hecho. —Cojo la caja y ella ensancha la sonrisa con agrado.

—Ponte cómoda, así te cuento un poco en qué consiste el festival.

Ella se sienta en el sofá delante de la chimenea y se vuelve para no darme la espalda. Sigo en la cocina.

—Pero antes me gustaría disculparme. —Habla nerviosa y parece que tiene frío, porque intenta arroparse los brazos.

—Si quieres te dejo algo de abrigo.

—No, tranquilo, estoy bien.

—¿Disculparte? ¿Por qué?

Ella me mira extrañada.

—Por lo de ayer.

—¿Ayer?

—¿Me estás vacilando?

—No me gusta vacilar, pero pienso que debemos empezar de cero. No estuve muy acertado, como te escribí en la carta, y creo que te debía una disculpa. Empaticé tarde con tu situación y lamento mi actitud.

—Yo sí que lamento haberme comportado como una niñata caprichosa y malcriada. Pero estaba superada, no entendía nada...

Me atrevo a interrumpir:

—Cualquiera en tu situación habría actuado igual.

—¿Te refieres a subirme encima de ti? —La muchacha también es graciosa.

—Bueno, eso no me lo esperaba, y me sorprendió, pero para bien.

—A mí me sorprendieron tus flores.

—¿Qué flores? —La miro extrañado conteniendo la risa.

—Los jacintos. —Ella se sorprende y se tensa.

—¡Por Dios! Esas flores eran para… —Es broma, me gusta jugar, pero en segundos su cara se descompone y pasa de la sonrisa a la preocupación.

17

CATA

Nunca digas «nunca»

Mi cara de «Cata, eres gilipollas si pensabas que este hombre te había regalado flores. Por su expresión está claro que no eran para ti» es todo un poema. Me suben los colores y resoplo enfadada. Él sonríe.

—… la escritora que lo ha pasado mal al creer que iría a Venice Beach y resulta que está en la calle Real de Los Ángeles.

Suelto todo el aire de los pulmones y mi enfado se diluye con sus palabras. «¡¡Eran para mí!!», grito mentalmente por la emoción.

—Solo quería que vieras que la vida no es blanco y negro, sino que tiene muchos colores. Y que si estás aquí será por algo. No sé, vive el momento y disfruta al máximo.

Las mariposas me revolotean en el estómago y eso no lo había sentido jamás. Me ha sorprendido gratamente y mi expresión se transforma en una sonrisa avergonzada.

—Siento haber actuado así ayer.

—Y yo siento haberte cerrado la puerta.

—Te burlaste de mi maquillaje corrido.

—¿Yo? —Suelta una carcajada con la mano en el pecho.

—Nadie me había visto así nunca —confieso.

—Bueno, me considero un privilegiado.

—Te burlarás de mí toda la vida.

—Seguías estando guapa. —Suelta las palabras muy despacio y se entretiene echando el agua hirviendo en la taza.

El calor me sube por las mejillas. Dios mío, ¿qué me pasa?

—¿Guapa? Si estaba horrible… —replico.

—Créeme que apenas me fijé.

—Y por eso te reíste de mí.

—Me reí contigo, que es distinto, y a decir verdad no me reí, solo me toqué los ojos. Me había entrado una mota de polvo.

—Ya, sí, me imagino.

—En lo que sí me fijé es en que, al no llevar paraguas, te mojaste aún más.

—Mi orgullo es poderoso —reconozco en voz alta haciendo una mueca.

—¿Y de qué vale el orgullo si al final te ibas a mojar?

—Me valió para no darte la razón.

—Tú saliste peor parada.

—¿Y de qué te valió a ti cerrarme la puerta en las narices?

—Te invité a salir con amabilidad. —Hace una reverencia y me entra la risa—. No te dije «Lárgate».

—¿Habrías sido capaz?

—Ni borracho.

Pasa por mi lado y me deja el té en la mesa que está junto al sofá. No es el chico más guapo que he conocido, pero su rollo me mola, y mucho.

—Ahora vuelvo —se disculpa.

Camina hacia el pasillo y desaparece. Su ropa ancha me gusta; lleva una camiseta negra con letras grises que rezan NIRVANA. Buen grupo; su música es ideal para escribir. De pronto recuerdo «Come As You Are». «Temazo», pienso. Vaqueros azul claro desgastados y Converse grises. Es un estilo muy urbano que contrasta con la aldea. Al ver el lugar, me recreo imaginándolo con una camisa de cuadros tipo leñador y botas de montaña. Sonrío al visualizarlo en mi mente.

Me acerco a la taza de té humeante y le echo azúcar. Mientras lo remuevo, observo el pisito; es precioso. La cocina y el salón forman un único ambiente. Todo está decorado con madera: las anchas columnas contrastan con las paredes blancas y hay vigas en el techo. La mesita baja que está frente a la chimenea, la mesa y las sillas del comedor y los taburetes de la barra son de haya natural. La cocina no es muy grande, pero parece muy amplia porque en un lado tiene un ventanal del suelo al techo. A través de él se ve la plaza. Me imagino que la gente del pueblo observa por la cristalera como si fuera un autocine. Se enterarán de todos los movimientos del librero. Si no tiene persianas y le da por montárselo aquí, lo pillan fijo.

La cocina está compuesta por una isla central en verde

claro, como los armarios que la completan, y una encimera en la misma madera. Tiene dos tipos de fogones: una vitro y una de leña que parece antigua, aunque está impecable, con unas hornillas planas en forma de espiral. Supongo que también es una alternativa al calefactor, además de la enorme chimenea de piedra que tengo delante; me está dando un calorcito que da gusto. A ver si se me calma el temblor que noto por todo el cuerpo...

Posiblemente también sean nervios.

Mientras espero a que vuelva, mi vista intenta distraerse con las dos lámparas de cuerdas y bombillas grandes que cuelgan del techo, una encima del comedor y la otra en el salón. A este ambiente, aunque perfecto, le falta un detalle, la música, pero supongo que es algo imposible hasta que no vuelva la luz. Mis ojos continúan hacia el pasillo por donde se ha ido Leo; justo al comienzo, a la derecha, hay unos escalones que deben de llevar a otro piso. Curiosa, me levanto y me acerco hasta allí. Veo que de las paredes del hueco de la escalera cuelgan varios pósters de películas: *Harry Potter y el prisionero de Azkaban* (mi favorita de la saga), *El silencio de los corderos* (estresante), *Avengers, Pulp Fiction, El padrino* (clásico entre los clásicos), *Scarface, ¿Conoces a Joe Black?* (mi top uno del mundo mundial), *Buscando a Nemo* (me encanta), *Sin novedad en el frente* (demasiado triste), *Ghost* (me rompe el corazón) y *Siete almas* (lloré como una desgraciada). Me resulta un *mix* interesante: de guerra, psicópatas y gánsteres sanguinarios mezcladas con romances y películas de Disney. Hay más pósters, pero desde aquí no los veo, y aunque me muera de ganas no voy a subir.

—Joder, qué sigilosa, casi me da un infarto. —Su voz me hace pegar un brinco.

Me llevo la mano al pecho porque yo también me he asustado.

—Perdona, soy muy cotilla.

—Estás en tu casa, puedes hacer lo que quieras.

Siento una vergüenza inmensa y trato de disimular.

—También eres cinéfilo.

—¿También? —Le extraña mi comentario.

—Es que me han dicho que eres un lector voraz, aunque teniendo en cuenta que llevas una librería, es evidente.

—Ah, sí. Los libros son mi perdición, pero las películas y las series me encantan.

¿De dónde ha salido este chico? Sigue sumando puntos, es una *green flag*, aunque no me quiero emocionar, porque en toda historia siempre hay un «pero».

Me tiende la mano para ayudarme a bajar los últimos escalones y se la ofrezco de buen grado.

—¿Siempre eres tan servicial? —le pregunto en broma cuando llego a su altura.

—Si me caes bien, me esfuerzo, e incluso puedo llegar a sorprenderte.

Me sonrojo. Espero que no se dé cuenta. Necesito cambiar de tema y disimular lo que despierta en mí.

—Tu casa es muy bonita, solo le falta música —digo mientras señalo el tocadiscos.

—Sin luz es difícil.

—Imagino.

Pasa a mi lado y le sigo un poco preocupada por lo que pueda estar pensando de mí por haber paseado como Pedro por su casa. No parece importarle. Llega a la encimera de la cocina y pone a calentar la cafetera italiana que antes ha llenado con café. Se da la vuelta para buscar algo en un estante de la parte de arriba, y me fijo en su espalda cuando lo coge. A pesar de su delgadez, es ancho de hombros. Dios, qué alto. Aparto la vista nerviosa.

—Rebeca me ha traído antes galletas de chocolate y un bizcocho riquísimo. ¿Te apetece? Para acompañar el café y la infusión.

—Sí, por favor.

A la mierda la dieta, no me voy a privar de esto. Tengo unas restricciones autoimpuestas a la hora de comer dulces y grasas. Hace más de un año decidí eliminar los azúcares e introducir rutinas saludables, aunque muy de vez en cuando me lo salto un poco. Y esta semana tengo la excusa perfecta para pasar de todo. Me lo merezco y, además, no puedo hacerle ese feo al librero.

—¿Ya has visto la cafetería de Rebeca? —pregunta al tiempo que pone las galletas con pepitas de chocolate en un plato y trozos de bizcocho en otro. Todo tiene una pinta deliciosa. Es mucha cantidad, pero no me voy a quejar.

—No, has sido mi primera parada, aunque me he fijado en el local y por fuera es muy bonito.

—Iremos en un rato. Ya deben de estar todos allí, pero pueden esperar. Me gustaría explicarte el itinerario que planifiqué en su día, cuando estaba organizándolo todo para celebrar el festival. Mi tía hizo algunos cambios, aunque estoy seguro de que lo pasarás bien, o al menos eso intentaremos.

Sale el café y se dispone a servirlo en una taza.

—Seguro que sí, créeme. Mi aterrizaje fue un poco forzoso, pero ya estoy mejor y tengo muchas ganas de ver qué me has preparado. —Intento justificarme una vez más—. Espero que Rebeca también tenga té, porque no me gusta el café.

En cuanto me oye, se vuelve rápido hacia mí y sus ojos avellana me miran como si me estuviera duplicando delante de él.

—¿No te gusta el café? —se interesa.

Niego con la cabeza.

—De hecho, el único que medio tolero es el americano.

—Tu corazón es negro... —dice al tiempo que sacude la cabeza.

—¿Qué? —pregunto sin entender a qué se refiere.

—El café es la mejor bebida que hay, y en este pueblo se lo toman muy en serio, así que no lo digas por ahí o te ganarás algún hater. Ya me agradecerás el consejo, te lo aseguro. —Asiente con la cabeza y se me escapa una risotada.

—No, en serio. Las pocas veces que lo he tomado ha sido por obligación.

—¿Quién te puede obligar a tomar un café?

—Bueno, más bien ha sido por educación, por no rechazarlo cuando me lo han ofrecido.

Caminamos hasta el sofá llevando un plato cada uno y Leo sujeta su café con la otra mano. Seguro el té ya está listo. Nos sentamos, él en la parte larga de la *chaise longue* y yo en el lado contrario, para quedar cara a cara.

—Hombre, con decir que no te gusta es suficiente, ¿no?

—Hay compromisos difíciles de explicar.

—Ya, ya veo. Debe de ser horrible no poder decir lo que sientes…

—Siempre digo lo que siento —replico.

Cojo una galleta y la muerdo; está buenísima. Hace mucho que no comía dulces, así que la disfruto.

—Bueno, ayer me di cuenta de que si lo necesitas sacas las garras, pero si dices que no te puedes negar cuando te ofrecen un café es raro, ¿no? —Se sube las gafas, que se le estaban deslizando por el puente de la nariz. Este chico tiene un atractivo que va en aumento a cada minuto que paso con él.

—¿Todo te lo tomas tan a la tremenda? Es solo café.

—Bueno, cuando lees tanto es fácil hacer un drama de todo. Tú eres especialista en crear historias así, ¿verdad?

—¿A qué te refieres? —Sonrío haciéndome la interesante.

—Eres escritora.

—Ah, claro. Bueno, eso intento. Aunque mis historias son más romance cliché empalagoso que drama.

—Ostras, pues en los dos últimos libros mataste a varios personajes.

—¿Qué dices? En *Más allá de las estrellas* solo murió el padre de Mar, y era obvio, el pobre estaba muy enfermo.

—Bueno, vale, pero en *Si me llevas al cielo, te bajo la luna*, Anastasia padece un choque anafiláctico y casi la palma.

Me río porque es obvio que se los ha leído, y eso me emociona.

—Tenía que incluir algo impactante.

—Y tanto. Te aseguro que mi madre lloró, pensó que se moriría. Lo pasó mal. Me llamó unas trescientas veces hasta que vio que se recuperaba.

Me encojo de hombros con cierta nostalgia al recordar el momento.

—En esa escena recreé lo que sentí cuando me pasó en la vida real. Me sucedió hace un par de años al enterarme de que era alérgica a la penicilina. Lo pude contar, y aquel día tuve la suerte de no morir asfixiada. Mis padres se volvieron locos al verme colapsando en aquella camilla del hospital.

—Pues la has clavado. Logras emocionar al lector, te lo aseguro.

—Eso es bueno. Que mi historia cale es el mayor orgullo que puedo sentir.

—Pero ese final, cuando matas a la antagonista, es el drama en su máxima expresión.

—Cora era la mala de la novela. —Sonrío con malicia.

—Jolines, muere de una manera bastante macabra.

—¡Qué va! Con lo mala que era… Hizo sufrir a Anastasia durante toda la historia, la humilló una y otra vez. —Me enfurezco al pensarlo—. Se vendía como su mejor amiga y siempre le clavaba un puñal por la espalda. ¿Cuántas veces le hizo hate por las redes? ¿Cuántas veces intentó liarse con Steve? Era una falsa.

—Como la vida misma. —Da un sorbo al café mientras me observa y tamborilea con los dedos en la pierna en un claro tic nervioso—. Pero no era motivo suficiente para que acabara de ese modo.

—Fui bastante justa, créeme.

—Joder, la atropella un tren —dice contrariado.

—El coche se atascó en las vías. ¿Quién le manda cruzar por la zona prohibida? Eso deja hasta una enseñanza.

—Por lo que veo, es mejor ser bueno contigo o en tu próxima novela basarás un personaje en mí y moriré atragantándome con una galleta.

Ambos nos reímos. Me encantan estas tertulias en las que se intercambian puntos de vista.

—Oye, pues no está mal la idea. ¿Te imaginas?

—Me gusta que las historias me sorprendan, que metas un *plot twist* de esos que te hacen pensar. Pero atragantarse con galletas es una rayada.

—Tomo nota, quizá lo utilice en un futuro.

Le doy un último sorbo al té y cojo un trozo de bizcocho. Hoy me sube el azúcar fijo.

—¿Cómo te gustan los desenlaces, felices o tristes? —Me interesa saber su opinión—. ¿Le habrías dado otro final a Cora?

—Pienso que fue perfecto. —Me gustan sus palabras, al igual que los hoyuelos que se le forman en las mejillas. Viéndolo de frente, con ese cabello revuelto, me parece muy guapo—. Imagino que tu vida es intensa, vives las emociones al máximo para luego recrearlas... Y también leerás mucho para construir esos personajes...

—Uff, no creas, es complicado. Es cierto que me fijo en todo, soy muy observadora, pero también fantaseo y me gusta escribir sobre imposibles, amores perfectos con un final feliz que nunca me pasarán a mí.

—¿Por qué estás tan segura de que no te ocurrirá?

—Me considero una persona muy afortunada, he tenido una infancia increíble y mucha suerte en la adolescencia. He cumplido un montón de sueños —¡y los que me faltan!—, pero eso de enamorarme es un imposible.

—Nunca digas «nunca». Quizá algún día, cuando no la busques, aparezca la persona que cumpla tus altas expectativas.

—Tampoco pido tanto…

Me arreglo el pelo para disimular que me pone nerviosa entrar en temas personales. No soy muy dada a contar mis movidas, pero por alguna razón la conversación con este chico es tan agradable que… ¿por qué no?

—Si nos dejamos guiar por los protagonistas de tus libros, que son casi perfectos…

—Es ficción, Leo. ¿Crees que existe alguien perfecto? No. Existe la empatía, el respeto por el espacio, la tolerancia, los detalles en los momentos precisos que te hagan sentir halagada… —Pienso en sus flores y en la carta, y me revolotean mariposas en el estómago.

—Creo que nunca sería una buena referencia para convertirme en protagonista de tus novelas.

—Nunca digas «nunca»… —Repito sus palabras porque estoy convencida de que sería un protagonista interesante. No sé, lo intuyo.

Suspiro y lo miro a los ojos, distraídos con la llama de la chimenea.

—¿Tus historias siempre tendrán un final feliz?

—Es posible. Aunque no sé si dentro de unos años me dará por escribir un Romeo y Julieta con un final supertrágico.

—Sería como esa novela que alcanzó la fama porque

alguien hizo *spoiler* del final, cuando muere el protagonista. Creó un morbo de la hostia.

—Bueno, el libro tuvo una estrategia de marketing increíble.

—Todo el mundo se interesó por él.

—Aunque fue un éxito, me parece que me gustan más los finales felices.

—Quizá en un futuro cambies de opinión.

—Puede. Por lo pronto, no me gusta planificar. Hasta en mis novelas soy así, las cuento en presente porque es lo que me gusta vivir.

—¿No te intriga el futuro?

—¿De qué sirve planificar si a lo mejor mañana no me despierto?

—Joder, eres un poco dramática, ¿no?

—Como la vida misma. —Repito su frase emocionada con esta tertulia que me está encantando. Hemos tenido mucha conexión, la noto cada vez que lo miro, me siento a gusto.

—Voy a enseñarte algo. Vuelvo enseguida.

Se levanta con rapidez, se dirige al pasillo y sube por la escalera de los pósters. Un minuto después resuenan sus pasos al bajar.

Trae dos libretas y un ejemplar de cada uno de mis libros marcados con pósits de muchos colores, a juego con las portadas. Mi corazón da un brinco. Aún me ilusiono cada vez que veo que un lector ha convertido mi obra en algo suyo. No es común que un chico lea mis novelas... La mayoría de mis lectores son mujeres y entre ellas predominan las adolescentes. Mantengo el silencio emocionada. Me gustan los hombres que leen, me parecen super-sexis.

—Bueno, no sé ni por dónde empezar, sinceramente. Estoy un poco nervioso. —Se toca el pelo y se ajusta las gafas de nuevo. Esa sensibilidad le hace sumar más puntos.

—¿Por qué? —le pregunto entusiasmada.

Me mira dándome a entender que es una respuesta muy obvia, pero no la pillo.

—Una escritora best seller internacional a la que admiro está en mi librería y en mi casa. Eres famosa. ¿Y crees que no es suficiente motivo para que me sienta así? —Tiene una risa nerviosa que me despierta muchísima ternura. Se toca el pelo y una vez más se arregla las gafas.

Sonrío.

—No es para tanto, no soy tan famosa, y la verdad es que no me gusta que me veas así.

Hojea las libretas nervioso.

—Llevo dos años intentando invitar a algún escritor o escritora relevante para promocionar el pueblo y que venga más gente, que sepan que aquí, en estas montañas perdidas, existe un lugar fantástico. Me alegra que hayas venido, aunque te trajeran engañada. —Cierra los ojos y fuerza la risa esperando mi respuesta—. Nada de esto sería posible sin ti y sin tu colaboración. —Se le agolpan las palabras.

Recorto la distancia entre nosotros, me acerco a él y le hago callar poniendo una mano en la suya.

—Está todo bien, no te preocupes. Me encanta el pueblo y quiero conocer a los vecinos. Dime qué necesitas y lo hacemos. ¡Será genial! —lo tranquilizo.

—Gracias. —Aparta la mano, aún nervioso, y busca algo en el bolsillo del pantalón—. ¿Dónde lo he...? —Se levanta y revisa el resto.

Saca un papel del bolsillo trasero.

—Vale, lo tengo —dice mientras analiza lo que pone.

Suenan unas campanitas. Intuyo que son de la entrada de la librería. Leo se tensa y corre escaleras abajo.

—¡Joder, se me olvidó cerrar!

—¡Cuidado, que te caerás otra vez! —le advierto al tiempo que desaparece y se cierra la puerta.

Este chico tiene la cabeza a años luz de la Tierra. En ese rato me ha despertado más interés que cualquier tío que haya conocido en una discoteca, de esos que te abordan sin romanticismo y van directos a intentar liarse contigo. Leo parece sociable aunque tímido a la vez. Es nervioso, le tiembla la pierna y los dedos van al compás.

Me froto los ojos y me revuelvo en el sofá esperando a que regrese. ¿Qué actividades me habrán organizado?

Pasa un rato y no oigo nada, pero entiendo que debe de haber llegado un cliente. Mejor le espero aquí. Cojo uno de los ejemplares que ha puesto en la mesa. Empiezo a disfrutar de cada anotación: análisis de mis escritos, comentarios graciosos, dibujos alucinantes de mis personajes... Es maravilloso. Cada vez que mis lectores vienen a las firmas con libros así, los hojeo, me emociona. Por lo poco que veo y voy descubriendo, Leo parece una persona fantástica.

Suenan unos golpes y pego un brinco. Cierro el libro al instante sintiéndome una cotilla. Se abre la puerta y entran tres niños gritando. El librero va detrás, persiguiendo a los chiquillos como si fuera uno de ellos, y les sigue una chica.

—A ver, ratillas, ¿quién quiere galletas?

—¡Yooo! —gritan los tres muy sonrientes.

Son una niña y un niño rubios y otro moreno. La cría se abraza a la pierna de Leo y los muchachitos corretean a su alrededor.

La mujer me sonríe. Me levanto.

—Si no saludáis, no hay galletas —dice Leo con el plato en el aire.

—Hola —gritan los tres.

Sonrío un tanto sorprendida y les devuelvo el saludo con la misma efusividad de sus gritos.

—Muy bien. —El librero les da las galletas.

—¿Eres Cata? —La mujer se me acerca y me abraza con confianza—. Soy Pili.

Al fin conozco a la tía, aunque no lo parece; más bien su hermana.

—¡Pili, la tía de Leo! Al fin te pongo cara.

Ella me regala una amplia sonrisa. La mujer, de unos treinta y pocos años, es muy guapa. Su cabello es muy liso, una discreta media melena con mechas. Es igual de alta que yo y se parece mucho a su sobrino.

—Vaya, no sé si que hayas oído hablar de mí es bueno o malo.

Los niños saltan a nuestro alrededor mientras se comen las galletas.

—Ayer no era muy bueno —confieso—, pero hoy me encanta estar aquí.

—¿Ves, Leo? Esta chica era la indicada. Te lo dije.

Leo me mira, sonríe y siento un chispazo cuando nuestros ojos se encuentran.

—Nos esperan donde Rebe, así que vamos —nos anima Pili.

Leo me mira y asiento.

Creo que este viaje no será tan malo.

18

LEO

Una mínima posibilidad

Entrar en la cafetería de Rebeca da el pistoletazo de salida al festival. Todo está preparado con mimo, a pesar de las limitaciones impuestas por la falta de luz. La decoración es en tonos pastel, hay globos por todas partes y aquí están las famosas figuras de cartón repartidas por el local. Al verlo, Cata se ha emocionado y Pili le ha hecho una foto con una polaroid. Se la ve contenta. Todos se emocionan al saludar a nuestra invitada. Ella les responde personalmente y se detiene a charlar con cada uno. La observo desde la barra con una sonrisa tonta que Rebe acaba de pillarme.

—Todo está saliendo bien, ¿verdad? —me pregunta ella nerviosa.

—Mejor imposible —la tranquilizo tocándole la mano que descansa sobre la barra.

—La chica es guapísima.

—Sí —afirmo al tiempo que veo cómo sonríe a David mientras habla con él.

Los vecinos se acercan animados para hacerse fotos y hablar con ella, así que prefiero mantenerme al margen, aunque sin perderla de vista. Si en algún momento me doy cuenta de que la situación la supera, podré intervenir.

—Te gusta, Leo.

—Venga, Rebe, es trabajo.

—Bueno, pero un lío no te vendría mal. Un amor fugaz de otoño.

—Estás de coña. ¿En una semana?

—Eres de los que regalan flores y escriben cartas. Como diría mi madre si viviera, «chico, no te quedes con las ganas». Por las miraditas que te pega de vez en cuando, creo que le interesas.

—¿Qué dices?

—El doctor tardó tres días en enamorarse de mí y nuestra relación se ha mantenido a pesar de la distancia...

—Jamás se fijará en mí.

—¡Oye! ¿Tan poco te valoras? ¡Si eres un partidazo!

—Eso es porque me quieres, pero seamos realistas. Estamos a años luz. Ella es tan famosa y yo tan...

—Mira —levanta la mano indignada—, no permitiré que te menosprecies. No sabes lo que vales. Y que eres bien guapo.

—Ajá —replico con fastidio.

—¿Crees que William Thacker se imaginó que Anna Scott se fijaría en él? Y mira cómo acabaron.

—¿Quiénes son esos? —No tengo ni idea de quién habla.

—¿Tan cinéfilo y no has visto *Notting Hill*?

—Hostia, claro que sí, pero no suelo acordarme de los

nombres de los personajes de todas las películas que veo. Además, esas cosas no suceden, es ficción.

—Lo mío no fue ficción.

—Lo tuyo fue casualidad.

—¿Y quién dice que esta no puede ser «tu casualidad»?

—No lo veo, Rebe.

—Pues tú no, pero la que te busca con la mirada es ella.

Levanto la vista y Cata aparta enseguida los ojos de mí. Tal vez... No, no puede ser.

—Me mira porque soy el único al que conoce. He venido con ella, es normal que quiera asegurarse de que no la he dejado tirada.

—Lo que tú digas, Leo, pero yo veo lo que veo.

A Rebe le encanta fantasear. Cuando conoció a su novio, dijo que le recordaba a su amor adolescente y por eso se lio con él. El doctor salió de la carretera principal sin darse cuenta, recorrió varios kilómetros hasta toparse con Los Ángeles y acabó quedándose cuatro noches en una de las cabañas de Irene. Lo encandilaron los ojos azules de ella. El primer día cenaron juntos cuando se fue el último cliente del local; el segundo, vieron el atardecer; y la tercera noche acabaron en el jacuzzi del hotel. Todo comenzó con las miradas que se regalaban por cada esquina. A partir de ese momento, cualquier chica que me mira más de dos veces lo hace porque le gusto y tengo que ir a por ella. Si me mira mucho, es una señal.

La tarde pasa volando y me doy cuenta de que pronto llegará a su fin, porque con la entrada de la noche y la falta de luz no podremos seguir allí. Todos los vecinos han agasajado a la escritora. Mi tía corre por la cafetería sirviendo canapés y bebidas, Rebe no da abasto detrás de la barra y Javier entra a cada rato trayendo género del supermercado. Nadie ha querido perderse la bienvenida a Cata.

Mis ojos la siguen, intentando buscar la señal de la que habla Rebe. Acaba de sentarse con Conchi, la mujer más anciana de Los Ángeles. Es madre de Enzo y Pietro Ragazzi, y abuela de mi amigo Marco. Le encanta que le cuenten historias porque, por circunstancias de la vida, no sabe leer. La lectura siempre fue su asignatura pendiente. De joven no tuvo la oportunidad de aprender, ya que dejó el cole de niña, cuando sus padres emigraron. Luego se casó y se dedicó a cuidar de sus hijos. Cuando falleció su marido, perdió las ganas. Ahora ya es muy mayor y dice que no se ve capaz de volver a estudiar, así que cada tarde David se sienta con ella en la cafetería y le lee lo que en ese momento tenga entre manos. También disfruta yendo de oyente al club de lectura; lo vive como una niña. Por eso la ilusiona tanto tener delante a una escritora de verdad. La sonrisa sincera que muestra Cata me confirma que se siente a gusto. Me acerco para preguntarle si quiere tomar algo, aunque espero detrás de ella porque no quiero interrumpirlas. Están hablando de su último libro.

—Es que una chica como Anastasia, que no creía en el amor, nunca imaginó que Steve la haría cambiar de opinión con pequeños detalles. No hay que dar grandes lujos a alguien para hacerle feliz; a veces solo necesita que le demuestren que las palabras se pueden cumplir.

—Es verdad. Es lo que me demostró mi marido. Siempre me quiso y me fue fiel hasta la muerte —confirma Conchi con nostalgia.

—Steve conquistó a Anastasia con una carta. Él le prometió que, si le daba una oportunidad para enamorarla, le bajaría la luna.

—Es que el amor es maravilloso, niña... ¿Verdad, Leo? Ella se vuelve sorprendida al verme tan cerca.

—Claro que sí, tu marido fue un gran hombre —intento disimular.

—El próximo club de lectura que sea de este libro. Quiero saber más —dice Conchi emocionada.

—Ya está organizado. Mañana comenzamos —le anuncio. Esa lectura forma parte del programa del festival.

Las dos me miran ilusionadas, y me pongo nervioso cuando mis ojos se encuentran con los suyos.

¿Será que existe una mínima posibili...? No, Leo, en realidad no.

—Leo, esta chica es encantadora. Me dijiste que era muy famosa y que salía en la tele, pero mírala, está aquí, con nosotros.

—¿Y por qué no iba a estar? —pregunta Cata.

—La humildad está al alcance de muy pocos, Conchi, y esta chica ha demostrado tenerla al quedarse —interviene mi tía, que pasa por allí sujetando una bandeja de sándwiches.

Miro a Cata. No sé qué está pensando, pero me abruman sus brillantes ojos y esa sonrisa tan bonita. Sigo sin creer que no se haya ido.

—Pues mañana no me pierdo la lectura. ¿A qué hora será? —pregunta Conchi.

—A las cuatro. Así tendremos tiempo antes de que anochezca para no quedarnos leyendo con velas.

—Perfecto —aplaude—. Y ahora, si no os importa, me voy. Es demasiado tarde para una mujer tan mayor como yo —ríe—. Nos vemos mañana.

Le da dos besos a Cata y la voz grave de Javier entra en escena abriendo por enésima vez la puerta de la cafetería con una caja en las manos.

—¡Venga, ha llegado la hora del brindis!

Todos nos acercamos y cogemos vasos de plástico mientras esperamos que el dueño del supermercado descorche las botellas de cava.

—No es necesario. —Cata se encoge de hombros un poco avergonzada.

—¿El qué? —Me rio al ver que se ruboriza—. No puedes negarte. Todo esto es por ti. ¿Ves lo que se han perdido los autores que se negaron a venir?

—El que no valore el cariño desinteresado no sabe lo que es la vida.

—Bueno, tú estuviste a punto de irte.

—Lo importante es que no lo hice.

Y regresa esa mirada cómplice que me remueve por dentro. Es una mezcla de emoción y escepticismo unidos a una voz que me susurra al oído: «Déjate de gilipolleces, no se va a fijar en ti».

—Vamos a brindar por Catarina, para que se inspire y pueda escribir una novela en nuestro pueblo. Te agradecemos que estés aquí —dice David. Si alguien puede transmitirle lo importante que es su presencia en el lugar, ese es él.

—¡Salud! —brindamos a coro.

—Para mí es un honor que me hayáis escogido para participar en este festival.

Sus ojos me buscan y le sonrío. Creo que esta mirada cómplice sí la entiendo.

Todos aplaudimos agradeciéndole una vez más que haya venido.

A medida que se termina el cava, la gente se va despidiendo, pero yo espero a que Cata decida irse. Me gustaría acompañarla al hotel, aunque no sé si aceptará. Irene se ha marchado hace poco porque quiere preparar la cena para ella y para una pareja que también se aloja en el complejo.

Pili le da una mano a Bruno y con la otra tira del carrito en el que Ágata se ha quedado dormida. Han tenido un día muy ajetreado y están agotados.

—Si quieres, te acompaño —le ofrezco a mi tía.

—Tú acompaña a Catarina al hotel, que se ha hecho de noche y no me parece bien que vaya sola —me ordena haciéndose eco de mis pensamientos.

Cata se vuelve despacio al oír su nombre y me lanza una mirada de casi dos segundos. Se está despidiendo de David, que acaba de regalarle un libro. Era de esperar, este hombre deja huella por donde pasa.

Me acerco y me pongo a su lado mientras hablan.

—¡Muchas gracias! —exclama emocionada—. He visto la película muchas veces, pero no he leído el libro. La edición es preciosa.

Conozco a David y sé que no da puntada sin hilo. Cuando se enteró de que vendría Catarina, me pidió un ejemplar de coleccionista de *La historia interminable* con las tapas de piel y el sello en el centro, una réplica del original de la película, una edición muy cara. Y es el que le acaba de regalar. Me extrañó que me lo encargase, porque es uno de sus favoritos y esta edición ya la tiene.

—No me des las gracias, mujer. No quiero que dejes de escribir, y para eso creo que lo mejor es regalarte más conocimientos e ideas que te sirvan para seguir creando historias maravillosas. ¿Quién sabe? A lo mejor Michael Ende te inspira…

—La verdad es que no me veo capaz de escribir fantasía, me da vértigo…

—La fantasía está unida a la realidad —dice David convencido—, es todo aquello que puedas imaginar. Quizá es más fácil de lo que piensas.

—Te prometo que algún día lo intentaré.

—Yo ya no viviré, pero seguro que lo harás muy bien. —David abre la puerta de la cafetería y se despide levantando la mano—. ¡Hasta mañana!

19

CATA

Donde pongo el ojo, pongo el beso

—Creo que es hora de irme —le digo a Leo, que le devuelve el gesto a David.

—Si quieres, te acompaño —se ofrece con dudas.

—Si no te importa…

—¡Qué va! —Y se cruza de brazos nervioso—. Encantado.

—Largaos, que Irene ya debe de tener la cena lista —les dice Rebeca.

Rebe es una chica explosiva y divertida. En todo momento se ha mostrado encantadora y ha procurado que me sintiera a gusto.

El librero me abre la puerta y deja que salga yo primera.

—Mañana paso a desayunar —le dice Leo a Rebe, y ella asiente con una sonrisa cómplice.

—¡Hecho! Te espero.

—Gracias por todo —le digo a la chica antes de salir.

—Igualmente. Si quieres, estás invitada a desayunar con nosotros.

—¡Genial! Vendré cuando me despierte.

—Vale, aquí estaremos.

Salimos en silencio, sin saber muy bien qué decir. Ya le he dado las gracias muchas veces y creo que sueno bastante repetitiva. Entonces ¿qué le digo? «Oye, Leo, me lo he pasado genial» o «Te he mirado tanto porque no podía evitarlo, quería saber dónde estabas»… No, eso no. Prefiero quedarme callada y esperar a ver si habla él.

Los primeros minutos seguimos en silencio. Camina a mi lado y solo se oye el sonido de la brisa que mueve las hojas de los árboles. Me abrazo al notar frío.

—Bueno —dice al fin—, si antes te querían, ahora no querrán soltarte.

—¿Quiénes?

—Todos. Creo que en cuanto reestablezcan los servicios pediré unos cien ejemplares de tus libros, porque, si a alguien le falta alguno, seguro que viene corriendo a comprarlo.

Me río agradecida. Me siento a gusto y sorprendida por la acogida y el cariño que me han mostrado. Valoro todo lo que he conseguido a lo largo de los años y sé que en parte me lo merezco, porque no he descansado ni un día para conseguir mis objetivos, a pesar de la cruel crítica.

—Ha sido fantástico. La gente es increíble.

—Sí, lo es. En esta aldea tenemos una paz que no se puede conseguir en ningún sitio. Para mí, no hay lugar mejor en el que vivir.

—Tienes razón —digo con sinceridad, y me mira incrédulo—. Lo digo en serio. Se respira muy buen ambiente y se vive tranquilo, sin las prisas ni el agobio de las grandes ciudades. Me parece maravilloso.

—¿Te estás quedando conmigo?

—¡Que no! Hablo completamente en serio. Y hay muy buen rollo entre los vecinos.

—Bueno, no creas todo lo que ves. Este es el tráiler. Ya me lo dirás mañana, cuando todos nos gritemos y acabemos a golpes, rodando por el suelo.

Me río porque sé que está de broma.

—¿Todos habéis vivido aquí siempre?

—La mayoría sí, y me incluyo. Algunos se fueron, pero seguro que volverán; y otros, como Rebe y Luca, llegaron hace poco.

—Se os ve muy bien juntos —digo sin poder evitarlo.

—¿A qué te refieres?

—No sé, se os ve muy a gusto. Se nota que os lleváis bien. No lo digo por nada en especial, pero al principio he pensado que erais pareja —confieso con rapidez, intentando arreglarlo.

—Rebe es una buena amiga, ya está. Me fío de ella, puedo contarle mis más truculentos secretos sin miedo a que abra la boca. Nada más.

—Pero no es descabellado pensarlo —digo para que no note la sensación de alivio que me recorre el cuerpo ante su negativa.

—En absoluto. No he dicho que sea imposible, aunque sea mayor que yo, pero no es el caso. Solo es una amiga.

—¿Qué edad tienes? —Sé su edad, pero tengo que disimular.

—Veinte.

—¿Y ella?

—Treinta y dos.

—Mira, casi como Shakira y Piqué cuando se conocieron.

—Y así acabaron. Pero en serio, ¿tú no tienes amigos chicos o qué? —me pregunta con sorna.

—Eh, sí, claro, mi entrenador personal. —Pero algo en mi voz le hace seguir preguntando. Se ha dado cuenta de mis dudas.

—¿Y es tu amigo o hay algo más?

—Es mi entrenador y mi amigo —digo intentando salir del paso.

—Pero ¿te has liado con él o no? —insiste.

—¡Jolines! Sí, un par de veces, pero nada serio. Somos amigos y ya.

—Bueno, está claro que no me sirves como ejemplo para hablar de relaciones castas, pero sí, se puede tener amigos del sexo opuesto sin necesidad de que haya algo. —Suelta una carcajada y siento que me arden las mejillas, pero termino riéndome con él. Me ha pillado.

Llegamos a la puerta de la cabaña. Leo guarda una distancia excesiva entre los dos, como si no quisiera entrar en el lugar donde me alojo. Quizá no le gusto, pero ese espacio que fuerza entre ambos, sumado a las miradas que hemos intercambiado durante toda la tarde, me hace pensar lo contrario. Leo es muy prudente y misterioso, y eso me encanta. En la cafetería no he dejado de buscarlo y nuestros ojos han coincidido un par de veces. Sé que ha estado pendiente de mí, aunque también puede que haya sido porque se sienta responsable de que esté aquí y quiera asegurarse de que todo va bien. Es desesperante no saber si le gustas o no a un chico. Nunca me ha pasado porque, donde pongo el ojo, pongo el beso en cuanto creo que me corresponde, pero con él no estoy segura. Me parece que los dos dudamos.

Leo da un vacilante paso hacia atrás, como si supiera que debe irse, pero se muestra reticente al mismo tiempo.

—Bueno… creo que mejor me marcho, así te dejo descansar. Ha sido una tarde de muchas emociones y seguro que prefieres estar tranquila —me dice.

Además, considerado. Cada vez me gusta más.

—La verdad es que no me apetece quedarme sola. ¿Por qué no entras? Seguro que Irene ha dejado suficiente comida para los dos. Si no tienes hambre, puedo invitarte a un café. Si te apetece, claro.

—La verdad es que… —Busca una excusa, pero no le dejo acabar la frase.

—Además, aún no hemos hablado de los otros eventos del festival. Me gustaría estar preparada y dar lo mejor de mí. —Sé que con eso terminaré de convencerlo.

Un tanto nervioso, intenta arreglarse el cabello despeinado. Sigue dudando, pero al final me mira y esboza una tímida sonrisa que me provoca cosquillas en el pecho.

—Venga, va, un café.

20

LEO

No puedo cagarla por un impulso

Entrar a tomar un café en la cabaña donde se aloja una chica que me vuelve loco es una cosa, pero acabar cenando en su terraza a la luz de las velas con dos botellas de vino es otra muy distinta.

Irene estaba allí cuando llegamos, siempre tan servicial, preparando la mesa y con la comida a punto para cuando volviera su huésped. Al verme, esbozó una pícara sonrisa, y no supe dónde meterme. Tras aclarar que solo había entrado a tomarme un café, Irene no dejó de insistir para que me quedara. Dijo que había hecho comida suficiente para los dos y que no podía dejar a Cata sola. La escritora se limitó a mirarme con una sonrisa a la que no pude —o no quise— resistirme, y terminé quedándome con ella.

La cena transcurrió sin que dejáramos de charlar en ningún momento. Compartimos nuestro amor por los libros, hablamos de sus géneros favoritos y coincidimos en el gusto por la pluma de algunos autores. Acabé confesándole que en el ático de mi casa tengo una librería secreta, en la que paso más tiempo del que quiero admitir. Cuando me dijo que le gustaría verla, no me importó que nunca hubiera subido nadie, así que, con algo de vértigo, le prometí enseñársela cuando quisiera. En ese momento, su gata salió de donde estuviera escondida, se detuvo delante de mí mirándome a los ojos y cuando me incliné para acariciarla se puso a ronronear. A los dos minutos la tenía en el regazo. Cata se nos quedó mirando, claramente sorprendida, y me explicó que Lita, que así se llama el minino, no es muy sociable.

—No sé si alegrarme o sentirme molesta por haber dejado de ser la única en su vida —bromeó cruzándose de brazos y haciendo un mohín adorable con los labios.

La conversación fluía como si nos conociéramos de toda la vida, y pronto dejamos atrás la música, las series y las películas y empezamos a hablar de nosotros, de nuestras vivencias y de nuestros miedos. Me contó lo que le había costado llegar a este punto, me habló de su bloqueo como escritora y de lo insegura que se sentía cada vez que una nueva novela iba a ver la luz. Me narró la dramática enfermedad de su abuelo, la misma contra la que ahora resiste el mío, esa lucha por sobrevivir en una mente que ya no recuerda cómo hacerlo. Empatizamos en muchas cosas, sentí esa conexión que solo notas con personas contadas, y tuve la sensación de que podría estar horas y horas hablando con ella de cualquier cosa.

Cata me gusta, me gusta mucho, pero tengo claro que lo que ha visto Rebe en el bar solo ha sido una ilusión óptica. Puede que nuestras miradas hayan coincidido en algún momento, pero creo que me buscaba para comprobar que no la había dejado a su suerte.

Sé que no tengo ninguna posibilidad con ella. La veo muy madura y seria como para corresponderme. No es una mujer para un lío de una noche, sino con la que pasar el resto de mi vida. Seguro que tiene muchos hombres prometiéndole la luna y las estrellas como para fijarse ni un minuto en mí. Además, está de paso. Para ella, lo más importante es su trabajo, así que lo más probable es que esté cumpliendo con su papel de autora, como buena profesional.

—Me lo he pasado genial, Cata, de verdad, pero creo que es hora de que me vaya. —Me levanto de la silla tras un par de horas sentados allí, y Lita protesta con un maullido, indignada porque la deje en el suelo.

—Me encantaría repetir —dice emocionada.

El vino me confunde, siento que me mira de una manera distinta, pero no es posible, así que decido salir huyendo antes de meter la pata insinuándome a alguien que sé de sobra que me va a rechazar.

Le dedico una sonrisa.

—No sé si tendremos tiempo, Cata. Recuerda que tenemos mucho que hacer el resto de la semana. Ahora descansa, que lo vas a necesitar.

—Bueno, mañana solo tenemos la lectura conjunta. Estoy un poco nerviosa, espero que mi libro no les decepcione, y sobre todo que Conchi lo disfrute —me dice mientras se coloca un mechón detrás de la oreja.

—Eso es imposible, Cata. Al haber venido ya los has hecho felices. Todo irá bien, ya lo verás —la animo.

Decepcionarlos, dice. Por Dios, si es una de las mejores escritoras de novela romántica, y una chica maravillosa, educada y sensible. ¿Cómo va a decepcionar a nadie?

—Gracias, Leo, de verdad. Por tus palabras y por cómo me tratas. Sé que al principio no me lo merecía, me porté fatal, pero te has esforzado por entenderme y me lo has puesto todo fácil. Muchas gracias. —Sin que me dé tiempo a reaccionar, se inclina hacia mí y me da un beso en la mejilla—. Buenas noches.

Me quedo sin respiración un par de segundos hasta que consigo reaccionar.

—Eh, sí, ya… Eh, buenas noches —tartamudeo como un niño.

Ella sonríe y cierra la puerta con suavidad, dejándome en el porche como un pasmarote.

Llego a casa un tanto mareado y me tumbo en la cama. Sky no tarda ni cinco segundos en aparecer y echarse a mi lado. Distraído, acaricio su pelaje. Si pienso en todo lo que me genera estar cerca de ella, me vuelvo loco. Recuerdo todo lo que hemos hablado, su vulnerabilidad al demostrarme que no es como aparece en las redes, una influencer segura de sí misma, fría y con las ideas claras. Solo es una chica más, con sus ilusiones y sus miedos. Teniendo en cuenta la presión a la que se enfrenta por parte de gente que no la conoce, que me haya permitido verla así, con esa confianza, no me ayuda a mantenerme alejado de ella.

Fantaseo con la idea de lanzarme, declararle mis sentimientos, dejar que me conozca, aunque eso me lleve directo al fracaso.

Pero tengo que mantener la cabeza fría. Para mí, esto también es trabajo. Debo demostrar a todo el mundo que el festival es un encuentro serio entre escritores, que pueden hacer amigos y sentirse acogidos. Un evento al que los invitados quieran volver cada año. No puedo cagarla por un impulso y que Cata no quiera volver nunca más. Y no volver a verla.

Sacudo la cabeza e intento dormir. Es muy tarde, y mañana hay mucho que hacer. No solo tengo que encargarme de mi negocio, sino de que todo salga perfecto estos días. Cierro los ojos en lo que creo son unos minutos y al abrirlos me encuentro todas las luces encendidas.

Por fin hay buenas noticias.

21

CATA

Amor del bueno

Abro los ojos y a los pocos minutos me desperezo. Lita está acurrucada a mi lado, durmiendo plácidamente, así que me levanto con cuidado para no despertarla.

Una vez aseada, abro la ventana de la habitación para que se ventile un poco y me dirijo hacia la cocina, donde me encuentro el desayuno en una bandeja, compuesto por un cruasán, mantequilla y mermelada, una botella de zumo, un termo con té y una nota:

Buenos días, Cata. Espero que hayas dormido bien. Las actividades de hoy son por la tarde, así que disfruta de la mañana. P. D.: Ya hay luz.

Mi cara de felicidad es evidente. Pongo el móvil y el ordenador a cargar. Sé que ya puedo llamar por teléfono, pero por alguna razón no me apetece discutir con Emma. A pesar de que apenas llevo un par de días aquí, la desconexión me ha servido para despejarme y verlo todo con otra perspectiva. Aunque no tengo la historia hilada, se me han ocurrido algunas ideas para la novela. Estoy relajada y me siento con fuerzas para comenzar a escribir, pero también quiero vivir el momento, aprovechar cada minuto todo lo que puede ofrecerme este pintoresco lugar.

Quiero salir de la cabaña a respirar aire fresco. Este tiempo no es el favorito de todo el mundo, pero me está encantando. El olor a lluvia y a tierra mojada es genial, y agradezco la posibilidad de abrigarme con una simple sudadera en lugar de pasarme horas eligiendo el outfit perfecto. Sin pensármelo, corro a la habitación a coger una sudadera gris del armario y vuelvo a la cocina. En una *tote bag*, meto el termo con el té y el cruasán envuelto con unas servilletas. La brisa entra por la ventana abierta y me envuelve. Lamento no haber cogido más ropa de abrigo. En cuanto salga por la puerta, se me pondrán las orejas y la nariz rojas. Maldita Emma… Al menos podría haberme insistido un poco más en ese tema…

Decido pasear por el complejo. Estos días no he visto casi nada del lugar donde me alojo, ya que mi cabaña está cerca de la recepción. Esta vez voy en dirección contraria, siguiendo un sendero de tierra a través de unos árboles bastante tupidos que no dejan que la luz del día pase entre las hojas.

Camino durante un rato y llego a un claro en el que hay un precioso parque infantil y unos antiguos bancos de madera. En uno de ellos está sentada de espaldas una mujer que observa a un niño que reconozco en cuanto me acerco. El crío está jugando en el arenal con una pelota.

—Luca, ten cuidado —le advierte Rebe al ver que el pequeño da un traspié mientras corre detrás de la pelota.

—¡Hola! —saludo al tiempo que me siento a su lado.

—¡Hombre, si es la famosa escritora! ¿Qué tal estás? —Sonríe al verme.

—Muy bien. Estaba dando una vuelta, aún no había visto mucho. Es todo muy bonito.

Observo unas columnas de piedra, una fuente y el parque. Este sitio es precioso y se respira paz.

—A Luca le encanta este parque, y yo disfruto de mi hora de descanso. Buen sitio para pensar y desconectar. —Me mira con ilusión—. ¿Qué tal va esa nueva novela?

—Bueno… Para serte sincera, estoy un poco bloqueada. Tengo ideas, he pensado en algunos cambios, pero nada más —suspiro.

—Bueno, mujer, seguro que pronto te llega la inspiración, ya lo verás. Si quieres que te ayude en algo, solo tienes que decírmelo. No soy una experta escribiendo, pero conozco unas vivencias alucinantes. En la cafetería me entero de muchos chismes y tengo varias historias increíbles —Me guiña el ojo y me da un codazo suave.

—Escuchar romances nunca viene mal. No sé si tirar por un romance tóxico y triste o por uno bonito y dulce. —Río.

Abro el termo y le ofrezco, pero ella niega con la cabeza.

—No tomo infusiones ni enferma —dice mientras arruga la nariz al oler el té.

Me encojo de hombros y le doy un pequeño trago. Sigue caliente… El aroma y la temperatura contrastan con el ambiente.

—Pues a mí no me des café.

—No me creo que no te guste el café.

—Pues créetelo.

—Vale, para ti solo té —comenta resignada—. En cuanto a esas historias, si quieres te cuento las mías. Tengo para dar y regalar —dice suspirando.

—¿Ah, sí? —pregunto emocionada.

—Yo voto por una novela bonita y cero amores tóxicos. Sé que en algún momento a todas nos ha gustado el típico malote, uno que cambiaría gracias a nosotras, a que el amor lo puede todo, pero no es cierto. Al final, en nuestra vida siempre queremos un amor del bueno.

—Tienes razón, pero en las novelas suele atraer más un amor prohibido que al final sale bien. Por eso dudo...

—Tengo una buena historia de amor supertóxico protagonizada por un tío manipulador, vicioso, controlador e hijo de su madre. Y otra de un romance empalagoso y a distancia como el actual. Estoy enamorada de un doctor que es un buenazo; sin embargo, sé que no es el amor de mi vida, porque creo que solo encontramos uno de esos —me cuenta—. A lo mejor mis historias no son nada del otro mundo, pero me gusta contarlas y sentirme protagonista, aunque en ocasiones me habría gustado no haberlo sido. Pero tal vez te sirva escuchar que alguien puede pasarlo tan bien y tan mal cuando se trata del amor. En el mejor de los casos, te irás inspirada; en el peor, me habré desahogado. Me pareces una excelente candidata para oír mis penas. —Ríe.

—Todos somos protagonista de nuestra historia, y como tales tenemos el poder de decidir lo que queremos y lo que no. Lo que pasa es que a veces no nos damos cuenta de que lo que tenemos al lado no es lo que nos merecemos. Nos pillamos y salimos enamoradas hasta las trancas. —Ella me mira asombrada.

—¡Vaya! No me puedes negar que eres una escritora nata. Tienes talento para emocionar a la gente.

—Eh, gracias… —digo sonrojada—. Pero cuéntamelo todo, me encantará escucharte, incluso la historia del amor de tu vida. Me interesa. —Me acomodo en el banco para quedar cara a cara.

—¡Mira, mamá! —grita Luca llamando la atención de Rebe para que le vea patear el balón.

—Muy bien, cariño, serás un futbolista de los buenos —dice ella atenta a los movimientos de su peque. Coge aire y lo suelta—. No sé por cuál empezar… —duda—. Creo que mejor por lo malo, así me lo quito de encima… Fue una etapa muy muy difícil de mi vida, aunque gracias a la psicóloga y a la gran ayuda de Leo, de Pili y del pueblo en general, que no ha dejado de apoyarme y cuidar de mí y de Luca, puedo decir que ya la he superado. Fue un amor falso que consumió a la Rebeca de esa época, que se dejó llevar hasta tal punto que hoy sigo sin saber cómo conseguí salir de allí. Al inicio era una historia preciosa, como empiezan todas las relaciones: palabras bonitas, buen rollo, promesas como «Eres lo más importante para mí», «Seremos muy felices juntos»… —Hace un gesto con la mano como desechando todo eso—. Te ilusionas porque ves que alguien te halaga y está pendiente de ti. Pero con el tiempo todo eso se acabó y vinieron las diferencias, los gritos, los celos inútiles, la asfixia emocional, la dependencia, el control desmedido… Además, no era una persona estable a nivel emocional y consumía diferentes sustancias para evadirse de la realidad y de todos sus traumas. Todo fue a peor, se repitieron las promesas, pero en esa ocasión cargadas de arrepentimiento: «No lo volveré a hacer», «No te volveré a gritar», «No te engañaré más», «No te pegaré más», «Perdí los nervios y se me fue de las manos», «Yo no soy así», «No volverá a ocurrir»… Poco a poco me fui hundiendo en un agujero negro del que no sabía salir. Y permití cosas que nadie debería permitir nunca. Un día decidí quererme. Por mí y por mi hijo, le pedí que se fuera de nuestra vida. Cuando desapareció, fue como volver a nacer. Me costó mucho. No levantaba cabeza porque me había vuelto adicta a él, a su escaso cariño. Me conformaba con muy poco, aunque ahora sé lo que me merezco. No dormía, apenas comía y hasta dejé de prestar atención a Luca. Pero poco a poco fui saliendo de ahí y recuperando los pedazos de mí misma que estaban esparcidos. Hasta hoy, que me considero una mujer entera y feliz consigo misma.

Se me encoge el corazón. Me duele que alguien como ella, que cualquiera, haya tenido que pasar por una situación así. Debió de ser muy duro, y admiro su fortaleza y su voluntad para no desfallecer y seguir adelante, por ella y por su hijo.

—¿Cómo lleva el niño no estar con su padre? —Ella sonríe y mira a Luca con amor infinito.

Llama al pequeño para darle unas galletas y continúa:

—¿Crees en las almas gemelas? —pregunta sin apartar la vista del chico.

—Podría decir que sí, aunque lo veo más como una ilusión que como una realidad.

—Te aseguro que existen. Y yo tengo la mía —suelta, y veo que se le humedecen los ojos.

—¿El doctor? —pregunto intrigada.

Ella niega con la cabeza.

—En absoluto. A mi alma gemela la conocí a los siete años. —Sonríe con nostalgia—. Y sé que es mi alma gemela porque puedo decirte que no he conocido a nadie que me haya hecho sentir como él.

—¿A los siete años?

Ella asiente.

—Nos conocimos en el colegio y pasamos toda la adolescencia juntos. Era mi mejor amigo, el chico al que más quería del mundo, el que me entendía y siempre estaba ahí para mí, aunque discutiéramos. A los diecinueve años nos enrollamos por primera vez.

—¿Esperaste doce años para liarte con él? —pregunto sorprendida.

—Pues sí. No sabía lo enamorada que estaba hasta esa noche. Nos besamos en una fiesta, nos dejamos llevar por la bebida y no pudimos parar. Creo que nos teníamos ganas, pero no lo supimos hasta ese momento. Comenzamos a salir, pero no fue bien. Éramos unos jóvenes idiotas e inmaduros que discutían por tonterías, quizá éramos demasiado iguales. Y nos pudo el orgullo. Ninguno dio su brazo a torcer. Nos distanciamos. —Hace una pausa y continúa—: Pasó el tiempo y nos reencontramos cuatro años después en el hospital. Él iba por el pasillo con muletas porque se había roto la pierna jugando al fútbol con unos amigos, y yo... Bueno, acababa de fallecer mi padre tras meses luchando contra un cáncer terminal. Estaba rota, destrozada, y él apareció en esa sala como un ángel; me abrazó y lloró conmigo, con mi familia. Tras ese momento, decidimos volver a hablar. No podíamos permitir que una estupidez destruyera de nuevo el amor que nos teníamos. Retomamos el contacto, pero como amigos. Él tenía novia y yo estaba en mi etapa de disfrutar de la vida, así que no quería nada con nadie. —Se ríe.

—Me da a mí que tú seguías enamorada, ¿no? —pregunto con ganas de saber más.

—Pues sí, pero no quise arriesgarme. Si lo hacía, sabía que terminaría perdiendo esa amistad que tanto necesitaba, aunque solo nos buscáramos en momentos de tristeza y desesperación. Después de él, no conseguí volver a enamorarme. A los veintisiete años, él se casó y yo conocí al tóxico. Él era muy feliz con su mujer, y yo me conformaba con mi tormentosa relación, así que de nuevo nos distanciamos bastante. Dos veces al año, en nuestros cumpleaños, quedábamos para tomar una caña y hablar de la vida, resumíamos en una tarde todo lo que nos pasaba, el tiempo que llevábamos sin hablar. Ese día era maravilloso hasta que nos despedíamos, entonces volvían la distancia y el silencio, que duraba hasta el siguiente cumpleaños. —Sus ojos se entristecen de nuevo—. Una noche, celebrando mi treinta cumpleaños con unas amigas, me lo encontré de fiesta. No sé qué pasó, pero entre los bailes y algunas copas acabamos en un hotel recordando los viejos tiempos en los que estábamos enamorados. —Al decirlo, se queda callada unos segundos—. Nos acostamos, pero fue un gran error, porque él seguía felizmente casado y yo me había dejado llevar por el momento. Quería dejar a mi ex y no sabía cómo hacerlo, así que me refugié en él pensando que me ayudaría. Estaba desesperada por recibir algo más que las migajas de lo que ya no era amor.

—¿Y qué pasó?

—Nada. El deseo contenido actuó por impulso, Cata. Ya no éramos unos críos, sabíamos lo que hacíamos. Él no iba a dejar a su mujer. Prometimos olvidar esa noche y que nadie se enteraría de nuestro encuentro. Nos despedimos esa mañana y decidí que no lo volvería a buscar. No existía un futuro para nosotros, y lo mejor era que no fuéramos ni amigos. No volvimos a hablar, aunque no sé si lo intentó, porque en un arrebato cambié de número de teléfono. Fue una decisión dura, y más cuando semanas después me enteré de que estaba embarazada.

Ahogo un grito.

—¿Qué? ¿Es el padre de Luca? —pregunto sorprendidísima con ese *plot twist*.

—Nunca lo he comprobado, porque quizá sea del Porros, como llamaban en el pueblo a mi ex.

—¿Cómo es posible? —insisto—. ¡No podemos morir sin saber la verdad! —grito.

—El problema es que se parece tanto a él que estoy casi segura de que es su hijo, pero me da pánico confirmarlo. ¿Cómo voy a decírselo?

—Estoy segurísima de que, teniendo en cuenta vuestra historia, él querría saberlo. Además, esto no puede quedar así, ¡tienes que luchar por él y por vuestro amor! —«Vale,

Cata, creo que te estás dejando llevar por tu vena romántica», me digo, e intento relajarme.

Ella sonríe emocionada con una mirada de deseo. Los ojos le brillan.

—¿Tiene hijos? —pregunto, porque eso complicaría un poco las cosas.

—Supe por una amiga común que ya no está con su mujer. Se divorciaron y ahora vive en Inglaterra. Que yo sepa, no, no tiene hijos.

—¡Es perfecto, Rebe! —Me emociono y todos mis intentos por mantener la calma se van al traste. Quiero que esta historia tenga el final que se merece—. ¿Y si le escribes?

—Calma, escritora, calma. Llevamos tres años sin hablar. Además, yo tengo pareja.

—Pero ¿lo quieres como a él?

—El doctor me hace feliz.

—No te he preguntado si te hace feliz; una cosa es que te haga feliz y otra muy distinta es que lo ames. ¿Lo amas como a él?

—No lo sé, ha pasado tanto tiempo… —Medita con la mirada fija en su hijo, que corretea por el parque—. Y tengo miedo de que, al decírselo, me odie por habérselo ocultado durante tanto tiempo.

—No me has contestado.

Ella suspira con tristeza.

—No he amado a nadie como lo amé a él.

—Tendrías que intentarlo.

—¿Y si no me cree?

—Si te quería como tú a él, te creerá. Y entenderá tu

miedo. Y si no lo hace, llorarás un mes, o un año, pero no te quedarás con la duda por no haberlo intentado.

—Tendría que hacerse la prueba, y no sé…

—Rebe, mira, apenas nos conocemos, pero te acabas de convertir en mi persona vitamina.

—¿Y eso qué es?

—Me has dado la energía que necesitaba para seguir adelante. Y te la quiero devolver.

Su historia me acaba de dar unas ideas que necesito pensar y analizar con detenimiento. «Amor del bueno» es la única frase que se repite en mi mente. Pueden pasar los años, puede haber kilómetros de por medio o tal vez se quiera a otras personas, pero cuando se ama nunca se olvida. Rebe me acaba de desbloquear. Y ella necesita luchar por ese amor que no ha podido dejar atrás.

—No te sigo. —Mueve las manos nerviosa sin entender a qué me refiero.

—Serás la protagonista de tu historia.

—Las escritoras sois un poco raras… —Se inclina para recoger la pelota que le ha lanzado Luca y se la devuelve.

—Te prometo que, si hablas con él, te cree y se hace la prueba de paternidad, correré con los gastos para que te pegues unas vacaciones con tu hijo y vayas a por el amor de tu vida.

—¿Y si no me cree?

—Pues te irás de vacaciones a alguna isla paradisiaca a llorar un poco tú sola. Seguro que en un lugar así las penas son menos penas.

Se ríe ante mi propuesta.

—Ya tienes inspiración, guapa, así que venga, a escribir

—dice cambiando de tema—. Yo me voy a trabajar, que se hace tarde y me toca currar. Una cosa es descansar una hora y otra muy distinta echarse el día entero charlando.

Se levanta, llama al pequeño para que venga, coge el bolso y se despide de mí.

—¿Le vas a escribir?

—Me lo pensaré —dice con una gran sonrisa—. Y otro día me cuentas tú las miraditas que te echas con Leo.

Me quedo atónita.

—No sé de qué me hablas…

—Sabes muy bien de lo que te hablo —me dice muy segura, y me siento descubierta—. Te voy a decir una cosa, aquí, en confianza: el librero tiene algo que enamora. Él no se lo cree, pero te juro que, si yo tuviera unos años menos, no lo dejaba escapar.

Ahogo una risa y no soy capaz de responder.

Me quedo un rato sentada en el banco. Se ha dado cuenta de que ayer miraba a Leo más de la cuenta, y trato de asimilar lo que me acaba de decir. Cojo la libreta y empiezo a tomar notas. Debo centrarme en sentar las bases de mi futura novela.

22

LEO

Algún día

—Leo, vamos a poner las sillas aquí. —Mi tía está reorganizando la librería para que los asistentes puedan sentarse durante el club de lectura.

—Colócalas como quieras, no creo que vengan todos.

—Teniendo a Cata como invitada, no faltará nadie —me dice convencida.

Los niños corretean arriba y abajo, así que, aprovechando que ya tenemos luz, decido ponerles una peli con el proyector. Los tres se sientan en la alfombra, junto a la chimenea, discutiendo, como es normal: Ágata está enfadada porque ella quiere ver *Spirit* y los chicos piden *Spiderman*. Que se pongan de acuerdo no es fácil.

—Bueno, fierecillas, hoy decido yo. Os voy a poner *Coco* —digo tajante.

—Sííí —gritan Ágata y Luca, y ahora el que se enfurruña es Bruno.

Comienza la película y mi sobrino coge la consola con

cara de fastidio. *Coco* le encanta, pero es capaz de todo por llevar la contraria.

Regreso al mostrador y me pongo a arreglar unos libros mal colocados en las estanterías. Me alegra tener a Cata aquí, el festival está yendo viento en popa, aunque solo contemos con ella y no con los ocho o nueve autores que pensé al principio. Hoy toca la lectura conjunta de su último libro, y espero que salga bien, pero también estoy preocupado; ayer lo pasé de fábula con ella en su cabaña, tenemos mucho en común y una distancia kilométrica en experiencias de vida. Ella ha viajado y se ha codeado con mucha gente famosa, mientras que yo solo he salido del pueblo algunas veces. Lo más lejos que he llegado ha sido a Ibiza, durante la graduación del instituto, y algún viaje esporádico a Galicia para visitar al abuelo. Por lo demás, mi vida ha transcurrido aquí.

Ella parecía cómoda mientras hablábamos, pero, como siempre, me invaden las dudas: «¿En serio estuvo a gusto o fingía?», «¿La habré cagado en algo?», «Tal vez lo que dije no era tan interesante como pensaba…».

—Oye, Leo, ¿dónde ponemos esto? —me pregunta Pili sacándome de mis pensamientos. Sujeta en brazos unas cajas que aún no he vaciado, así que me apresuro a ayudarla.

—Dame eso, no cargues de esa manera. —Me acerco y le cojo el peso.

—Peores cargas he llevado en mi vida.

En cuanto entro en el almacén, suenan las campanas de la puerta. ¿Aún no es la hora y ya empieza a llegar la gente? Pero la voz que oigo a lo lejos me tensa al instante.

—¡Hola! No sé si es muy pronto, pero quería ayudar.

—¡Catarina! —La voz chillona de Pili retumba por todas partes—. No te excuses, puedes venir cuando quieras. Si Leo no está aquí, lo encontrarás en su casa.

Salgo del almacén con la angustia en el cuerpo, esperando que mi tía no le suelte alguna imprudencia.

—Hola, ¿qué tal estás? —pregunto en cuanto se cruzan nuestras miradas.

—Bien, ¿y tú?

—Un poco apurado.

—He llegado muy temprano, no sé si te parece bien.

—Pues, mira por dónde, Leo necesita ayuda, porque tengo dos clientas de la peluquería que deben de estar al llegar —dice mi tía muy rápido, y frunzo el ceño.

—Pero si me dijiste que no tenías citas para hoy… —replico. Cuando ha venido a ayudarme, se ha quejado de que últimamente escaseaban las clientas.

Pili me hace una mueca, pero no entiendo qué me quiere decir.

—Es que Loli y Ana me acaban de mandar un mensaje. —No sé quiénes son—. Como la carretera ya está abierta, vienen de camino.

—Vale, pues… —No tengo claro si es mentira o verdad.

—¡Me llevo a los niños! —Me guiña un ojo, y entonces entiendo lo que pasa.

—Déjalos —le sugiero; acabo de darme cuenta de sus intenciones y no quiero que Cata se sienta incómoda—. Han de acabar la peli, y si vas a estar trabajando te pondrán la cabeza loca.

—Pero en cuanto acabe me los mandas. —Camina con prisas hacia la puerta—. No sé si podré venir a la lectura, porque Rebe no cerrará y, si me quedo con Luca, es imposible que los tres se porten bien.

Debe de tener mucha necesidad de irse, porque sale de la librería y me deja con la palabra en la boca.

—Vale. —Suspiro pensando en cuál será el siguiente paso.

Hacía mucho que no estaba tan nervioso al tener a una mujer delante, pero es que Cata impone.

Camina distraída por las estanterías y coge varios libros, todos de novela romántica, salvo uno de poesía. Se acerca al mostrador con una sonrisa preciosa. Hoy está especialmente guapa. Lleva el pelo suelto, con unas horquillas que se lo apartan un poco de la cara, y un vestido largo de manga larga y unos zapatos con algo de tacón. Imagino que se ha arreglado para meterse en su papel de escritora, que representa a la perfección, aunque me sigue gustando más la Cata de chándal y deportivas.

—Me voy a llevar estos.

—Buena elección —le digo viendo los que ha escogido—. Supongo que conoces a estas autoras en persona.

—A Elena y Raquel sí; son compis de editorial y nos llevamos muy bien. Procuro leerme todos sus libros, pero estos son los primeros que sacaron y no los tenía. Con Irene he coincidido en algunas firmas, pero no nos tenemos mucha confianza. Me encantan sus historias de universitarios. Tiene una mente brutal a la hora de crear personajes adictivos. Y a Manuel le adoro, su poesía es única. Me encanta su forma de transmitir esos sentimientos tan profundos a través de las palabras. Tengo todos sus libros y este, el nuevo, no había tenido tiempo de pedirlo.

—Entonces, deduzco que de la romántica no saldrás nunca. De escribir, me refiero.

—Imposible. La romántica es lo mío, el mundo gira alrededor del amor. Sin amor, no hay vida. Y el que tenga miedo a amar que se quede solo.

—Vaya, qué radical. —Se cruza de brazos y me mira a los ojos—. ¿Acaso tú no temes al amor?

—Depende. —Me extiende la tarjeta para que le cobre.

—¿De qué? —pregunto interesado en saber la respuesta.

Salgo del mostrador y me muevo hasta la sección de poesía, que está justo a su lado, mientras ella mira con el rabillo del ojo la colección de vinilos que adorna la tienda. Cojo un ejemplar de *El amor, las mujeres y la vida*, de Benedetti, y lo meto en la bolsa con discreción. Es una muestra del amor como fuente de la vida.

—Temo que me hagan daño, pero no amar.

Regreso a la mesa repitiendo mentalmente sus palabras y cojo el TPV para cobrarle.

—A eso le tenemos miedo todos, aunque a veces hay que arriesgarse, ¿no?

Me mira segura y siento que podría leerme como a uno de esos libros que lleva en la bolsa. Si se mete en mi cabeza, verá más de una escena con ella, alguna tumbados en el sofá al calor de la chimenea, cada uno leyendo un libro mientras se reproduce una *playlist* que hemos hecho nosotros y comentando nuestros puntos de vista sobre las historias que vamos leyendo y alguna que otra escena eró-

tica con la que me gusta fantasear. Un imposible, pero so-
ñar es gratis.

—Sin duda —me dice. Sus ojos resbalan por mis labios
y trago saliva pidiéndole a mi autocontrol que no imite su
gesto—. Por cierto, ya tengo algunas ideas para la siguiente novela.

—Sabía que este sitio te inspiraría.

Asiente. Cuando coge la bolsa, ve que hay un libro de
más. Lo saca y me mira con dudas.

—Este autor inspira a grandes escritores —sugiero convencido de que le gustará.

—Pero...

—Pero nada, escritora, es un regalo.

—Gracias —dice hojeando las primeras páginas—. Pero
no acepto que me regalen un libro sin que me lo firmen.
—Lo cierra y me lo devuelve.

—Está difícil conseguir la dedicatoria de Mario. —Sonrío al darme cuenta de lo que me está pidiendo.

Ambos nos reímos mientras cojo un boli para dedicár-
selo. Me observa con detenimiento, y cuando voy a empezar a escribir levanta la vista disimuladamente.

—Solo te pido que no lo leas ahora. —Cierro el libro y
se lo devuelvo.

—De acuerdo. —Agradecida, guarda el ejemplar en la
bolsa y nuestras miradas vuelven a cruzarse.

—Vale, volviendo al tema de antes... Entiendo entonces que buscas a un tío que te haga sufrir un poco, pero
que te dé un final feliz —insisto porque me interesa saberlo.

Es lo que muestra en sus libros, el típico hombre con

un pasado oscuro, problemático y bastante tóxico, y una protagonista que lo enamora. Pasan mil episodios con peleas, malos rollos, amistades que se traicionan, y al final todo se soluciona y tienen un final feliz.

—Lo que escribo no tiene nada que ver con lo que quiero para mi vida.

—Algo de realidad tendrán tus historias.

—Algo… —Deja la respuesta en el aire—. Mi próxima novela será de un amor bueno, un amor inesperado que se encuentra cuando menos lo buscas.

—¿Y crees que existe?

—No sé, no me ha pasado, pero me gustaría encontrarlo algún día.

Nos miramos y algo salta entre nosotros, una pequeña chispa que no sé gestionar. ¿Se referirá a…?

—¡Leo, quiero galletas! —El grito de Ágata me sorprende, y de repente me la encuentro abrazada a mi pierna.

—¿Acabó la peli, pequeñaja? —La cargo a cuestas.

—No, pero tengo hambre. —Suelta la carcajada cuando le hago cosquillas.

—Entonces vamos a buscar esas galletas.

Cata nos mira y nos sonríe, y vamos juntos a buscar algo para picar.

La tarde ha transcurrido tal como la habíamos organizado. Ha sido una locura. Casi todo el pueblo ha venido a la lectura conjunta del libro de Cata, incluso gente de Las Vegas y de otras aldeas cercanas. Los turistas también se han apuntado. Como de costumbre, se asoman al escaparate y, si ven mucha gente dentro, se animan a entrar y comprar.

Ha sido muy amena, y nos hemos echado unas risas gracias a David y Conchi, con sus moralejas sobre la vida. Ambos son una enciclopedia de enseñanzas, personas ya en el ocaso de su existencia que corren por dejar huella. Catarina parecía estar a gusto, ha participado en la tertulia y ha defendido las decisiones de sus personajes. Los ejemplares que había pedido antes de que los árboles cortaran la carretera han llegado hoy, y entre todos han vuelto a agotar las existencias.

Con tanto trajín, he descuidado un poco el trabajo normal de la librería —revisar el *stock* y ver qué libros tengo que pedir a la distribuidora—, pero aún no he encontrado un momento para hacerlo. Tengo que ponerme al día, pero cuando veo que Cata se acerca para despedirse de mí, todo eso queda en segundo plano.

—Muchas gracias por todo, Leo. Ha sido increíble. —Su cara de felicidad demuestra la veracidad de sus palabras.

—Me alegra que te hayas sentido a gusto —le digo con sinceridad.

—Bueno, será mejor que me vaya.

Pienso dos segundos y me lanzo, ya sin miedo a que me rechace.

—Si te apetece, te puedes quedar a cenar.

23

CATA

Hay personas que te rompen los esquemas

—Si dejas que te ayude, me quedo.

Actuar por impulso es mi especialidad. Me he sentido tan bien allí que no me lo pienso dos veces. Al instante, acepto la invitación de este chico tan inesperado que me está conquistando a fuego lento. Esa manera de seguirme con la mirada. Esa sonrisa ladeada que me eriza la piel cada vez que veo que es para mí. Creemos que tenemos un prototipo, pero hay personas que nos rompen los esquemas. Y Leo es de esos. Tengo muchas ganas de leer su dedicatoria en el poemario; sé a lo que se refiere al decir que Benedetti inspira: su poesía profunda se cuela por tus venas, te remueve las ideas. Me gusta su regalo, como también cada detalle que tiene conmigo. En todo momento ha estado pendiente para que me sintiera cómoda. Ha sido todo un anfitrión, lanzándome alguna mirada cargada de deseo, como las mías, y necesito estar a solas con él para seguir descubriendo a este desconocido que me encanta.

La tarde ha sido increíble. Al final la tía de Leo ha dejado a los tres niños en la cafetería, con Rebe, y nos hemos reído con sus ocurrencias al poner voz a las reflexiones de Anastasia, la protagonista de mi último libro. Esta mujer lleva a una actriz en su interior y ha dramatizado de tal manera el texto que ha clavado al personaje... Antes de dar por terminada la sesión, Rebe ha aparecido con los tres chiquillos cantando a gritos «Another Love», de Tom Odell, la canción que aparece en la última escena del libro. Ha sido muy gratificante vivir la sencillez en todas sus facetas. No hace falta estar en un hotel de lujo o en el *stand* más caro de una feria para sentir el cariño de los que te siguen y te quieren, y esta es una experiencia que no olvidaré jamás. Tampoco podré olvidar la cara de Conchi, que ha escuchado la historia muy atenta y, mientras yo leía, no podía contener las lágrimas. Ha sido muy emotivo ver que una señora de ochenta años puede demostrar sus más íntimos sentimientos ante un público que se emociona al verla llorar. Todos lo hemos hecho, incluso David, el Abuelo Lector, un hombre sabio que da consejos en cuanto puede. Y estúpida la persona que no valore sus palabras. En esta vida vivimos mucho, pero a casi todo le restamos importancia. Y los pequeños detalles debemos guardarlos en nuestra memoria. Este es uno de esos momentos. Ahora entiendo que el viaje ha sido un premio.

—Pero ¿sabes cocinar? —Leo me devuelve a la realidad—. Espero que no te cortes un dedo y que eso te impida firmar. Sería el responsable, y la gente del pueblo me odiaría de por vida —dice tomándome el pelo, y me río.

—Uff, con ese presagio mejor sirvo el vino —le sigo la corriente.

—Hecho —acepta cerrando la puerta de la librería.

Voltea el cartelito, apaga las luces y subimos las escaleras que nos llevan a su casa. Me invaden los nervios por quedarme a solas con él, pero no pienso echarme atrás.

Si la tarde ha sido increíble, la noche es aún más maravillosa. Un Leo detrás de los fogones comienza a elaborar maravillas culinarias, y ya vamos por la segunda copa de vino. Las relleno mientras corta los ingredientes. Dice que está preparando brochetas de langostinos y, de segundo, un *risotto* con boletus y trufa. Si me pusieras a cocinar, acabaría haciendo una pasta carbonara o unos fideos chinos para salir del paso, o pediría comida a domicilio, pero tengo que confesar que cada minuto que paso conociendo a Leo me sorprende todavía más.

Nunca había visto a alguien tan joven con tantas obligaciones y cumpliéndolas a la perfección. Está claro que un chico de veinte años no es un adolescente, pero he conocido a muy pocos como él: tiene claro qué quiere en la vida y cuáles son sus responsabilidades. Leo se encarga del negocio familiar como un adulto hecho y derecho. El amor que muestra cada vez que habla de libros con los clientes es para sentarse a oírlo durante horas y debatir sobre historias cambiándoles el final. Y encima su casa está impecable y cocina de lujo. ¿Tendrá algún defecto?

Por raro que parezca, me siento cómoda hasta con Sky, que duerme a mi lado. Nunca me habría imaginado estar junto a un gran husky siberiano sin que me diera miedo. Al subir, nos ha recibido encantado, llamando la atención de su dueño, y tras mucho insistirme Leo, he tocado al can hasta que me ha transmitido cierta seguridad.

—Bueno —dice Leo sacándome de mis pensamientos—, tenemos que esperar unos veinte minutos para cenar.

Camina hasta el aparador y cambia la música, otro importante punto de conexión entre nosotros. Nuestros gustos son similares. Creo que, si preguntásemos la compatibilidad a Spotify, el resultado sería de más de un noventa por ciento. En el tocadiscos suena Arctic Monkeys.

Si juntamos las ganas de estar con alguien que te llama la atención y un improvisado ambiente romántico muy de libro, seguro que acabamos brindando, mirando a esa persona sin miedo a llegar hasta donde nos lleve la noche. Cuando eres escritora, siempre te dicen que tienes las expectativas muy altas por lo que se refiere a las relaciones, y la verdad es que no se equivocan: podemos crear personajes, saber cómo piensan, qué quieren y qué no, y narrar situaciones y escenas que sabemos que nunca ocurrirían en la realidad.

Al cabo de veinte minutos exactos, la comida está lista y nos sentamos a la mesa. La cena transcurre sin que dejemos de hablar, entre anécdotas y risas.

Todo está exquisito.

—Me has sorprendido gratamente —le alabo.

—Me alegra.

Se limpia la boca con la servilleta de tela y se levanta a por otra botella.

Dios mío, en condiciones normales, no necesitaría tanto preámbulo, pero con este chico las cosas van tan despacio que me planteo si solo está siendo agradable y servicial en su papel de anfitrión. Pero sé que no me he inventado las miradas de esta tarde. Entonces ¿qué ocurre?

La velada se extiende acompañados por la música de The Weeknd. Llega el momento del postre y pienso que el chef habrá perdido fuerza, pero vuelve a sorprenderme con un helado de nata y frutos rojos. Madre mía, ¿cómo será la versión *prime* de este chico? Tan sugerente como reservado, tan misterioso como sociable. Leo tiene muchas cualidades que me encantan y que son compatibles conmigo. Quiero vivir el momento, no voy a perder ni un minuto.

—Guau, Leo. ¿Las artes culinarias son propias o heredadas?

—Forzadas, diría yo.

—Pues para ser así, se te dan muy bien.

—Digamos que siempre me gustó comer bien, es lo que tiene ser de pueblo. Hasta hace unos años, de la cocina se ocupaba mi madre, pero tuvo que irse y debí apañármelas solo. Ya sabes que al principio te haces lo que sea para salir del paso, pero con el tiempo le cogí el tranquillo.

—Ya veo que te gusta.

Se levanta, empieza a recoger los platos de la mesa y le sigo. Cojo las copas y le acompaño a la cocina.

—¿Te apetece un té?

Me detengo a su lado y nos rozamos por casualidad. La piel se me eriza, sonrío por instinto y asiento. Leo prepara la cafetera sin percatarse de la velocidad de los latidos de mi corazón.

—Me gustaba mucho cuando no había luz —pienso en voz alta.

—Ostras, eso sí que es una sorpresa.

—No sé, las velas, las lámparas de aceite… Creaban un ambiente muy bonito.

Y, como si se lo hubiese pedido, se acerca al aparador, coge unas velas y las enciende.

—Oye, es broma. De verdad que no es necesario que las gastes por mí.

Se vuelve y me mira con una sonrisa que me altera las pulsaciones.

—Si algún día voy por Madrid, espero que al menos te tomes un té conmigo.

—Me gustaría mucho, incluso te invitaría a cenar. No te garantizo que te cocine tan bien como tú, pero te puedo sorprender.

Se acorta la distancia entre nosotros. Aunque permanezco inmóvil en la cocina esperando que el agua para el té rompa a hervir, él camina directo hacia mí. Y si creo que va a hacer lo que me imagino, no me negaré. Todo mi cuerpo se tensa esperando un momento que no llega. Leo se detiene a poca distancia de mi cuerpo y levanta los brazos para alcanzar la caja de té del armario. Desde luego, no es lo que esperaba. Ni tampoco que suene el timbre a estas horas.

Si nuestro acercamiento era previsible y existía la más mínima posibilidad de que ocurriera algo esta noche, la llegada de su tía y su amiga Rebe con los tres niños no fue precisamente lo que esperaba. La cara de sorpresa de Leo me dice que tampoco entraba en sus planes. Aun así, la noche acaba entre risas y buenas anécdotas con toda la familia reunida.

24

LEO

¿A qué tienes miedo?

La noche fue casi perfecta. Traté de esmerarme y controlar mis impulsos de besarla porque no tenía claro que fuera a corresponderme. Tal vez lo habría hecho si mi familia no se hubiera presentado por sorpresa con magdalenas; fueron bastante inoportunos.

Esa mañana, cuando me levanto, noto que estoy nervioso. Jamás había organizado una firma de ejemplares en el templete de la plaza. Espero que el día se aclare a esa hora, que coincidirá con los buses de turistas y del Imserso. Ha amanecido gris, algo muy común en estas tierras tan verdes, pero espero que no llueva.

Me asomo por la puerta de la librería y doy la vuelta al cartel que indica que está abierto. Hay muchos coches aparcados en la plaza y me extraña. Incluso ocupan las plazas de los buses. Me dispongo a organizar la mañana a la espera de que llegue la reposición urgente que pedí, porque ayer se agotaron todos los ejemplares de nuestra escritora.

De pronto, Cata entra en la tienda con una cara de angustia que me preocupa.

—Me están siguiendo —dice con desesperación, y me abraza por sorpresa.

—¿Quién? —pregunto correspondiendo a su abrazo, y echo un vistazo hacia la puerta para comprobarlo.

—Había mucha gente en la puerta del hotel. Esto no me gusta, Leo —protesta, y se abraza más fuerte a mí, escondiendo la cara en mi pecho.

—Espera, espera, calma. Cuéntame, ¿qué ha pasado?

Se separa un poco y levanta la cabeza para mirarme. Está muy nerviosa y habla de forma atropellada.

—Me han visto bajar de la cabaña y han empezado a llamarme. Era mucha gente, pero la entrada estaba cerrada, así que no han podido entrar. He subido al parque y he salido por detrás.

—¿A qué tienes miedo?

—A la gente. Desde que recibo tanto hate por las redes sociales, me asusta que me reconozcan y no quieran una simple foto; temo que todo ese odio sea real. Desde que empezó, no puedo estar en sitios con muchas personas porque me agobio. Emma, mi editora, siempre intenta tranquilizarme, me dice que la gente es muy valiente tras la pantalla, pero que no pasará nada, aunque no puedo evitarlo, y las firmas siempre han sido con aforo limitado porque me siento superada cuando veo que el lugar se está llenando. Es como si me faltara el aire.

Suenan las campanitas y se abre la puerta. Cata vuelve a abrazarme asustada, pero solo es el repartidor que viene con una carretilla llena de cajas.

—Tranquila. —Le acaricio el pelo tratando de calmarla—. Son tus libros. Deja las cajas por donde puedas, por favor —le digo al hombre, y nos apartamos un poco para que pueda pasar.

—No sé qué hacer, Leo. No puedo salir con tanta gente ahí fuera. Me supera.

Frunzo el ceño.

—No te preocupes, no haremos nada que no quieras.
—Me da igual el festival, la firma y todo lo demás, solo quiero que vuelva a sonreír. Escuchar ese fragmento de su historia me ha encogido el corazón. No consentiré que sufra más.

Por el escaparate veo que los buses del Imserso intentan aparcar y oigo varios pitidos ensordecedores. Le pido a Cata que vaya a la parte de atrás de la librería.

—Voy a ver qué está pasando. Tú tranquila, no pasará nada.

Al salir, doy la vuelta al cartel para que vean que está cerrado. Salgo y cierro con llave.

Hay mucha gente que parece buscar a alguien. Un grupo de niñas está bastante alterado. Me acerco intentando averiguar de qué hablan.

—Vi que entró a la cafetería, pero la encargada dice que no sabe nada —se queja una con desesperación.

—Yo estaba en la entrada del hotel, pero cuando nos vio en la puerta echó a correr. Seguro que está allí, porque nadie la ha visto salir —afirma otra de las niñas.

Pues sí, están hablando de Cata.

—¿Será que no es del pueblo? —pregunta otra de las chicas.

—En una de las fotos que publicó el chico ponía que era Los Ángeles, pero no hay cobertura y no puedo buscarlo.

—¿Estás segura? Una de las fotos era de ella en una librería, y por aquí no veo ninguna —dice otra mirando cada local. Cuando se den cuenta de que hay una, vendrán directas. Menos mal que he cerrado.

—¿Y si la han secuestrado? Su mensaje en las redes me angustia; era una despedida y lleva días desaparecida sin subir historias.

Me sorprende tanto alboroto. El bus se detiene en mitad de la calle y comienzan a bajar los abuelos. La plaza está completamente abarrotada, hasta el punto de que no se podrá hacer nada en el templete. Vuelvo a la librería y, como si me hubiesen descubierto, se me acercan unas niñas un tanto desesperadas.

—Perdona —me dice una de las chicas—, ¿esta es la librería donde estuvo ayer Catarina?

—Sí —contesto seco.

—¿Sabes si está bien?

—Está muy bien.

—¿Y nos puedes decir dónde podemos encontrarla?

—No —vuelve mi fría respuesta.

—¿Sabes si va a firmar libros?

—Estaba previsto, pero hay *overbooking*. —Me pongo serio señalando a la gente de la plaza.

—Necesitamos verla, necesitamos saber que está bien —dice una bastante alarmada.

—Está bien —las tranquilizo—, pero, si sigue llegando más gente, será imposible hacer nada.

—¿Podemos entrar?

—No. Está cerrado, abro más tarde. Debo organizar la mercancía antes.

Entro en la librería y todas las niñas se agolpan en la puerta. Cierro por dentro y voy hasta las escaleras. Allí, sentada junto a Sky, me espera Cata. Está más tranquila. Suena el teléfono antes de llegar a ella, así que vuelvo al mostrador.

—¿Sí?

—Leo, ¿has visto la que hay montada ahí fuera? —La voz de mi tía suena al otro lado del aparato—. Hay demasiada gente. ¿Qué vamos a hacer?

—Nada, no creo que todos vayan a ir a la peluquería.

—Ojalá, pero sé que es por Cata.

—Pues sí, algún listo que estuvo en la lectura de ayer ha subido una foto y ha dicho que está aquí. Por eso hay tanto alboroto.

—Y ella debe de estar en el hotel. Hay que avisar a Irene.

—Tranquila. Está aquí. Se quedará en mi casa hasta que la gente se aburra y se vaya.

—Pero ¿qué pasa con la firma en el templete?

—Pues la haremos otro día y con aforo limitado.

—Muy bien. Voy a acercarme a donde Rebe para ver si necesita ayuda. La gente está haciendo cola fuera.

—Vale. Abriré en cuanto Cata suba.

—Adiós, Leo.

Cuelgo y me dirijo a la escalera.

—Hola.

Me mira interrogante.

—Hola.

—¿Estás mejor?

—Con Sky de guardián, cualquiera se sentiría protegida.

—Es un buen guardaespaldas. —Me agacho delante de ella y acaricio al perro—. Escucha, creo que lo mejor es que subas y te quedes aquí un rato.

—Necesito el móvil, y está en el hotel.

—Si quieres, voy a buscarlo.

—Si me haces el favor, te lo agradecería. Está en la habitación, cargando.

—Ahora vuelvo, pero ve subiendo. Ya sabes dónde está el té. —Sonrío para darle confianza.

No tardo ni quince minutos en regresar. Cuando entro en casa, Cata está sentada en la cocina removiendo un té y al lado de su taza hay otra con café. Al verme, se levanta de la silla y se acerca. Me abraza con confianza.

—Gracias por todo, Leo.

25

CATA

Algo más que una historia

Abrazar a Leo es sentirme protegida. Me despierta tanto que no puedo describirlo. Me separo de él y le doy las gracias por todo lo que está haciendo por mí. En este instante es mi refugio.

—Podrías subir al ático. Allí estarás cómoda, y además es el sitio donde mejor llega la señal, podrás revisar el móvil tranquila.

Accedo a su propuesta y subimos por las escaleras forradas con pósters de películas.

Cuando abre la puerta, me quedo sin palabras. El sitio es precioso: suelo de madera, techo a dos aguas y paredes repletas de estanterías con libros. Parece un lugar de cuento de hadas. Hay un sofá marrón con una mesa a juego y, al fondo, unas puertas lacadas en blanco que, según me dice Leo, dan a la terraza.

—Estás en tu casa. Solo llega el 3G, así que tendrás que moverte un poco cuando pierdas señal. Si quieres llamar sin que se te corte, ahí está el fijo. —Me señala el inalámbrico, coge una manta de una cesta y la extiende en el sofá—. Bajo a la librería. Si me necesitas, llámame al fijo desde el móvil y te atenderé. Estaré atento. —Me extiende un papel con el número de teléfono, me sonríe para tranquilizarme y se dirige a la puerta.

—Muchas gracias, Leo.

Cojo el móvil con cierta inseguridad. Es sorprendente lo rápido que me he acostumbrado a no usarlo, pero ahora me doy cuenta de que debería haberlo encendido antes. Tengo cientos de notificaciones. Llamadas de mamá, de papá y de Emma. Miles de wasaps pidiendo que dé señales de vida. Muchos e-mails y mensajes en las redes pensando que me ha pasado algo.

Lo primero que hago es llamar a mis padres, con los que hablo más de media hora. Están bastante preocupados por que no haya mandado ni un mensaje, y mi madre me echa una buena bronca por no haberme puesto en contacto antes. Cuando por fin me deja hablar, le cuento el problema que hubo con la luz, por lo que no podía cargar el móvil ni utilizar el teléfono fijo. Al menos, estaban al tanto de que estaría aquí. Se ve que Emma no tuvo ningún reparo en contarles el viaje que me esperaba, aunque, según ella, todo ha sido una confusión. Les dijo que en muchas ocasiones intentó aclararme que no era California, pero que yo siempre la interrumpía, y como me veía tan entusiasmada, prefirió que me llevara la sorpresa. Tendrá morro, la tía… La sorpresa me la llevé, pero no sé en qué momento pensó que me gustaría este cambio de planes.

Durante estos días había pensado hacer caso omiso de

las redes, pero cuando veo que incluso algún periódico digital se ha hecho eco de mi supuesta desaparición y ha afirmado que no se sabe nada de mí y que estaba haciendo un feo a todos mis seguidores, no tengo más remedio que decir algo. Subo una foto mía en las historias de Instagram, con las estanterías de Leo de fondo, y añado: «Mi descanso durará unos días. No os preocupéis, estoy viviendo un sueño».

También tengo un montón de mensajes directos, pero decido no abrirlos. Sé que habrá muchos seguidores que se habrán preocupado por mí y por mi bienestar, pero también soy consciente de que la bandeja estará llena de haters, y no me siento preparada para enfrentarme a ello. En cambio, decido entrar en el correo, donde tengo varios mensajes de publicidad abiertos. Ya me lo ha comentado mi padre; me ha dicho que lo tiene todo controlado y que les eche un vistazo cuando pueda, y eso es lo que hago en este momento.

En cuanto termino de señalar los correos con los que tengo algunas dudas, me planteo si llamar a Emma, de la que tengo unas veinte llamadas perdidas y un montón de mensajes. Lo he estado aplazando para hacerla sufrir, aunque seguro que mis padres ya le han dicho que han hablado conmigo. No me apetece charlar con ella, sigo muy enfadada, pero no es solo mi amiga, también mi editora. Suspirando con resignación, le doy al botón de llamada.

Ni siquiera termina el primer tono cuando descuelga.

—¿Cata?

—La misma —digo en un tono serio, esperando sus disculpas.

—Cata, por fin puedo hablar contigo. ¿Estás bien?

—Bueno, ahora sí, digamos que ya he asumido el engaño.

—Cata, escúchame, intenté...

—¡No me digas! —la interrumpo. Mi lado mezquino sale a la luz.

—Cata, por favor... Llevo desde que te fuiste que no duermo porque solo pienso en que no respondes a mis mensajes ni a mis llamadas, nada.

—Bueno, te merecías mi silencio, aunque no ha sido a propósito. —Mi enfado sigue, quiero que sufra un poquito—. Deberías agradecer a la sabia naturaleza que tirara unos pinos en la carretera que cortaron la salida del pueblo, porque, si no, al día siguiente habría cogido un taxi y habría ido directa a matarte. Tuviste mucha, muchísima suerte...

—Cata, lo siento, sé que debí decírtelo...

No la dejo terminar y la interrumpo:

—No te preocupes. Aún te odio un poco, pero entiendo por qué lo hiciste, aunque no creo que fuera la mejor forma de lograr tu objetivo, la verdad.

—Lo sé. Sé que tendría que haber hecho las cosas de otro modo, pero pensé que, si te lo decía, te negarías en redondo, y me pareció una gran oportunidad para que salieras de tu cueva, que te relajaras.

—No te quito la razón, Emma, pero eso no implica que no siga enfadada contigo. Esto me ha venido bien, sí, pero ha sido una jugarreta en toda regla, por mucho que intentes arreglarlo. —Creo que estoy siendo un poco dura, así que intento suavizar el tono—. Pero estoy muy a gusto aquí, de verdad. No me arrepiento de haber venido.

—¿De verdad? ¿No me mientes para que me sienta mejor? —Duda porque me conoce. No sabe si le estoy hablando en serio.

—Reconozco que cuando llegué a Los Ángeles asturianos me quedé en *shock*. Estas montañas no se parecen en nada a las de California, y el clima soleado todo el año aquí apenas lo he visto. Predominan la lluvia y el frío. Aquí no hay famosos ni grandes lujos materiales, pero sí una calidad humana que cuesta encontrar. Ni, por supuesto, una playa de ensueño. Aun así, sí, hablo en serio. Creo que está siendo una experiencia inolvidable.

—La verdad es que esto no me lo esperaba. El enfado por supuesto, pero no que estuvieras bien. No las tengo todas conmigo, pero, si me lo dices, te creo.

Se abre la puerta del ático y entra Leo con una bandeja de comida.

—Gracias —digo interrumpiendo la conversación.

—Te la dejo y vuelvo más tarde —me susurra.

—No, quédate un rato. —Le hago un gesto para que me acompañe.

—La firma en el templete será el último día —me informa en voz baja, y se sienta a mi lado en el sofá.

—Vale, creo que será mejor —digo mientras me pierdo en su mirada. Me sonríe y me señala el teléfono. A lo lejos se oye la voz de Emma, que me llama.

—¡Ay, Emma, perdona! Lo que te decía, han pasado cosas que ni yo entiendo. —Él me mira en silencio y aprovecho que no le estoy hablando a él para decir lo que pienso—. He conocido a gente increíble con la que me encuentro muy cómoda. Y hay una persona que me ha hecho sentir como nunca.

Leo sonríe, pero creo que no entiende lo que estoy diciendo, porque tiene el ceño fruncido. Aunque querría que él escuchara lo que voy a decir, al final le doy la espalda y susurro:

—El librero es un chico de libro, Emma.

—Dime que tienes la historia.

—Creo que volveré con algo más que una historia —aseguro convencida de que será así—. Nos vemos en unos días, Emma.

26

LEO

Si no lo haces, me debes un beso

Ayer, Cata y yo pasamos el día en mi casa. Fue casi perfecto, solo empañado por el disgusto de la escritora. Me he despertado muy pronto, pero no podía volver a dormirme pensando en todo lo que ha sucedido esta semana, así que he decidido salir a dar una vuelta con Sky.

Cierro la puerta de la librería y comienzo a caminar. Siento el frío, pero creo que tendré suficiente con la sudadera. Debido a la hora, las calles están en absoluto silencio y apenas comienza a aclararse el cielo. Sky va a mi lado. Me encanta salir a pasear con él. Los alrededores de este pueblo son preciosos, y más a esta hora de la mañana, cuando se respiran el silencio y la paz, nada habituales a diario. Vale, es un lugar tranquilo, pero nos conocemos todos y es un poco difícil disfrutar de un momento para ti a no ser que te escondas.

Estamos llegando a la entrada de la aldea cuando reparo en una chica en chándal, con un moño mal hecho, unas gafas que aún no le había visto y cascos, sentada en una piedra junto al riachuelo, con una libreta y un boli en las manos. Se ve que a nuestra querida escritora le llegó por fin la inspiración.

Como a esas horas no suele haber nadie por la zona, llevo a Sky sin correa. Sale corriendo hacia Catarina y ella se sorprende cuando levanta la vista y ve la velocidad a la que se le acerca.

—¡Sky, para! —El perro obedece, reduce la velocidad y se detiene cuando llega a su lado.

Cata se lleva una mano al pecho, un poco asustada, mientras lo acaricia con la otra. Imagino que no esperaba que la interrumpiéramos en su momento de soledad.

—Joder, ¡qué susto! —Suspira relajando la respiración.

—¿Qué haces por aquí tan pronto? —pregunto un poco intrigado.

—No he podido dormir porque tenía una idea dando vueltas en la cabeza. Comencé a estructurar y a dibujar el hilo conductor de una historia y los personajes. La verdad es que no he pegado ojo, así que he pensado que podía aprovechar para disfrutar del amanecer y he salido a dar una vuelta. —Me mira interrogante—. ¿Y tú?

—He sacado a pasear a Sky. Tenía pensado acercarme a alguno de los miradores; hay unas vistas geniales desde allí. Si te apetece acompañarnos, eres más que bienvenida. Llevo café y unos dónuts —la invito esperando con todas mis fuerzas que acepte.

Ella asiente.

—Odio el café, pero con las vistas y los dónuts me has ganado.

Se levanta y recoge la libreta, el boli y un libro que descansa su lado, *Cuando el cielo se rompa y caigan las estrellas*, de Cherry Chic. Mi madre y yo lo tenemos en nuestra lista de pendientes, aunque seguro que ella ya se lo ha leído.

—Como te dije, eres la primera persona que conozco que odia el café. Hay algo en ti que no funciona del todo bien.

—Qué insistente con el tema. Es un asco, tan amargo… —Frunce el gesto con desagrado.

—Eso es porque no has probado mi café con caramelo. Si te lo preparase, te casarías conmigo sin dudarlo.

—Sí, claro, ya mismo. —Ríe y vuelve a mirarme—. Por cierto, te noto algo distinto, no sé…

Sé a lo que se refiere. Hoy me he puesto lentillas en vez de gafas, por si llueve.

—Estoy igual que siempre —le vacilo.

—¿Te has quitado las gafas?

—Vaya, te has fijado. Tú, en cambio, te las has puesto.

Ella se sonroja y se las coloca bien.

—Sí, bueno… No estoy muy acostumbrada a llevarlas, pero me siento más cómoda con ellas que con las lentillas.

Salimos del pueblo y comenzamos a caminar por el bosque. En un principio, mi plan era ir al mirador, pero decido caminar unos kilómetros hacia las cascadas, un conjunto de tres que suman un total de cien metros de caída de una gran belleza; el agua se precipita monte abajo de manera salvaje. Estoy enamorado de esa zona, aunque, como está a cierta distancia, no es una excursión a la que se pueda ir en cualquier momento. Supongo que no pasa nada si se nos hace un poco tarde. Cata tiene que verla.

Llevamos una hora caminando y ya me ha preguntado dos veces si falta mucho para llegar. Aunque sigue haciendo frío, la temperatura ha subido más de lo que esperaba. El ejercicio la ha hecho entrar en calor, por lo que se ha quitado la sudadera y se ha quedado con una simple camiseta negra de tirantes. Me gusta esta Catarina, la chica que está a gusto conmigo y que no siente la necesidad de aparentar, que puede quejarse sabiendo que no la juzgaré y que no le preocupa mostrarse tal cual es.

La observo andar delante de mí, dispuesta a seguir mi ritmo, con Sky cerca de ella. El perro tampoco la pierde de vista, como si supiera que la excursión le cuesta y se asegurase de que no le pase nada. Pienso en lo que le dijo ayer a su editora, cuando le subí algo para comer y me quedé un rato con ella: «Creo que volveré con algo más que una historia». ¿A qué se refería? No quiero pensar en lo que no es, pero me lo está poniendo muy difícil.

Andamos en silencio, cada uno sumido en sus pensamientos. Seguro que está dándole vueltas a su novela mientras que yo solo puedo pensar en ella. Me sorprende comprobar que no es un silencio incómodo, sino que podemos disfrutar de nuestra compañía sin necesidad de llenarlo con palabras vacías.

¿Quién me iba a decir hace una semana que iba a estar llevando a Catarina Blanco a las cataratas a las que iba con mi padre de pequeño? Siempre he sido muy mío, muy reacio a compartir mis sentimientos y experiencias, pero algo en ella hace que quiera mostrarle todo lo que soy sin esconderme. ¿Cómo me puede hacer sentir así en tan poco tiempo? No entiendo qué me pasa.

—Leo, ¿podemos parar un ratito? —pregunta de repente, con la voz entrecortada.

Levanto la mirada, hasta ese momento fija en sus pasos para comprobar que pisa donde toca, y veo que está un tanto sofocada. Se aparta unos mechones que se le han escapado del moño, y durante un momento me siento como ella, sin aliento.

Sacudo la cabeza intentando centrarme en lo que me dice.

—No, imposible. Hay que seguir hasta que te desmayes —digo con ironía mientras me siento en el tronco de un árbol caído que hay a un lado de la senda.

Dejo la mochila a los pies, saco la botella para Sky y la mía, y se la ofrezco a mi compañera, que acepta ansiosa. Miro a mi alrededor mientras ambos dan buena cuenta del agua fresca, disfrutando del paisaje. Los árboles están cubiertos de musgo y enredaderas, y el rocío habitual a estas horas de la mañana adorna las hojas y hace que el terreno esté algo húmedo, aunque no complica la ruta.

—Necesitaba parar —dice Cata mientras su respiración se calma lentamente.

—Lo sé. —Rio—. Lo he notado, pero estaba esperando a que me lo pidieras.

—Me encanta hacer ejercicio, pero esta cuesta es el

infierno —protesta mientras pone los brazos en jarras—. ¿Queda mucho? —vuelve a preguntar, y sonrío.

—Ya lo verás. —Me encojo de hombros y contemplo su gesto enfurruñado—. No te preocupes, te prometo que vale la pena. Te va a encantar, hazme caso.

—Espero que haya unas vistas espectaculares, porque este camino es una tortura. —Me mira suplicante.

—Las hay, te lo aseguro. —Recuerdo esas cascadas maravillosas, la luz, la naturaleza en todo su esplendor.

Mira hacia delante, supongo que haciéndose a la idea de que hay que seguir un rato más, y dirige los ojos hacia mí, decidida.

—Bueno, ¿qué? ¿Vamos? —dice levantándose con rapidez—. Cuanto antes continuemos, antes llegaremos y podré comprobar si lo que dices es cierto o exageras.

Tardamos media hora en llegar a nuestro destino. Minutos antes, Cata ha empezado a oír el rumor del agua y, tras dirigirme una mirada interrogante, se ha olvidado del cansancio y se ha adelantado con Sky pisándole los talones.

La senda desemboca casi a orillas de la poza, donde el agua cae con fuerza desde muy por encima de nosotros. Todo el paisaje es verde y azul, y vuelvo a maravillarme. Da igual las veces que venga, siempre me roba el aliento.

Cata se sube a una gran roca para ver el espectáculo con perspectiva, desde arriba. Abre los brazos y deja que el agua la salpique, y se gira hacia mí riendo.

—¡Esto es precioso! Nunca había estado en un sitio así. ¿Cómo conociste este lugar?

Subo a la roca junto a ella mientras vigilo a Sky, que chapotea en la orilla.

—Es el sitio que más frecuentaba con mi padre cuando era pequeño. Está un poco lejos, pero me encanta, e intento venir cada cierto tiempo —le explico con la voz teñida de nostalgia.

—Muchas gracias —dice conectando sus preciosos y brillantes ojos castaños con los míos.

—¿Por? —pregunto.

—Por todo: por lo bien que me has tratado, por la comprensión y por mostrarme cosas como esta, un lugar tan importante para ti. —Sonríe emocionada.

—Que todo sea por inspirar a nuestra escritora. —Suspiro y cojo aire—. Este sitio ha sido el único al que no he venido con nadie desde que falleció mi padre —me sincero.

—Lo siento mucho —susurra.

Asiento y veo que Sky por fin se ha decidido a meterse en el agua.

—Bueno, supongo que el perro nos está lanzando una indirecta. —Lo veo nadar de vuelta a la orilla y hago ademán de quitarme la camiseta, pero algo me lo impide.

—Estás loco… ¿Con este frío? —dice con la voz algo temblorosa. ¿Tendrá frío? No se ha vuelto a poner la sudadera…

—Estoy sudando. Además, el agua helada es maravillosa para la circulación —le digo al tiempo que me quito la camiseta por encima de la cabeza y la dejo a un lado—. Vamos, anímate.

—No me meto ni loca —dice convencida—. No quiero coger una pulmonía, gracias.

—Conmigo puedes negarte, pero no puedes decirle que no a Sky. Se va a llevar un buen disgusto. —Señalo al perro, que llega a la orilla con la lengua fuera.

Niega con la cabeza y se cruza de brazos manteniendo su postura.

—Pues qué estupidez caminar una hora y media y no bañarte. Bueno, es verdad, se me olvidaba que la nena no se moja. Es demasiado guay para eso. —Me burlo mientras me meto poco a poco en el agua.

—¡¿Qué dices, flipado?! —reclama con los brazos en jarras.

—No hay huevos.

—¿A meterme? —pregunta.

—No, joder, a hacer un triatlón. ¡Pues claro!

—¿Qué te apuestas? —pregunta desafiante.

¿Que qué me apuesto?

—Si no lo haces, me debes un beso. —No sé de dónde me ha salido, pero parece funcionar.

Cata me mira sorprendida, pero rápidamente cambia el gesto por uno de desafío. Empieza a quitarse el top y se queda con un sujetador negro de encaje. Intento apartar la mirada, pero es Sky el que consigue que lo haga al lanzarme un ladrido que parece de indignación. «Lo siento, tío, no he podido evitarlo», le contesto mentalmente.

Oigo que se tira y me vuelvo justo a tiempo de verla emerger del agua.

—¡Qué puto frío! —chilla—. Pero lo he hecho. —Y levanta los puños en un gesto triunfal.

Me río y nado hacia ella evitando pisar las piedras afiladas del fondo. Nuestras miradas se encuentran. Se echa el pelo hacia atrás, pues con la zambullida se le ha soltado. Unas gotitas de agua hacen equilibrios en sus largas pestañas y alguna que otra se desliza por su piel mojada; sigo su recorrido. Sus ojos brillan, divertidos, y me dedica una mueca burlona mientras nos acercamos más el uno al otro. Me pone las manos en los hombros para mantenerse a flote, y trago saliva. Esto me supera.

—He ganado —dice satisfecha.

—Todo con tal de no darme ese beso, ¿eh? —le contesto de guasa, aunque me siento un poco decepcionado. La verdad es que esperaba que no se atreviera, pero lo más seguro es que de todos modos tampoco yo me hubiera atrevido a besarla.

—Al contrario… —Tras apenas un segundo de duda, me abraza con confianza, rodeándome la cintura con las piernas. El agua, antes congelada, empieza a arder al contacto con mi piel—. Pero no quería tener que esperar a que salieras.

Y roza sus labios con los míos dejándome sin palabras. Me tienta, dándome besos suaves, y cuando ve que no me aparto, me besa con pasión. Es algo inesperado, ella es inesperada, y, joder, cómo me gusta que tome la iniciativa, porque me moría por hacerlo, pero mis temores siempre están ahí. Me besa de tal forma que me es imposible parar, o tal vez son las ganas contenidas las que nos llevan a devorarnos. El abrazo es más intenso, y el beso, incontrolable. Cata es adictiva, me vuelve loco. No tengo intención de parar a no ser que me lo pida. El problema es que no es ella la que me lo pide, sino el grupo de turistas que acaba de llegar a las cascadas y que nos sorprende en una situación un tanto comprometida.

Nos separamos sin ganas y se aferra a mis brazos.

—¡Mierda! ¿No decías que por aquí no venía nadie? Estoy en sujetador, Leo. No puedo salir así —me dice nerviosa.

—Quédate en el agua y te acerco la camiseta. Cuando salgas, te la doy y te pones encima la sudadera. —Intento tranquilizarla mientras los visitantes nos miran desde lejos. Está claro que van a lo suyo y que no la han reconocido.

Salgo del agua con los calzoncillos blancos mojados, algo a lo que intento no dar importancia, y entonces me doy cuenta de que no he traído nada con lo que secarnos. Al fin y al cabo, mi intención al salir de casa no era venir aquí. Me maldigo; Cata me va a matar.

Cojo mi sudadera y me vuelvo a acercar al agua para cubrirla lo máximo posible. Entre resbalones y alguna queja por pisar una roca afilada, conseguimos escondernos tras la piedra de la que se ha tirado antes, y me mira con cara de pocos amigos.

—No ha sido tu mejor idea, genio —me reprocha, aunque no aparta la mirada lo bastante rápido y puedo ver la sonrisilla que esboza.

Tras unos minutos, después de secarnos con mi sudadera como podemos, emprendemos la caminata de vuelta en silencio, intentando entrar en calor. Sky se sacude cada poco y sigue nuestros pasos, pero el tiempo está empeorando. El cielo, que mostraba algunas nubes esta mañana, se nubla por completo, volviéndose gris, y un trueno retumba a lo lejos. Cata me mira con los ojos muy abiertos. Debemos ir más rápido para que no nos pille la lluvia.

Tardamos una hora en llegar al pueblo, gracias a que la vuelta el camino es todo bajada, y corremos hacia el hotel. El cielo está tan encapotado que parece estar anocheciendo, aunque apenas es la una de la tarde, y los truenos no dejan de sucederse tras los relámpagos. Andamos por las calles vacías, alumbrados únicamente por las luces encendidas de las casas. A través de la ventana abierta de una de ellas se oye música, «Dream a Little Dream of Me». Cata ralentiza el paso, pero de repente, tras un enorme trueno, la lluvia comienza a caer con fuerza sobre nosotros antes de que nos dé tiempo de ponernos a cubierto. La cojo de la mano para correr los últimos metros, pero ella me frena y me mira sonriendo mientras nos empapamos. Da igual, está preciosa.

—Nunca he bailado bajo la lluvia —me dice.

—Yo tampoco.

Me acerco a ella y extiendo la mano en su dirección. Cata sonríe aún más y me la coge aceptando la invitación. La hago girar sobre sí misma e iniciamos ese ansiado baile acompañados por la tormenta y la voz de Louis Armstrong. Me coloca una mano en la nuca y me acaricia el pelo mientras le pongo la mía en la cintura. Nos balanceamos con los dedos entrelazados hasta que se pone de puntillas y me da un suave beso en los labios. Intento profundizarlo, pero se aparta riendo y hace que le dé otra vuelta. Cuando vuelve a mí, le cojo la cara entre las manos, acariciándola, y le doy el beso que quería. Nuestros labios mojados se mueven juntos, y me atrevo a rozar su lengua con la mía. Se aprieta más contra mí, y siento que no quiero separarme ni un milímetro de su cuerpo. Sin embargo, un pequeño temblor de ella me alerta, así que separo la boca y apoyo la frente en la suya.

—¿Estás bien? —pregunto preocupado.

—Tengo frío. En las películas esto queda muy romántico, pero es bastante incómodo.

Ambos nos reímos, y no puedo evitar volver a besarla mientras noto que la lluvia se desliza por nuestros rostros. En ese momento, Conchi se asoma por la ventana de la casa de la que proviene la música y nos saluda entusiasmada. Le decimos hola tímidamente, y tengo claro lo que va a pasar. Como dicen siempre por aquí, «Pueblo chiquito, cotilleos grandes». En cinco minutos todo el mundo se habrá enterado de que llegamos juntos y empapados y se figurarán de todo. Cata parece pensar lo mismo, porque me mira preocupada.

—Leo, por favor, qué vergüenza. ¿Qué van a pensar los vecinos?

—Calma, no dirán nada malo. En los pueblos es normal que se cotillee, piensa que estamos acostumbrados a la rutina… Es difícil que haya novedades por aquí. Pero se habla con cariño, nunca nos criticamos. —Le acaricio el pelo y le sonrío para tranquilizarla—. Y ahora vamos, estás congelada y, si seguimos mucho rato aquí, al final nos ahogaremos.

Cata asiente, aunque no las tiene todas consigo, y me coge la mano de nuevo. Cuando vemos el hotel, se emociona, aunque en cuanto se entere de que los que nos esperan en la puerta del hotel son mi madre y el abuelo, se le van a quitar las ganas de entrar. Pero no hay otro lugar a donde ir, así que no nos queda más remedio que enfrentarlos.

27

CATA

Creo que las mismas ganas que te tengo yo a ti

Si pienso en todas las experiencias que he vivido, podría decir que ninguna se acerca ni de lejos a venir a Los Ángeles. Nada se puede comparar con este lugar. Y nunca he sentido lo que comienzo a sentir por este chico, esas cosquillas que me impulsan a ser yo misma. A lanzarme. A vivir el presente sin miedo a que me juzguen.

Leo es mi casualidad, alguien a quien no esperaba. Y mi presente inmediato. Nos unen las miradas, un roce que eriza la piel, una carta, unas flores, las sonrisas cómplices; un beso en el agua, un baile bajo la lluvia, la sensación de que esto es todo lo que he estado buscando, esa mano que es pura magia sujetando la mía.

Estamos llegando al hotel. Corremos, aunque no podemos mojarnos más de lo que ya lo estamos. Leo vuelve la cabeza, me dedica una mirada cómplice y sonrío decidida. Necesito una ducha caliente y solo puedo pensar en que estaría genial que me acompañara.

Sin embargo, parece que eso tendrá que esperar, pues en la entrada de la casa principal del complejo, refugiadas bajo el porche, hay dos personas charlando con Irene. Al vernos, nos saludan con entusiasmo, aunque, evidentemente, no los conozco, así que entiendo que se dirigen a Leo.

—Son mi madre y mi abuelo —dice él emocionado, y su expresión me enternece.

Me suelta la mano con suavidad y acelera el paso. En cuanto llega, intenta abrazarlos, pero su madre lo aparta entre risas para que no la moje, así que se limita a darles un beso en la mejilla. Los alcanzo y me mantengo en un segundo plano sin saber muy bien qué hacer. Me han pillado desprevenida, y no estoy muy presentable, la verdad. Y tampoco sé qué piensa Leo. Él, sin embargo, no parece tener los mismos reparos que yo, ya que me coge de la mano y me acerca para presentarme.

La madre me sonríe con la misma emoción que transmite su hijo.

—Cata, ella es Marga, mi madre, y él es mi abuelo, Ramón.

—Encantada —saludo un poco pudorosa, extendiendo la mano.

—¡Qué ganas tenía de conocerte! —dice Marga, que se acerca a darme dos besos, aunque manteniendo la distancia para no mojarse. Ramón me mira, pero no dice nada.

—Abuelo —lo llama Leo. El hombre lo mira y me doy cuenta de que no lo reconoce; es como ver la imagen de mi abuelo, con la mirada neutra, buscando recordar algo que no sabe que ha olvidado—, tenemos pendiente una partida de ajedrez.

El anciano reacciona a sus palabras y sonríe.

—Me gusta el ajedrez —contesta, y mira a su hija.

—Pues por eso te lo dice, papá.

—La última vez me ganaste. Me debes la revancha —añade Leo, intentando despertar sus recuerdos.

—Claro, chico, cuando quieras.

Leo sonríe, dándose por satisfecho, aunque con tristeza. Me doy cuenta de que me coge de nuevo la mano, y le doy un pequeño apretón para infundirle ánimos. Él se vuelve y me mira de tal forma que se me acelera el corazón.

—¿Cómo estás, Cata? Espero que te esté gustando Los Ángeles. Parece que ya te has ganado el corazón de alguno que otro... —me dice Marga al tiempo que me guiña un ojo.

Noto que me sonrojo hasta la raíz del pelo. Vale, ahora sí que me muero de vergüenza.

—Esta chica es un encanto —comenta Irene—. Es normal que haya gente que quiera pasar todo el tiempo que pueda con ella.

Tierra, trágame. Esperaba que cotillearan, pero no que bromearan de forma tan abierta, y menos delante de mí.

Por suerte, Leo acude a mi rescate.

—Bueno, chicas, nos encantaría quedarnos a charlar —dice simpático—, pero necesitamos una ducha y entrar en calor. Hemos ido hasta las cascadas y no veáis la que ha caído. —Para demostrarlo, sacude la cabeza, mojándonos a todos con su pelo empapado.

Su madre e Irene se apartan riendo. Si Leo ya me parecía atractivo con el cabello desordenado y las gafas de pasta, es increíble tenerlo delante pasándose la mano por el pelo mojado y mirándome con esos llamativos ojos color café, esas largas pestañas y sin lentes de por medio.

Es guapísimo.

Me quedaría toda la vida contemplándolo, pero no puedo evitar temblar de frío. Me cruzo de brazos en un intento por mantenerme caliente, pero todos se dan cuenta de que no estoy muy cómoda.

—Lo mejor es que subas a la cabaña y te des esa ducha de la que habla Leo, Cata. Te vas a resfriar —me dice Irene.

—Sí, pobre, estás temblando. —La madre me habla con preocupación y se dirige a su hijo con el ceño fruncido—: ¿Cómo se te ocurre llevarla hasta allí, niño? Seguro que incluso la has obligado a meterse en esa agua helada —le regaña, e intenta darle un cachete en el brazo, que él esquiva con facilidad. Prueba a excusarse, pero Marga no le hace caso—. En fin, nos vamos ya, que ha parado de llover. Mañana nos vemos. Ha sido un viaje largo y el abuelo necesita descansar.

—Es lo mejor. Si quieres, te acompaño —se ofrece Leo, aunque me mira como buscando mi aprobación.

—Tranquilo, ve con ellos. Me ducharé y me pondré a trabajar un rato —digo, aunque en el fondo no es lo que deseo. Quiero terminar lo que empezamos y me da que me voy a quedar con las ganas.

—Ahora te llevo la comida, Cata. —Irene me brinda una vez más sus maravillosos servicios.

—Os acompaño hasta casa y luego me voy a la mía, porque Sky también necesita secarse —le dice Leo a su madre, y se vuelve para despedirse de mí con un guiño.

Me quedo un momento observando cómo se alejan, pero Irene me mete prisa para que me vaya a la habitación, apartándome de mis pensamientos al instante.

Lita me espera paciente en la puerta del baño. Me he dado una larga ducha para entrar en calor. Me enrollo el pelo en la toalla y salgo de la habitación atándome el albornoz. Cojo a mi gata, le hago un arrumaco y me dirijo al salón con ella en brazos mientras restriega la cabeza contra mi barbilla, ronroneando con fuerza; la aprieto entre los brazos y la acaricio con suavidad, encantada con esos mimos. Me encuentro la chimenea encendida y la comida preparada sobre la mesa que está enfrente del sofá. Irene debe de haber venido mientras estaba en la ducha. Este es otro gran detalle que ha tenido mi viaje: me he sentido como en casa.

Como no podía ser de otra forma, mis pensamientos pronto se dirigen hacia el librero y todo lo que me hace sentir. Pienso en ese primer beso en las cascadas, en la pasión que me ha mostrado y en ese momento épico bajo la lluvia. Ni la mejor escena de mi libro, que me curré durante días, transmitía tanto como esos minutos besándonos. Pensar en él me acelera el pulso, pero no ha dicho nada de volver a vernos, así que tengo que distraerme y dejar de sentirme así el resto de la tarde o me volveré loca.

Enciendo el móvil, buscando la distracción que tanto necesito, pero es imposible. Como no me ponga a ver fotos antiguas o a eliminar contactos duplicados, no puedo hacer nada, pues no hay cobertura. Es desesperante, porque hasta mi música necesita internet. Saco de la bolsa el libro y la libreta que me he llevado esta mañana y, como suponía, están para echarlos en la chimenea; la lluvia los ha destrozado. Me siento fatal… Dañar un libro de esa forma —para mí y para cualquier lector que se precie— es un sacrilegio.

—Perdóname, Cherry —pienso en voz alta, refiriéndome a su autora—. Mañana compraré otro ejemplar, te lo prometo. Pero ha valido la pena por ese beso.

Al recordarlo, sonrío como una tonta.

Menos mal que en la libreta había apuntado algunas ideas que aún recuerdo. Abro las notas del móvil y las escribo antes de que se me olviden. En cuanto acabo, me levanto a buscar la bandeja con la comida. Me siento en la alfombra que hay delante de la chimenea. Lita se acomoda a mi lado y me mira a los ojos. Me río y le doy un poco del salmón que me ha preparado Irene. La gata lo engulle, y así pasamos la comida, dándole miguitas. Como siempre, todo está exquisito, aunque creo que la mayoría del pescado se lo ha comido la gata. No se puede quejar, desde luego.

Cuando acabo, me acuesto a descansar un rato. He pensado que después de esta mañana tan intensa me dormiría rápido, pero no hay manera. Me abrazo a Lita, enciendo la tele y empiezo a zapear, pero ninguno de los programas me interesa. El acto de esta tarde se ha cancelado por la lluvia, que apenas ha parado lo suficiente como para que pudiera llegar a la cabaña. Cuando me he sentado a comer, volvía a diluviar. Mi mirada se desliza por la habitación: no tengo cobertura, no tengo libro, pues los que compré me los dejé en casa de Leo... Mis ojos pasan por encima del portátil casi sin que me dé cuenta y vuelvo la vista hacia él. Ya hay luz, así que tengo batería.

Me levanto de la cama frotándome las manos. Temo quedarme otra vez sin ideas en cuanto vuelva a tener el folio en blanco delante, pero no tengo nada mejor que hacer. Decidida, me siento en el pequeño escritorio y lo enciendo. De repente, siento que me evado a la vez que mis manos vuelan sobre las teclas.

Cuando quiero darme cuenta, es medianoche. Miro a mi alrededor. En algún momento de la tarde ha venido Irene a comprobar si necesitaba algo y le he pedido folios para hacerme esquemas y reflexionar con papel y boli en vez de escribir y borrar continuamente en el ordenador. La mujer me los ha traído junto con un bocadillo frío para que cenara cuando tuviera hambre. Ahora, el escritorio está a rebosar de papeles, algunos hechos una bola y otros repletos de anotaciones; Lita está tumbada sobre algunos folios, porque lo de utilizar la cama que Irene ha puesto en la habitación no va con ella, y el bocadillo sigue intacto en un rincón. Miro el ordenador. He escrito casi cuarenta páginas. «Guau, Cata, no está nada mal para un primer día». Me siento muy orgullosa, y mi mente se dirige de inmediato a Leo. Me encantaría ir a su casa y contárselo mientras me tomo un té sentada en el sofá junto a él, pedirle su opinión y debatir, como hemos hecho otras veces; besarlo hasta que ambos nos quedemos sin aliento y dormir abrazada a él.

De pronto me encuentro vistiéndome: pantalón, camiseta, chaqueta y deportivas. Salgo por la puerta al tiempo que me recojo el pelo en una coleta, dispuesta a vivir el momento. Las luces de la casa principal están apagadas, pero paso agachada por debajo de las ventanas, con cuidado de no pisar los charcos que ha dejado la lluvia. No quiero que Irene me vea salir; eso, unido al chisme de Conchi, sería la comidilla del pueblo. Abro la verja con cuidado y salgo a toda prisa. Me siento como si estuviera cometiendo un delito. Mientras corro en dirección a la plaza, pienso en el primer día, cuando Irene me dijo que tuviera cuidado con los osos. Dios, si me encuentro con uno, me dará un infarto y no podré volver a besar a Leo, así que corro lo más rápido que puedo.

Al llegar a la librería, veo todas las luces apagadas, camino hasta el lateral y para no llamar al timbre subo por las escaleras exteriores que llevan a la vivienda y me quedo delante de la puerta, nerviosa. Muevo las manos y me cruzo de brazos intentando entrar en calor. ¿Ha sido buena idea venir? ¿Y si ya está dormido? Sacudo la cabeza pensando en lo estúpida que soy y bajo las escaleras sin atreverme a llamar al timbre. Sin embargo, al llegar al último peldaño, recuerdo que solo me quedan dos noches aquí, que no tendré más oportunidades, y entonces aparece la Cata decidida, la Cata que se arriesga, aunque sepa que lo más probable es que termine cagándola. Vuelvo a subir los peldaños de dos en dos y, antes de arrepentirme, llamo al timbre con la mirada clavada en los pies. No sé si es que estoy muy alterada o que él tarda demasiado en abrir, pero la espera se me hace eterna. Estoy a punto de volver por donde he venido con el rabo entre las piernas cuando por fin abre la puerta. Me quedo paralizada, con la mirada aún en el suelo y la mente en blanco. Esto no me ha pasado jamás. Doy la peor excusa que podría haberme inventado.

—Necesito revisar mis e-mails. Me... ¿me dejas conectarme?

Muerta de vergüenza y más roja que un tomate, levanto la vista. Con una mano apoyada en el marco me recibe el Leo que me gusta, el de las gafas, el despeinado, el que besa de locos. Se me corta la respiración al ver que solo lleva un pantalón de pijama azul y que va sin camiseta. Con el frío que hace, yo me habría puesto el de borreguito. Deja a la vista unos tatuajes discretos en los que no me había fijado antes. Mis ojos resbalan por su cuerpo y contengo mis ganas en un suspiro. Él ladea la cabeza ante mis palabras, y esa sonrisa que me desquicia me comunica en silencio que es una excusa de mierda. Y tengo que darle la razón, pero ya estoy aquí y no me voy a echar atrás.

Me invita a pasar, y entro, dubitativa. No sé muy bien qué hacer; toda la valentía que me suponía se ha evaporado como por arte de magia, y empiezo a arrepentirme de haber ido al ver que no dice nada.

Sin embargo, después de verme nerviosa, se acerca y me coge de la mano, de modo que levanto la mirada. Sus palabras hacen que recupere el aliento.

—¿Sabes...? Me alegro de que hayas venido.

Me acaricia con esa ternura que lo caracteriza y, sin necesidad de decir nada más, me besa. Un beso que no quiero que acabe nunca.

Esta vez nada lo va a detener; no hay turistas, ni una lluvia inclemente, ni el frío congelándonos. Los dos queremos, nos deseamos tanto que sobran las palabras y las justificaciones absurdas. Cuando entramos al piso, sus brazos me rodean enseguida, haciendo de este momento el comienzo de una noche inolvidable. Nos vamos desnudando, desesperados, besándonos con ansia, con ese deseo imperioso de sentirnos. Vamos del salón a la habitación entre besos y caricias, dejando caer la ropa a nuestro paso. Se quita las gafas y regresa a mi boca con el deseo irrefrenable de satisfacernos. Sé que ambos necesitábamos dar rienda suelta a ese fuego que encendimos la noche que llegué, cuando me subí a sus brazos. Ese odio que se convirtió en una llama avivada con cada gesto, con cada mirada, con esos besos que me indicaron que necesitaba más de él. Cierra la puerta de la habitación, y lo que comienza como algo suave y delicado continúa con una vorágine de pasión imparable. Me lo podía imaginar en cualquier faceta menos en esta, una cara desconocida que me está regalando la mejor noche de mi vida.

—¿Sabes las ganas que te tengo? —dice nervioso.

—Creo que las mismas ganas que te tengo yo a ti.

Me tumba en la cama con delicadeza, boca arriba, y se pega a mí, apoyándose en el codo para mirarme y acariciarme a su antojo. Me observa como si no se creyera que estuviera aquí, y la verdad es que me siento igual. Pasamos toda la noche juntos comiéndonos la boca, acariciándonos, regalándonos placer. He perdido hasta la noción del tiempo, algo que no suele ocurrirme. Me enseña el preservativo y sonrío con malicia en una aceptación implícita a seguir. Se lo coloca y siguen los besos apasionados y ardientes. Se pone encima de mí y entra con suavidad; gimo al sentirlo, con mil sensaciones maravillosas invadiéndome el cuerpo. Leo empieza a moverse sobre mí, y le sigo hasta que llegamos al clímax entre besos, jadeos y susurros llenos de cariño. Se tumba encima de mí, recuperando el aliento mientras acaricio su espalda y enredo los dedos en su pelo.

Si tengo que describir el momento en una sola palabra sería «perfecto».

28

LEO

Viviendo en una puta simulación

Intento desperezarme en la cama hasta que siento un brazo que me rodea el abdomen. Al principio me despierto tan atontado que tardo un momento en entender qué pasa, pero entonces la veo: el cabello enredado, la nariz respingona, los ojos cerrados, una expresión que transmite tanta paz que se me llena el pecho de una sensación indescriptible. ¿Quién me iba a decir hace una semana que íbamos a estar así? Aún alucino. Es increíble. Acaricio su melena disfrutando de cada segundo con ella. Quizá sea ya muy tarde; la luz que entra por la ventana no es la que me despierta todas las mañanas, con el sol de frente. Me froto los ojos y pienso si todo esto no será más que un sueño.

Al instante oigo un ruido extraño, como si alguien intentase abrir la puerta de la librería. Escucho a Sky caminar hacia la entrada, pero como no ha ladrado me quedo tranquilo. Además, la alarma está puesta.

—¡BUENOS DÍAS POR LA TARDE! —grita una voz, y me sobresalto cuando la oigo muy cerca. Caigo en la cuenta de que no hay nadie en la librería, sino en mi casa. Han entrado por la puerta principal, e intento pensar rápidamente en quién tiene llaves.

—¡Nuestro amigo tiene visiiiiita! —exclama alguien más antes de escuchar unas carcajadas que me resultan demasiado familiares.

—Mierda —gruño pensando en la ropa que dejamos tirada.

Cata duerme tranquila en la cama, así que intento levantarme con delicadeza para que no se despierte. Cuando lo consigo, la cubro con el edredón por si entran de golpe, para que no la sorprendan. Me apuro para que eso no ocurra, porque sé que me mataría. Alcanzo un pantalón de la cajonera y me lo pongo como puedo. Sin gafas no veo nada y voy dando traspiés.

Oigo el crujir del parquet y el sonido del pomo de la puerta.

—¡Ni se os ocurra abrir, cabrones! ¡Os voy a matar! —les advierto con un grito mientras busco las gafas corriendo para salir de la habitación cuanto antes. Es lo peor que le puede pasar a un miope: tener que encontrar las gafas sin ellas puestas.

Cata se sienta de golpe en la cama y me mira asustada, cubriéndose como puede.

—¿Estás en pelotas, Leo? Tranquilo, no tienes nada que no hayamos…

Mis amigos abren la puerta justo cuando me pongo las gafas, de modo que soy capaz de descifrar sus expresiones en cuanto me ven de pie y a Cata asomando entre las sábanas. Flipan.

A Óliver se le va a caer la mandíbula y a Marco más de lo mismo, pero el segundo es más descarado en cuanto se da cuenta de quién es la chica cubierta con mi edredón.

—Ni Messi tiene tanta puntería, hijo de puta.

Ella se esconde, muerta de vergüenza, pero me parece oírla reír. Estoy tan confundido que me disculpo de inmediato.

—Cata, lo siento mucho. ¡Y vosotros, salid ahora mismo! —Los señalo furioso con el dedo.

Marco se ríe y Óliver sigue con la boca abierta, pero al final entienden, con retraso, que no deberían estar aquí, así que salen murmurando y cierran la puerta.

—Cata, lo siento mucho. Mis amigos no saben presentarse en un momento mejor. Quédate aquí, voy a echarlos y vuelvo —digo acelerado.

—¿Puedo coger una camiseta? Mi ropa está… en fin, por ahí. No los eches, quiero conocerlos —me pide, y ahora soy yo el que la mira sin creérselo.

Sonrío. Esta chica no deja de sorprenderme. Si quiere conocerlos, no se lo voy a negar.

Le doy una camiseta negra que tengo doblada en el armario. Mientras se la pone, voy al baño a cepillarme los dientes y a lavarme la cara para ir al salón.

Abro la puerta del cuarto cuando ella entra en el baño, y los veo sentados en las sillas altas de la isla. Me miran con una sonrisa de oreja a oreja. Sky está a su lado moviendo la cola.

—Traidor… Tendrías que haberme avisado. —Señalo

al perro, que baja la mirada como si entendiera que le estoy echando la bronca—. Os mato. ¿Cómo no me avisasteis de que veníais? —susurro riñéndolos.

—Joder, ya no nos cuentas nada. Tienes tremenda compañía femenina y no invitas —suelta Marco por lo bajo.

—Tío —dice Oliver—, y yo pensando que era Alexia. Estaba dispuesto a echarte la bronca sin importarme que estuviera delante, te lo juro. No podía creerme que hubieras vuelto con esa tóxica —se lamenta de forma hipócrita.

Alexia es una novia que tuve en el instituto, pero cuando se largó a la universidad y no la seguí, todo se fue al traste.

—¿A quién quieres engañar, Oli? Sabes que a Alexia no la veo desde hace al menos dos años. Te picaba la curiosidad y punto —confirmo—. La próxima vez podéis ser un poco más educados y llamar a la puerta.

—¿Y qué tal? ¿Cómo es ella? ¿Va a salir a saludarnos? —pregunta Marco sin darme tregua.

Me quedo callado pensando en ella mientras preparo la cafetera y el hervidor de agua.

—Leo, creo que jamás te he visto así. ¿La rubia te ha dejado sin habla? —pregunta Marco entre risas.

—Nunca subestimes el poder de una mujer —dice ella en cuanto llega al salón.

Me miran ojipláticos, y los tres nos volvemos hacia ella. Noto que las orejas me arden. Está preciosa, con el pelo recogido en una coleta un poco despeinada y vestida únicamente con mi camiseta, que le llega a la mitad del muslo. Se ha lavado la cara y tiene las mejillas sonrosadas. Dios mío.

—Joder —suelta Marco comiéndosela con los ojos.

Óliver vuelve a enmudecer.

—Encantada, soy Catarina. —Se acerca a ellos sonriente para darles dos besos.

Me recuesto en la encimera y me río al verlos más tiesos que un palo cuando se les acerca.

La cafetera empieza a silbar y el agua a hervir, así que saco las tazas para echar las bebidas.

—Estoy viviendo en una puta simulación. ¿Está una influencer en casa del pringado de mi mejor amigo? Es que no es posible, Óliver. ¿Qué estoy haciendo mal? —lloriquea Marco.

—¿Consideras un pringado a tu mejor amigo? —pregunta ella—. Pues a mí no me lo parece. —Se me acerca y me da un beso corto delante de ellos—. Y, si no te importa, prefiero que te refieras a mí como escritora.

—Toma, para que te calles la boca —le digo.

Ambos se ríen nerviosos.

—A ver, Leo, te quiero mucho, pero, cabrón, ¡esto es muy fuerte! —exclama Óliver.

Me encojo de hombros y sirvo el café en tres tazas y en la otra pongo la bolsa de té y echo el agua.

—¿Qué clase de persona empieza su día sin cafeína? —pregunta Marco.

—¿Sois tres clones o cómo va el asunto? —inquiere ella entre risas ante mi insistencia por su odio al café.

—Ya te dije que no es muy normal que no te guste el café —respondo con confianza. Después de la noche que hemos pasado, creo que puedo vacilarle un poco más.

—Algún defecto tenías que tener, bombón —dice Marco mirándola.

—¿Y si te callas? —pregunta Óliver tras darle una colleja.

—No he dicho nada malo —se queja.

—Bueno qué, ¿y esta visita sorpresa? —digo cambiando de tema, interesado.

—¿Acaso no te alegra? —pregunta Marco con recelo.

—Más que nada en el mundo, ya lo sabes —le contesto vacilando.

—Mentiroso. —Me guiña un ojo.

Y entre risas se nos pasan dos horas desayunando, y mis amigos aprovechan para contarle a Cata cada anécdota de nuestra infancia.

—Siempre hemos sido un *pack* los tres, lo que pasa es que con el tiempo nos distanciamos porque cada uno tenía su vida, pero seguimos viniendo cada cierto tiempo a molestar a este pavo —dice Marco.

No es mentira, siempre fuimos un grupo, todos sabían que nuestra amistad era lo más importante para nosotros. Pero cuando mi padre falleció me volví muy independiente, tuve que madurar rápido para ayudar a mi madre y me alejé un poco. El trabajo ocupa mucho espacio en mi mente. Llevar un negocio siendo tan joven es algo difícil que he podido hacer; tengo casa propia, independencia y libertad en todos los aspectos, pero lo mío me ha costado.

El único problema es que me centro tanto en mí y en mi trabajo que mis únicos ratos libres son para mis amigos (cuando los veo), mi perro o la gente del pueblo, pero esta semana está siendo tan especial, tan diferente, que no quiero que acabe.

Cata me ha brindado una dosis de emoción, ilusión y alegría que no me había dado nadie desde hace mucho tiempo; de hecho, quizá jamás la había experimentado. Y me apena pensar lo poco que queda para que se vaya. Quiero que dure más, quiero seguir así, aunque sé que es imposible. Con Cata he sentido una gran conexión en muy poco tiempo, pero ya sabía que este sueño tenía las horas contadas y que acabará pronto.

Yo hablando de amor… Tengo el corazón de gelatina. Aunque me cuesta conectar con la gente a nivel afectivo, cuando lo hago me vuelvo tonto. Y entonces llegó Catarina: logró conquistarme en unos días con su pelo rubio, sus ojazos y su carácter.

Y se va a acabar, mi ilusión pronto llegará a su fin. ¿Qué pasará después? No lo sé. ¿Se quedará en el olvido? ¿Mantendremos nuestro buen rollo? Las dudas llegan a mi mente, creo que mis rayadas solo acaban de empezar.

Más tarde, mis amigos proponen ir a la pizzería de los Ragazzi, ya que Cata aún tiene que probar la pizza que han hecho para ella, la especial que lleva su nombre, una con piña… En fin, para gustos, colores. Una vez allí, cada uno devora una ración individual. Entre chistes y anécdotas, se nos pasa el tiempo volando. Cuando acabamos, Cata vuelve al hotel para prepararse para el evento de la tarde. Yo me voy directo a la librería para organizar la firma. La noche para la que estaba prevista, como sus seguidores no lograron verla —y gracias al ingenio de Rebe se corrió el rumor de que la escritora se había marchado—, desistieron y se fueron. Así que programamos la firma para hoy. Espero que el pueblo no vuelva a colapsarse.

29

CATA

Seremos una historia fugaz

Llego a la cabaña ahogada en mis pensamientos. Si intento hacer balance de estos días me pondré a llorar. Ha sido todo tan rápido y a la vez tan bonito que no sé asimilarlo. Abro la puerta y me recibe mi gata con su maullido de bienvenida.

—Hola, señorita —digo cogiéndola en brazos—. ¿Me has echado de menos? —Responde con un quejido.

Al levantar la vista, veo un jarrón lleno de jacintos sobre la mesa de centro del salón. Me acerco intrigada y veo que hay una tarjeta. Me emociono. No sé de quién son, porque Leo ha estado conmigo toda la noche y hemos pasado la mañana con sus amigos hasta la hora de comer. Tras hacerle un par de mimos más a Lita, la dejo en el sofá y cojo la tarjeta. Reconozco la caligrafía. Se me dibuja una sonrisa al leer sus palabras:

Querida Cata:

Ha sido una noche increíble, aún creo estar soñando.

Me habría gustado que despertaras de otra manera, pero no contaba con mis amigos. Lo siento. Ojalá te lo pueda compensar antes de que te vayas.

Seremos una historia fugaz, pero te aseguro que es la más bonita que he vivido y viviré en mi vida.

Con cariño,

LEO

P.D.: No te rayes pensando en cómo llegaron las flores hasta aquí. Es lo que tiene vivir en un pueblo... En ocasiones, hacemos magia.

Me abrazo a Lita aún más fuerte y me emociono. Me costará un mundo irme de aquí... Si pienso en Leo, siento demasiado. ¿Cómo me he podido enamorar de una persona en tan poco tiempo? Aunque suelo crear ese tipo de historias, siempre me ha costado plasmar un *instalove*, me parecen poco creíbles. Pero lo más increíble es que me esté pasando a mí. Me entra el vértigo, porque, como ha escrito Leo en la tarjeta, «seremos una historia fugaz», de esas bonitas e inolvidables. Me duele el corazón al pensarlo, pero ninguno puede cambiar de vida por un «tal vez». Ha sido muy rápido, muy intenso, y no sabemos si nos sentiremos igual en un tiempo.

De momento, mi presente me avisa de que me quedan pocas horas aquí, y no voy a perder ni un segundo. La firma de libros empieza en media hora, lo bastante pronto para que no se haga de noche. Escojo un outfit para la ocasión, a pesar de la escasa variedad otoñal que traje. Las faldas cortas, los vestidos veraniegos y los biquinis se han paseado por Asturias. Elijo un pantalón blanco y un *crop top* rosa pálido, con unos botines y una americana blancos a juego que metí en la maleta en un arrebato. Me alegro de haberlo hecho, al menos no iré tan al descubierto, porque, aunque hoy no hace tanto frío, seguro que lo necesitaré.

Mientras me maquillo, vuelvo a pensar en anoche. Nunca habría podido imaginar que acabaría así, en los brazos del librero. Después de satisfacernos, de obsequiarnos caricias tiernas y palabras bonitas, no hubo promesas. Creo que los dos queríamos vivir el momento. Si no me hubiese arriesgado, nada de esto habría sucedido, porque, aunque intuía las intenciones de Leo, le veía muchas reservas y cierto temor a lanzarse. Por eso no esperé a que me buscara, porque me veía como algo inalcanzable. Pero no se dio cuenta de que me moría de ganas.

Termino de arreglarme el pelo, que dejo al natural, sin tenacillas ni planchas, con una pequeña media cola que adorno con una cinta del color del top. Antes de salir, me echo un último vistazo al espejo para ponerme brillo de labios.

Camino por la calle principal que me lleva a la plaza. Disfruto de cada rincón y fotografío las casas, las flores, la muralla, el riachuelo. Conchi está en la ventana y me saluda. Necesito guardar en mi memoria cada imagen para que me aflore una sonrisa en los momentos de bajón al recordar mis días aquí.

Al llegar, veo que hay gente, aunque gracias a Dios nada comparado con el otro día. Todo está decorado con banderines rectangulares que simulan portadas de libro. Las hay de muchos autores, todos los géneros unidos por una tira que rodea la plaza. También han repartido por allí las figuras de cartón gigante que tenía Rebe en la cafetería. La gente se toma fotos a su lado y también yo lo haré después de la firma. Quiero tomar mil instantáneas y llevármelas de recuerdo. Javier me saluda con la mano en cuanto me ve desde la puerta del supermercado; Ágata y Luca corren por el templete jugando con unos globos; Bruno está con dos amigos, montando en bici; Rebeca habla animadamente con una pareja frente a la cafetería mientras se fuma un cigarro; David está sentado en un banco leyendo un libro.

Llego hasta la cristalera de la peluquería y veo a Pili muy ocupada peinando a una mujer. Me asomo a la librería, buscando a Leo, y ahí está el chico de los mil y un detalles que me ha robado el corazón.

Desde el escaparate veo que sus dos amigos se apoyan en el mostrador mientras él camina con unos papeles en la mano. Sky también está vigilante en la entrada. Abro la puerta y los tres se vuelven hacia mí.

—Hola —saludo con timidez.

—¡Hombre! Pero si ha llegado la chica que ha conquistado a nuestro Leo —exclama Marco dándole una colleja a su amigo.

Él se acomoda las gafas, se arregla el pelo con los dedos y me mira muy sonriente.

—Eres un animal —le riñe Óliver.

Sky viene a saludar y lo acaricio antes de acercarme a

ellos. Paso entre sus amigos y saludo a Leo: me pongo de puntillas y le doy un beso en la mejilla, muy cerca de la comisura de los labios. Le abrazo y le susurro al oído:

—Me dijiste que me ibas a compensar… —Le miro de frente—. Me han gustado mucho las flores. —Le guiño un ojo y me separo.

—¿Qué flores? —me mira extrañado, como si no supiera de qué le hablo.

Le doy un manotazo en el brazo, se ríe y me acerca para darme un beso en la sien.

En ese momento suenan las campanitas de la puerta y entra Marga con el abuelo agarrado del brazo. Leo deja los papeles en el mostrador y se acerca muy rápido a recibirlos. Los abraza y los besa con mucho cariño. Mi padre siempre dice: «Cuando te interese una persona y te plantees tener una relación seria con ella, fíjate en cómo trata a su familia y a sus amigos. Esa es la clave». Y aunque no es mi caso, porque entre nosotros solo puedo apostar por el hoy, recuerdo sus palabras y me doy cuenta de que tiene razón. Leo es el chico bueno de la historia, un hombre con el que no me importaría encontrarme en unos años y, si la vida nos lo permite, plantearme ese «tal vez».

El abuelo habla con su nieto en la entrada. El chico le está enseñando unos libros.

La madre de Leo se acerca y me saluda con dos besos.

—Me alegro de volver a verte, Cata. Y a vosotros ¿qué os trae por aquí? —pregunta a Óliver y Marco, y los abraza con afecto.

—Tenía unos días libres y había que visitar a la familia —dice Marco.

—Yo vengo cada fin de semana, la que es raro que esté por aquí eres tú —añade Óliver.

—Vine a conocer a esta chica. —Me coge del hombro con confianza—. Me encantan sus libros y no podía faltar al festival con el que tanto ha soñado Leo.

—Y por cierto, Cata, tus libros, ¿tienen escenas...? —Marco deja la pregunta en el aire con una risita maliciosa.

Aunque le entiendo, opto por vacilarle.

—¿A qué tipo de escenas te refieres?

—No sé, esas donde sobran las sábanas, la ropa y hacen «chiqui-chiqui»...

—¡Marco! —grita la madre de Leo escandalizada, y todos nos reímos.

—Te refieres a las eróticas —apunto muy orgullosa.

—Esas... —asiente con falsa vergüenza.

—Tienen muchas —le digo guiñándole un ojo.

No es cierto. Mis libros son muy rosas y, aunque tienen alguna escena subida de tono, no pueden considerarse novela erótica. Pero, si este chico quiere sacarme los colores, yo también se los puedo sacar a él.

—¡Joder! Leo, me llevo todos los libros de esta chica. —Levanta el dedo llamándole.

El librero se vuelve hacia nosotros y nos mira por encima de las gafas mientras sigue hablando con el abuelo.

—Aunque creo que igual te gustaría más alguno de Anny Peterson. Esos seguro que te suben la libido —digo divertida.

—Pues oye, sí —agrega la madre sonrojada.

—¿Y eso qué es? —Marco arruga el ceño—. No entiendo esos términos literarios.

Todos, incluido Leo, soltamos una carcajada.

—¡Qué dices de términos literarios! Significa que te ponen cachondo, burro —se burla Óliver empujándolo.

Se abre la puerta de golpe y nos sorprende Pili.

—Oye, que ya es tarde, y mira la de gente que está llegando.

—Ya vamos —dice Leo.

Me preocupo, agobiada de repente por la posibilidad de que vuelva a pasar lo del otro día. Leo se me acerca y me abraza con confianza.

—¿Está lista?

—No lo sé —dudo con cierto temor—. No quiero que me entre el pánico y que tengáis que volver suspender el evento.

—La entrada del pueblo está controlada. Y hemos puesto aforo; puedes estar tranquila.

Leo me transmite la calma que necesito.

—¿Controlar la entrada del pueblo solo por mí?

—¿Y por quién más? Esto se ha hecho por ti, y queremos que te sientas cómoda y segura. Es lo único que importa. —La sonrisa que me regala me derrite. Leo es el personaje de novela perfecto llevado a la realidad.

La tarde es maravillosa, todo sale increíblemente bien. Viene mucha gente, pero no tanta como para que pierda los nervios. Firmo incontables libros y me hago un montón de fotos, siempre acompañada por Leo, entregado a cumplir su sueño de celebrar un evento que ponga Los Ángeles en el mapa.

Tengo claro que, en cuanto me vaya, me encargaré de que a nadie que tenga el privilegio de ser invitado al festival se le ocurra rechazar la oportunidad de vivir esta experiencia. Utilizaré todos los recursos a mi alcance para que al menos mi editorial organice campamentos para escritores que nos ayuden a desconectar y a nutrirnos con tertulias donde se intercambien experiencias. Y todo gracias a él.

30

LEO

Me gustaría prometerte tantas cosas...

Volvemos a la librería después de una tarde perfecta. Todo ha salido como esperaba. En la entrada del pueblo, Javier y dos vecinos más se ocupaban de controlar el acceso del público, y nadie se saltó las normas del evento. Además, conseguimos cerrar a la hora prevista, de manera que tengo tiempo para que esto también salga a pedir de boca.

Estoy nervioso e ilusionado porque le he preparado una sorpresa a Cata. Quiero que se quede con un recuerdo bonito. Menos mal que están aquí Óliver y Marco... Han sido mis cómplices para que la escritora no se diera cuenta de que estaba tramando algo.

Mientras estábamos en el evento, ellos lo prepararon todo. Subieron al ático, colocaron las mantas de pelo y las velas aromáticas con olor a vainilla, y encargaron pizzas. Solo estar con ella ya es un gran plan.

Estoy seguro de que le encantará. Como si lo hubiera

hecho aposta, el cielo está despejado, así que el atardecer de hoy promete.

Cata ni siquiera pregunta nada cuando vamos hacia casa. Tiene tantas ganas de pasar esta última noche conmigo como yo de pasarla con ella.

Al entrar, Sky nos recibe con ilusión, dando brincos y ladridos. Le mando callar; él obedece y se tumba.

—Este perro es maravilloso, el único que me gusta. Soy más de gatos.

—Puedo decir lo mismo de tu gata. Soy más de perros, pero Lita me cae bien. Por cierto, ¿de dónde sale ese nombre? —me intereso.

—De Estrellita —sonríe de forma inocente.

—¿Has llamado Estrellita a tu gata? —Me río.

—Sí. Me parecía bonito y diferente al típico Luna… —Se encoge de hombros.

—Es un buen nombre, tienes razón.

Cata me sonríe y le hace carantoñas al perro, que las recibe gustoso, tumbándose boca arriba para que le acaricie la barriga. Le concede el deseo y se levanta del suelo para dirigirse a mí.

—¿Te apetece cenar? —le pregunto mientras la abrazo.

Asiente contra mi pecho, así que la cojo suavemente de la mano y tiro de ella para llevarla al ático.

—¿Adónde vamos? La cocina está abajo, jefe —dice en tono burlón.

—Calma, muchacha. Es una sorpresa.

Al abrir la puerta, Cata suelta un grito de admiración.

—¡Madre mía, Leo, las vistas son impresionantes!

Admira la preciosa estampa del pueblo y, al fondo, los bosques que hay detrás de la muralla.

—El otro día me fijé, pero no dije nada. Aquí hay mucho de ti —comenta mientras acaricia una foto mía de pequeño en la que aparezco con mis padres. Hay algunos libros apilados a la derecha, libretas de contabilidad antiguas (algunas de mi padre) y también el tocadiscos y los vinilos que subí esta mañana.

—Sí, aquí hay muchos recuerdos, risas y lágrimas, muchos pensamientos, nervios, cervezas y cafés. Este sitio es mágico, y solo lo comparto con gente que mantenga la magia, aunque he aprendido que mejor no hacerlo con amigos borrachos, porque lo más probable es que su magia destroce un par de vinilos —digo por experiencia.

Recuerdo a un Marco sentándose sobre la caja de vinilos cuando su nivel de alcohol en sangre superaba todas las estadísticas.

—Joder, con lo caros que son los vinilos —se queja ella.

—Pues sí. Tengo muchos porque la mayoría los heredé de mi padre.

Cata los mira con brillo en los ojos.

—Mi sueño… —pasa la mano por la estantería.

—Bueno, antes de que se ponga el sol, voy a por la comida. Ahora vuelvo —digo, y ella asiente.

Bajo las escaleras a toda velocidad para coger las pizzas que Marco ha dejado en el horno para que no se enfríen. Le he encargado a su padre una de jamón y queso con champiñones y la especial de Cata. Lo que hace uno para contentar a la chica que le gusta…

Cuando subo, me encuentro con la preciosa imagen de ella sentada en el suelo con las piernas cruzadas y a Sky tumbado encima de ella recibiendo mimos.

—Este perro vive mejor que nadie —me quejo.

—Perdona, pero es que se lo merece por ser tan adorable —dice con esa voz aguda que todo ser humano usa sin razón alguna con sus animales.

—Sí, claro, y yo, que he preparado la cena, ¿qué me merezco? —pregunto con tono picante.

Ella se levanta, se acerca a mí y, tras quitarme las cajas y ponerlas en la mesita auxiliar, apoya los brazos alrededor de mi cuello y me besa con suavidad, un beso delicado que enciende cada partícula de mi cuerpo. Se aparta y mira la comida.

—¿Me has pedido pizza con piña? —pregunta haciendo un puchero.

—Por supuesto, aunque el zumito me da un asco que te cagas. No comprendo tus gustos, entre esto y el café me tienes confundido. Eres rara, pero hay algo en ti que me gusta.

—Soy única. Y te gusto porque eres mi fan —me pica.

—Eso no es verdad, fan es mi madre. Y yo te gusto porque sabes que puedo ser un personaje en tus próximos libros —reclamo.

—Tú también eres mi fan, no me engañas. Me atrevería a decir que incluso serías capaz de encargar chapitas con mi nombre para el próximo festival. —Se ríe—. Serías un personaje en la típica historia de *friends to lovers* de toda la vida. Físicamente, encajas a la perfección. Te llamaría Mateo, y serías el tipo tierno, majo y dulce que impide que el malote le robe al amor de su vida. Como tú y la chica seréis amigos desde siempre, temerás romper el vínculo que os ha unido desde pequeños solo por las ganas que os tenéis.

—Si publicas ese libro, lo compraré —digo.

—Vale, saldrás en la dedicatoria —se burla.

El color de los rayos del sol que entran por la ventana promete que el atardecer será espectacular. Sugiero entonces que salgamos a la terraza; ella no comprende por qué, pero estoy seguro de que le encantará. Allí el espacio es reducido, pero está junto al tejado, donde extiendo una de las mantas.

Le ofrezco la mano para que se acerque, y me abraza al llegar a mí.

—Leo, esto es precioso —dice admirando lo que nos rodea.

Estamos mirando al oeste, por lo que vemos el sol que empieza a ponerse entre las montañas. Todo el cielo se tiñe de diferentes tonos azules, rosas, violetas y naranjas.

—Lo sé, por eso te he traído. Toma esta sudadera, hace frío.

La ayudo a ponérsela y veo que inspira.

—Es una pasada.

—Me alegro de vivir un atardecer de otoño contigo —le digo.

Cata se vuelve, mil emociones pasan por sus ojos, y sé que está pensando lo mismo que yo. Es nuestra última noche juntos.

—Es perfecto. —Regresa la mirada y la pierde en el horizonte.

Nos sentamos muy juntos, cogidos de la mano, y aprovecho para tomar unas fotos.

—Luego me las pasas —dice emocionada.

—No puedo —respondo serio.

—¿Por qué? —me pregunta extrañada.

—Porque no tengo tu número, y por Instagram… No sé, imagino que recibes tantos mensajes que las bandejas del DM estarán de adorno.

—Es más fácil que me lo pidas y no te andes con rodeos.

—Vale. También quiero un beso.

—Eso también te lo voy a dar —responde al tiempo que me coge el móvil y me deja con ganas de besarla, pues se centra en teclear lo que imagino que será su número. A continuación, me devuelve el aparato y se incorpora sentándose de rodillas delante de mí.

—¿Qué me has pedido antes que te diera?

—No lo sé, no lo recuerdo… —Hago como que pienso—. Ah, sí, una foto.

Ella me mira y, ni corta ni perezosa, vuelve a cogerme el móvil y nos hace una foto con las caras juntas, yo sacando la lengua y guiñando un ojo, y ella poniendo morritos. Niego con la cabeza y la rodeo con los brazos robándole ese beso que tanto deseo. Después, se vuelve de nuevo y se sienta entre mis piernas para seguir viendo el atardecer; la abrazo para resguardarla de la fría brisa. Desde primera línea, vemos ocultarse el sol entre las montañas y, cuando desaparece, volvemos a besarnos, esta vez de una manera tierna, con ganas de dejar huella.

—Me gustaría prometerte tantas cosas… No sé, tal vez

mañana… —digo con miedo, porque es lo que siento al pensar que no la veré más.

Ella suelta un largo suspiro.

—Sabes que lo mío es vivir el hoy. Todo esto ha sido maravilloso, Leo, y te juro que hablo en serio. Me alegro mucho de haber venido, me llevo un recuerdo increíble. No sé qué nos deparará el futuro, pero por mucho que pasen los años siempre te recordaré como una de esas historias únicas e irrepetibles. Porque sí, eso es lo que siento…

No la dejo terminar y le doy un beso dulce y delicado. Es el mejor atardecer que podríamos vivir, porque será inolvidable. Sellamos un compromiso en silencio, nos gritamos sin palabras un «No te olvidaré»; lo siento en cada suspiro, en cada jadeo cuando me toca, en cada gemido cuando nos fundimos el uno con el otro. Lo siento en su placer y en la forma de demostrármelo. Es nuestra última noche juntos, y aprovecharemos hasta el último segundo.

31

CATA

Es difícil que consigas a otro como él

Cierro la maleta y guardo el estuche del maquillaje. Ya lo tengo todo preparado para irme. Arrastro mis cosas hasta la entrada y dejo el transportín de Lita a un lado. Aún no voy a meter a la gata porque quiero acercarme a la plaza a despedirme de todos. Al salir, Irene está regando el jardín y suelta la manguera en cuanto me ve.

—Javier ha ido a hacer unos recados, pero en cuanto regrese os vais.

—No te preocupes, voy a despedirme —le digo con tristeza.

—Anímate, mujer. Sabes que puedes volver cuando quieras.

—Gracias por todo, ha sido maravilloso. Ni el mejor hotel de cinco estrellas me ha tratado como tú.

—Pues ya nos puedes recomendar, a ver si viene más gente al pueblo —me dice mientras me da un abrazo.

—Ten por seguro que lo haré.

—Vete, anda. Que no me gustan las despedidas.

Si con Irene me siento así, no puedo imaginarme cómo será cuando le diga adiós a mi querido librero. De camino me detengo en casa de la madre de Leo. Se ha mostrado muy cariñosa conmigo y quiero agradecerle su amable trato.

—¡Qué alegría tenerte por aquí! —saluda efusiva en cuanto abre—. Pasa, pasa.

—No te preocupes, solo venía a despedirme.

—Me dijo Leo que te ibas hoy. Nos habría gustado tenerte más días por aquí.

—Te aseguro que a mí también, pero debo volver a Madrid. El festival ha terminado y no puedo quedarme para siempre. Tengo cosas que hacer y una nueva historia que escribir.

—Seguro que será muy buena —me anima—. Hemos sido muy afortunados por tenerte.

—La afortunada soy yo. Ha sido increíble.

—Pues ya sabes que el año que viene puedes regresar. Leo me dijo que no cree que vuelva a organizarlo, pero ojalá se anime, porque seguro que vendrán más autores.

—Claro que sí —afirmo dándole vueltas al tema.

—Leo. —Ramón nos sorprende llamando a su nieto.

—¿Qué dices, papá?

—¿Dónde está Leo? Quiero echar una partida de ajedrez.

Las dos nos miramos asombradas.

—Papá, Leo está trabajando en la librería, pero si quieres nos acercamos y se lo decimos.

—Es que ese chico es muy bueno, siempre me gana. Quiero la revancha.

Nos alegramos de esa luz en su mente, aunque solo sea un pequeño recuerdo.

—Sí, papá, Leo es muy bueno. Te busco el abrigo y vamos a verlo, ¿quieres?

—Es una buena idea —responde el abuelo con la mirada fija en los marcos plateados que adornan la entrada.

Me detengo a su lado en silencio. No quiero incomodar al señor. Hay muchas fotos colgadas en la pared, la mayoría bastante antiguas. En todas aparece un Leo sonriente en las distintas etapas de su vida acompañado de lo que supongo que es su familia. Las miro y veo que el librero no es de esas personas que pegan grandes cambios. En todas destaca por su altura, por lo delgado que está y por las gafas y el cabello despeinado.

Marga vuelve y ayuda a Ramón a ponerse el abrigo antes de salir los tres hacia la plaza.

—Muchas veces lo nombra, es su único nieto —me dice Marga con pesar, andando a mi lado—. Supongo que el recuerdo navega por su memoria. El problema es que, cuando lleguemos, ya lo habrá olvidado.

Por el camino se nos une también Conchi, que me abraza con cariño en cuanto me ve.

—Ay, chica guapa, que te nos vas.

—Me ha alegrado tanto conocerte… —digo con sinceridad.

—Y a mí. Aunque no pueda leerlos, me voy a comprar todos los libros que saques.

—No te preocupes, que me encargaré de que los recibáis antes de que salgan a la venta, y los tuyos, Conchi, en audiolibros, para que los disfrutes cuando quieras —le digo con la firme convicción de hacérselos llegar dedicados. Es lo mínimo que puedo hacer para corresponderles.

—Me hará mucha ilusión.

—¡Cata! —me grita Rebe en cuanto nos ve entrar por la esquina de la plaza—. Necesito hablar contigo.

Me disculpo con mis acompañantes y me acerco a la puerta de la cafetería. Una nerviosa Rebe me saluda tras tirar el pitillo. Se baja los puños de la sudadera y se cruza de brazos.

—Dime que le has escrito.

Le doy un abrazo y me responde en un susurro:

—Le he escrito y me ha contestado.

La separo con cara interrogante.

—¿Y qué te ha dicho?

—Es un poco largo de contar, pero sé que tienes prisa y podemos hablarlo por teléfono; bueno, si no te molesta.

—Oye, ¿cómo me va a molestar? Tú tranqui, que he quedado con Javier en que saldremos en cuanto me despida de todos. Invítame a un té y cuéntamelo todo.

Abre la puerta y va directa a la barra. Me detengo en la mesa de mi apreciado David, que está leyendo, como siempre.

—¡La escritora! —dice emocionado—. Pensé que ya te habías ido.

—¿Cómo me iba a marchar sin despedirme de ti? Tenía que darte las gracias por todo.

—No me tienes que dar las gracias. Solo espero que sigas escribiendo y que regreses por aquí muy pronto. Aunque no me queda mucho tiempo.

—Me has regalado un libro que cuidaré muchísimo. Y cada vez que lo vea me acordaré de ti. Espero volver algún día y encontrarte por aquí.

Se me humedecen los ojos porque es muy emotivo sentir ese cariño sincero y desinteresado por parte de todos.

—Pues con eso ya me quedo tranquilo.

El Abuelo Lector me toca el hombro y me acerco para darle un abrazo muy sentido.

—Ha sido un placer conocerte, David.

—El placer ha sido mío.

Me acerco a Rebe, que ya está detrás de la barra mordiéndose las uñas con desesperación.

—¿Y bien?

—Le escribí ayer. Aún guardaba su contacto y me volví loca esperando su respuesta.

—¿Y cuándo ha respondido? —pregunto expectante.

—Esta mañana.

—Joder, es de los que hacen sufrir, ¿eh? Ha tardado, qué... ¿Doce horas?

—Si vive en un pueblo como este, donde casi no hay cobertura, es normal.

—Te saldría un *check*.

—Exacto, pero me salieron dos. Apenas he dormido. Me he levantado esta mañana muy cabreada y me he metido en la conversación dispuesta a borrarla, pero he visto el doble *check* en azul. Me he enfadado aún más, pensando que lo había leído y había pasado de mí, pero entonces me ha salido «escribiendo» y me he quedado paralizada.

—Lo va dramatizando todo y sonrío al verla tan inquieta—. Me ha dicho que no sabía quién era y, claro, es lógico, porque en mi mensaje solo ponía: «Hola, necesito hablar contigo», y en mi foto de perfil sale Luca.

—Lógico —afirmo, deseosa de saber más.

—Así que le he dicho que era yo. —Se toca la cara con angustia—. Llegas a verme en ese momento y te habrías muerto de risa; correteaba por toda la casa buscando un hilo de señal porque mi móvil salía sin cobertura. Estaba desesperada hasta que conseguí una línea y entró su respuesta: «¿Te puedo llamar?». «Joder, hasta me puedes hacer otro hijo, si quieres», he pensado. —Me troncho al escucharla—. Le he enviado mi número fijo y en diez segundos me ha llamado.

Esta chica me está narrando hasta el último detalle y me está poniendo nerviosa.

—Al grano, Rebe, que me tienes en ascuas.

—Hemos estado hablando una hora.

—¿Y?

—Pues que va a venir al pueblo a visitarme.

Me bajo del taburete y corro a abrazarla.

—¡No me lo puedo creer! Pero ¿le has dicho lo de Luca?

—¡No, qué va! —exclama—. Solo le dije que tengo un hijo y que me separé del tóxico. Me ha contado que me estuvo buscando, que no sabía cómo localizarme y que siempre pensó que no lo querría volver a ver. Que se divorció y que se fue del país buscando una nueva vida. Que le va muy bien, tiene un buen trabajo y vive de lujo.

—¿No tiene hijos?

—No, su mujer no quiso. Esa fue una de las razones de su divorcio.

—Cuando sepa que tiene uno, se muere.

—Cata, eso es lo que me da miedo.

—¿El qué?

—¿Y si lo rechaza? ¿Y si se niega a verlo?

—Imposible. Ya lo ha visto en la foto del perfil y, cuando le digas que sospechas que es suyo, estoy segura de que se hará la prueba.

—No sé —entristece el rostro.

—¿Cuándo va a venir?

—Me dijo que tenía que organizar el trabajo, pero que vendría lo antes posible.

—¿Y qué harás con el doctor?

Se encoge de hombros.

—Tengo que hablar con él. Y no voy a esperar. Hay que ser sincera con los demás y con una misma.

—Me parece muy bien, porque tienes que luchar por el amor de tu vida. No lo dejes escapar.

—¿Y tú? —Su pregunta me tensa.

—¿Yo qué?

—¿Vas a hacer lo mismo?

—No sé de qué me hablas...

—Sí que lo sabes, rubia. Leo te gusta.

—Leo es una persona increíble...

—Solo te voy a decir tres cosas. Una, espero que no te hayas quedado embarazada en el tejado. —Suelta una carcajada, y me tapo la cara muerta de vergüenza.

—Pero...

—Dos, no esperes tres años para buscarlo ni cambies el número de móvil —dice sin dejarme continuar.

Asiento. Mi mente recuerda cada episodio con él y me entra la nostalgia, y eso que aún no me he ido.

—Y tres…

—Eso serían cuatro —replico.

—Bueno, una más, que estoy de rebajas… —Sonrío mientras me coge la mano y me mira con sus grandes ojos azules—. Es difícil que consigas a otro como él.

—Ya lo sé, Rebe. Pero tengo una vida y no sé, esto ha sido muy rápido. No podemos pedirnos nada. Él es feliz aquí y yo en Madrid.

—Las relaciones a distancia funcionan si uno quiere.

—No me veo preparada para una relación.

—Uno nunca está preparado para nada, Cata. Ni para tener un hijo, ni para empezar en un trabajo, ni para una nueva vida, pero a veces toca hacerlo y punto.

—Leo me gusta, Rebe. Pero tengo que pensarlo. Quizá con el tiempo y la casualidad nos volvamos a encontrar, pero sé que no es el momento. Ha sido una historia fugaz.

—Es una historia de amor del bueno, Cata. Deja que fluya. Lo que tenga que ser para ti, llegará hoy o mañana. No sé, piénsalo.

—¡Mamá, tengo hambre! —Se oye la voz de Luca al tiempo que se abre la puerta de la cafetería y las dos nos volvemos. Detrás de él vienen Ágata, Bruno y Pili.

—¡Queremos comer! —grita Ágata.

Vuelvo a mirar a Rebe y le digo:

—Gracias por todo. —Nos abrazamos fuerte porque cada una se queda con una lección de vida. ¿Qué pasará? No lo sé, el tiempo lo dirá.

—Te llamo en cuanto sepa lo que pasa con Luca. —La miro confusa porque pienso que se refiere al niño—. Llamé así a mi hijo por él —aclara, y mi sorpresa es aún mayor.

—No me lo puedo creer.

Ella me guiña un ojo, coge a su peque en brazos y le da un dónut. También ofrece un par a Bruno y Ágata.

—Y vosotras, ¿qué decís sin mí? —reclama Pili.

Me río.

—Nos estamos despidiendo —respondo disimulando.

—Sí, claro, y yo nací ayer. Sé que estáis cuchicheando y que Rebe te está contando por qué lo llamó Luca. —Abro los ojos—. Que, si no es por ti, esta no habla con ese hombre. Mira que llevo años diciéndole que lo busque y nada, tenías que venir para que se decidiera.

Me alegra oír sus palabras. Un punto más que añado a la lista de por qué ha valido la pena el viaje.

—Pili, deja los celos —dice Rebe—. Antes no era el momento.

—Claro, claro. —Se ríe—. Las excusas son gratis, nena. Pero aquí lo único que importa es que por fin se va a aclarar el tema.

Todo tiene su razón de ser, esa es la frase que me llevo.

Vuelve a abrirse la puerta y esta vez entra Javier.

—Si no nos damos prisa, se nos hará de noche.

—Voy enseguida —respondo apenada.

Abrazo a las chicas y doy un beso a los niños.

—Espero volver pronto. Gracias por todo.

—Que no se quede en una promesa —dice Pili—. Aquí siempre te estaremos esperando.

—Lo sé, y por Madrid os espero yo también.

Solo me queda despedirme de una persona y sé que será más difícil decirle adiós.

32

LEO

Un «adiós», un «gracias», un «tal vez mañana»

Se va.

Es lo único que se repite en mi mente desde esta mañana, desde que salió por la puerta de casa. Ya lo sabía, no puedo esperar nada. Y no me arrepiento, al contrario. Me queda su recuerdo, que será difícil de olvidar.

Intento distraerme. Sé que en cualquier momento entrará por la puerta para despedirse y no quiero que ocurra. Sky está a mi lado. Me conoce y sabe que estoy nervioso. Suenan las campanitas de la puerta y cierro los ojos. Es ella, y no sé qué le voy a decir.

—¿Leo?

—Voy —digo levantándome del sofá del fondo de la librería. Me arreglo las gafas y el pelo, y camino hacia la entrada.

Nos abrazamos, y todo ese cúmulo de sentimientos se me juntan en el pecho. Nunca estamos preparados para despedirnos de alguien que nos ha marcado. Beso su pelo y me lleno de su aroma. Dios, cómo me va a costar...

—Quiero que sepas —dice con la voz entrecortada— que dejas una huella muy profunda en mí.

No me salen las palabras, no quiero soltarla.

—Eres la historia más bonita de mi vida —susurra con un hilo de voz y lágrimas en los ojos.

Contengo la respiración unos segundos porque no quiero que me vea llorar. Nos separamos y la cojo de las manos.

—Tú sí que eres bonita —le digo recordando los momentos vividos con ella.

—No me olvides.

—No te olvidaré. Te lo prometo.

La beso con suavidad. Quiero que recuerde cada minuto, cada caricia. Nos separamos y nos miramos.

—Te quiero, mi escritora —No se lo había dicho, pero me sale del corazón. Es la verdad. La quiero.

—Yo también te quiero, mi librero.

Es un «adiós», un «gracias», un «tal vez mañana», muchas promesas que no le digo. Es esa historia única que pasa una vez en la vida, con un final previsto. Sabíamos que iba a ser fugaz.

33

CATA

Ojalá algún día lo fugaz sea eterno

En esta ocasión no me dormiré, quiero impregnarme del camino que me trajo hasta aquí. Cierro la puerta de la cabaña y subo al coche. Javier arranca y me dice que tenemos que parar un momento en el supermercado porque se le ha olvidado algo. Asiento y miro por la ventanilla. Recorre el pueblo hasta la plaza y se detiene junto a ella. Se baja y me dice que vuelve enseguida.

Me quedo con la vista fija en la librería. Veo que entra David, seguro que a por su siguiente lectura. Tras el cristal distingo a Leo con los brazos cruzados; mira hacia aquí. Mi corazón se detiene. Tengo tantos sentimientos encontrados que mis lágrimas comienzan a caer, aligerando el peso que siento en el pecho. Pasan los minutos y seguimos así, mirándonos en la distancia, hasta que Javier sube y arranca. Leo levanta la mano y se despide; yo le imito. Nos decimos adiós de lejos, pues ninguno tiene valor para detener el coche y acabar como en esas películas con final feliz. Y lo entiendo. Entiendo que no venga, que abra la puerta y nos demos un beso más. Me lo dijo ayer: «Me gustaría prometerte tantas cosas, no sé, tal vez mañana…». Es tan especial que hasta respeta mi petición de vivir el presente. No dudo que esté desgarrado, como yo, pero esta es nuestra realidad, aunque duela.

Rebusco en el bolso algo con lo que distraerme y encuentro el libro que me regaló. Lo abro para leer la dedicatoria:

Uno no existe si no sabe vivir.
El amor siempre es la clave.
Con cariño,

LEO

Joder, ¿cómo no vas a dolerme?

La música que suena en mis cascos hace que las lágrimas vuelvan a brotar. Ha pasado una hora desde que salimos de Los Ángeles y ya quiero volver. Ahora entiendo cuando me decían que el que conocía este pueblo difícilmente se quería marchar. Allí no cuentan con la tecnología que nos engancha a un dispositivo, allí vives cada minuto al máximo, sintiendo el calor humano; gozas de la música en vinilos porque no puedes conectarte a Spotify; las conversaciones son cara a cara, no por mensajes o videollamadas, con un cristal de por medio; compartes una copa de vino acompañada del canto de los grillos. Es la vida en estado puro, una a la que creo que me he vuelto adicta. No hubo un solo día que extrañara los cientos de mensajes que me llegan cada hora. Ni me acordé del teléfono... No me ha hecho falta hasta ahora, que me llega una notificación.

Un número desconocido. Muchas notificaciones saltan una tras otra. Termina de sonar y tengo veinticinco imágenes, acompañadas de un mensaje:

Esto es para que no te olvides de mí.
Yo no lo haré jamás.
Ojalá algún día lo fugaz sea eterno

Ahogo el llanto en silencio mientras observo cada imagen. Cruzo la mirada con Javier por el retrovisor y me dice en un tono alegre:

—La sabiduría del tiempo os consolará.

Me guiña un ojo y me seco las lágrimas con los puños de la sudadera que llevo. Leo no me la ha pedido esta mañana cuando me he ido de su casa, y yo tampoco se la he querido devolver.

—Eso espero.

Javier me abraza y se despide en la puerta de mi casa.

—Gracias. No tengo palabras para agradecerte... —le digo, pero me interrumpe en el acto.

—No hay nada que agradecer. Mejor di «hasta pronto».

—Hasta pronto, entonces.

—Recuerda que el año que viene volveremos a celebrar el festival, y no puedes faltar.

Sonrío emocionada con sensación de esperanza.

Regresar a Madrid nunca me había costado tanto. Y más volver a la rutina, pero esta es mi vida y toca seguir adelante. La primera llamada que hago es a la persona que me hizo pasar unos días increíbles. Al cuarto tono contesta, pero me adelanto:

—No te perdonaré en la vida que me hayas hecho esto.

Su silencio me dice que le dan miedo mis palabras.

—Lo siento —susurra.

—No te perdonaré que me hayas mandado a las putas montañas sin varias chaquetas que conjuntaran con mis outfits.

Solo oigo su respiración al otro lado del teléfono.

—No te perdonaré que tuviera que ir con las dos mismas sudaderas todos los días.

No dice nada y continúo:

—Tampoco te perdonaré que por tu culpa haya conocido a un hombre increíble.

Un suspiro largo seguido de una risa.

—Lo único que te agradezco es que me hayas regalado esta oportunidad —termino.

—Sabía que te gustaría.

—Tampoco te columpies, que casi me dio un infarto cuando me enteré de dónde estaba.

Se ríe.

—¿Se puede saber qué té me diste aquel día? Dormí cinco horas seguidas.

—Cata, hacía mucho que no pegabas ojo, era normal; la infusión solo te ayudó. No te eché nada raro. Ahora háblame de ese hombre increíble. ¡No me digas que te has enamorado!

—Mejor te lo cuento en persona, que es una historia larga.

—Esta noche cenamos y me pones al día. Y, Cata..., lo siento. —Mi editora vuelve a disculparse.

—Yo no. Si no me hubieras engañado, jamás habría ido —la tranquilizo.

—Entonces me alegro.

—Eso sí, ya le puedes decir a María que tengo una buena historia que contar.

—Me muero por leerla.

34

LEO

Si no eres valiente hoy, mañana te arrepentirás

Agosto del año siguiente

—¿Vas a seguir siendo tan tiquismiquis con el escaparate? —Mi tía me echa la bronca cada vez que me ve hacer cambios en la librería.

—Sabes que me gusta mantenerlo actualizado —respondo mientras coloco los libros para que se vean bien.

—Chico, es que estás como en las grandes superficies, cambiándolo todo cada poco. Antes tenías los cuentos infantiles aquí y ahora están en la otra esquina.

—¿Qué te cuesta caminar un poco? Eso ayuda a la circulación —le digo en tono burlón.

—¿Qué dices? A mí me gusta andar.

—Sí, sí, por eso te quejas. Lo que no entiendes es que los cambios son una estrategia de ventas. Si rotaras los productos por la peluquería, venderías más.

—Mi trabajo es peinar, los productos son un complemento para aumentar el *ticket*. Supongo que eso de la estrategia tiene una explicación, pero no sé, lo tuyo raya lo obsesivo, ¿no?

—No tocaba el escaparate desde hacía un mes. Y hay novedades, tengo que ponerlas.

—Y si los libros de Cata ya no son novedad, dime, ¿qué hacen ahí?

Me ha pillado.

—Esos siempre tienen salida. Se venden solos —me justifico para salir por la tangente. Camino por la librería intentando no hacerle mucho caso. Sé lo que me va a decir. Entre ella, Rebe y las llamadas de mi madre han conseguido que me sepa sus discursos de memoria. Y, sinceramente, ya estoy un poco harto.

—Bueno, eso de que se venden solos... —Suelta una risa burlona—. Será porque tú no has dejado de recomendarlos.

—Si me preguntan, los menciono. Al fin y al cabo, son buenos, pero no es lo único que vendo.

—Ya, claro. Al final nada, ¿verdad?

Pongo los ojos en blanco, pero está claro que no se irá sin mantener esa conversación por enésima vez.

—¿Nada de qué? —Me hago el tonto.

—Ella no te escribió, tú no le escribiste y os olvidasteis el uno del otro. ¿Por qué, Leo? ¿Tanto os pudo el orgullo?

—¿Orgullo? No se trata de orgullo. Te lo he dicho mil veces, no podía ser y punto. —Resoplo por la insistencia. Ahora viene cuando intenta picarme, pero no pienso caer.

—Te rindes con facilidad, ¿no? —Ahí está.

—Ella siempre fue muy clara y sincera —digo serio—.

Lo nuestro fue efímero, hablamos de vivir el momento. Y eso hicimos. Respeto lo que me pidió, nada más.

—¿Y el festival? —«Mierda», pienso.

—Envié las invitaciones hace unos días y ya han confirmado muchos —digo disimulando, aunque no me sirve de nada.

—Y la editorial de ella, ¿no ha dicho nada?

—No le he mandado invitación —confieso, y sé que me va a caer una buena.

—¡¿Cómo se te ocurre?! —Se echa las manos a la cabeza escandalizada—. El año pasado fue la única que aceptó ¿y ahora no le dices nada?

—No quiero forzar la situación. Entre ella y yo…

—A ver, Leo —me interrumpe, y se coloca delante de mí con los brazos cruzados—. Mírame a la cara.

No le hago caso y evito su mirada. Estoy cansado de esto.

—Déjalo, tía, entre ella y yo no hay nada. Seguro que ella aspira a alguien mejor.

—Mejor que tú, imposible. —Resopla—. Mira a Rebe y Luca. Arreglaron las cosas después de cuatro años.

—Eso ellos. Su relación duró mucho, se querían y tenían un hijo en común. Se juntaron los astros, Pili. Es diferente a lo nuestro, que fue un visto y no visto.

—Ella te miraba de una manera especial, y aún se te caen los gayumbos cada vez que ves sus fotos.

—Hablándome de ella no me ayudas.

—Nada, Leo. Te veo triste, cabizbajo. Con ninguna te entiendes como con ella.

—Déjalo, tía. —Me cabreo porque sé que tiene razón, pero no se la voy a dar—. Ya se me pasará.

—Leo, eres un cobarde.

—Vale, lo que tú digas.

Sus palabras no me ofenden porque sé que me lo dice desde el cariño. Mi tía es esa hermana que te da consejos que ella no se aplica, pero le sirven de desahogo, aunque ahora no me ayudan.

—Si no eres valiente hoy, mañana te arrepentirás.

El teléfono suena y levanto la mano para despedirla en una manera elegante de decirle «hasta luego». Ella se enfurruña y sale de la tienda.

—¡Leo! —La voz alterada de mi madre me sobresalta al otro lado del teléfono.

—¿Qué ha pasado? —Me pongo en alerta. Me angustia pensar que le haya ocurrido algo al abuelo. Lleva unos días pachucho, es bastante mayor y está muy cansado, pero para despedirse de un ser querido nunca estamos preparados.

—¿Has visto lo que va a publicar Catarina?

Oír eso me tensa. Llevo meses esperando un mensaje, no sé, un: «Hola, ¿qué tal te va la vida?». Pero nada. Desde que le envié las fotos de su estancia aquí, no volví a saber de ella. Solo veo lo que comparte por Instagram.

Hace tres meses llegó la fibra óptica al pueblo, todo un progreso. Atrás quedó el subir al ático para buscar desesperadamente una barra de señal que me permitiera conectarme con el mundo. Ahora todo lo gestiono desde la librería y ¡cómo nos ha facilitado la vida! Pero ese avance también tiene sus inconvenientes, como que ahora puedo mirar Instagram en cualquier momento y me engancho más horas de las que me gustaría; sigo muy de cerca el contenido de Cata, así que no termino de pasar página. La escritora me dejó una huella indeleble. No puedo escribirle, no quiero creer que pueda haber algo cuando ella nunca me dio esperanzas.

—Leo, ¿me estás escuchando? —Las palabras de mi madre me devuelven a la realidad.

—Perdón, mamá, pensé que me ibas a decir algo del abuelo. Me he asustado.

—El abuelo está bien, dadas las circunstancias. Ya sabes que esto avanza cada día. Pero no te llamé por eso.

—Ya...

Intento salir del paso y que parezca que no me afecta lo que estoy viendo cuando entro en el perfil de Cata. Ha subido un post anunciando que va a publicar una nueva novela. Contengo la respiración al ver en carrusel la foto que sigue: una de las que nos tomamos en el tejado de casa. No se nos ve la cara, pero sé que es nuestra: se nos ve de espaldas con el atardecer de fondo. También ha incluido la portada, y al leer el título se me acelera el corazón: *Un atardecer de otoño contigo*.

—¿Leo? ¿Estás bien? —dice mi madre.

—Sí, la acabo de ver. Me alegro por ella.

—Se publica unos días antes del festival, así que no puede faltar.

—No lo sé, este año las plazas están cubiertas.

—Pero esa chica tiene plaza fija siempre.

—¿Eso quién lo ha dicho?

—Lo digo yo. —Sube el tono indignada—. Ella fue la única que aceptó venir el año pasado, cuando todos te dieron la espalda.

—Eso de que aceptó es muy relativo. Recuerda que ella no sabía que venía.

—Hijo, da igual, el caso es que vino. Y le ha hecho promoción al pueblo desde que se fue. ¿O crees que no ha movido hilos para que todos los autores se maten por venir este año? ¿Por qué crees que todo el mundo ha confirmado?

—Pues no lo sé. —A cabezota no me gana nadie.

—Ha sido ella, así que ya sabes lo que tienes que hacer.

—¿Ah, sí? ¿El qué?

—Invítala al festival, Leo. Seguro que está esperando que lo hagas.

—Ya veré, mamá.

—Si no lo haces tú, lo haré yo.

—Ni se te ocurra.

—Sabes que soy capaz por mucho que me digas.

Cata ha vuelto a su rutina de publicidad y eventos. Ha retomado su vida, incluso veo que participa en más actos que antes de venir aquí. De vez en cuando sube alguna frase que me ha hecho pensar. Yo, como un idiota, le demuestro mi admiración dejándole un like en cada publicación, esperando que reaccione, pero no lo ha hecho, ni siquiera me sigue. Lo cierto es que, a pesar de que la veo muy activa en las redes, es prudente y no habla de su vida privada, aunque todo el mundo le pregunta. Permanece en silencio.

Cuelgo a mi madre prometiéndole que la avisaré con lo que sea y me quedo sentado en el sofá pensando en qué debo hacer. No he dejado de pensar en ella ni un solo día. ¿Me está mandando un mensaje y no lo entiendo? ¿O solo le gustó la foto y la ha compartido para hacer publicidad?

Pero el título dice algo más… «Un atardecer de otoño contigo» fue lo que le pedí, lo último que vivimos juntos. Necesito leer la sinopsis, pero no está publicada. Solo ella y su editora conocen el contenido de esa novela.

¿Le escribo? ¿No le escribo?

35

CATA

Quiero más atardeceres contigo

Parece que fue ayer cuando salí de Los Ángeles y ya ha pasado casi un año. He intentado por todos los medios distraerme y olvidar algunos de los episodios vividos allí, en especial los de Leo. Me he preguntado muchas veces por qué pienso tanto en él. Enamorarse en tan poco tiempo es imposible, no puede ser real.

Apenas llegué a Madrid, lo primero que hice fue ir a hacerme un tatuaje. Durante años juré que nunca me marcaría la piel y que, si algún día me lo hacía, estaría segura de que no me arrepentiría. Sigo pensando lo mismo. Un tatuaje es un recordatorio de algo importante que no queremos olvidar. Me tatué el nombre del lugar que cambió mi vida. Tras mi viaje a Los Ángeles, hubo un antes y un después. Regresé con la estúpida idea de vivir el presente sin imaginarme el futuro.

Pasaron los meses, y tenía tanto que escribir de aquella experiencia que no podía concentrarme, y más sin saber nada de Leo. Hasta para eso fue considerado; aceptó lo que le pedí. Me engañé pensando que lo nuestro sería un amor fugaz, de esos que tienes y olvidas a los pocos días.

No fue así.

Recuerdo cada instante, mis días y noches con el librero, nuestro beso bajo la lluvia, sus caricias y aquella manera tan increíble de hacer el amor. Nunca creí que me marcara tanto. Continué siendo invisible en su vida, pero le seguía como un fantasma en su cuenta de Instagram. Cada like que daba a mis fotos era un chute de adrenalina que me decía que no me olvidaba. Yo también lo hacía, solo que no sabía que era yo, pues tengo una cuenta con seudónimo. Activé sus notificaciones de historia y post. Él, siempre tan reservado, no mostraba su cara, pero sí su maravillosa vida en el pueblo. A través de su cuenta me mantuve al día de las noticias de Los Ángeles. Supe que, por desgracia, nuestro querido Abuelo Lector había fallecido, según la historia que subió Leo, rodeado de la gente que tanto lo quería. Ese día cogí el libro que me había regalado y lloré lamentando su partida. David era de esas personas que pasan por tu vida dejando una enseñanza y un bonito recuerdo.

Así fueron pasando los meses. Solo mantuve el contacto con Rebe, que me contó que su relación con el doctor quedó en una bonita amistad y el maravilloso reencuentro con el padre de su hijo. Luca no necesitó hacerse la prueba, supo que el niño era suyo en cuanto lo vio, y se fue a vivir con ellos a Los Ángeles.

Emma, tras muchas charlas, me ayudó a salir del bloqueo planteándome que hiciera una especie de autobiografía que contara la maravillosa historia que viví, con Cata y Leo como protagonistas.

Y eso hice. En tres meses escribí la novela y la titulé *Un atardecer de otoño contigo*. Por supuesto, se la dediqué a él.

Necesito volver a verle, pero sé que no será fácil. Este año no han invitado a mi sello a participar en el festival. Es probable que no quiera verme, ha pasado mucho tiempo y quizá ya ha olvidado lo que vivimos. Sé que muchos autores se han apuntado. Nadie se quiere perder esa experiencia maravillosa.

Cuando la editorial me dio luz verde para anunciar mi próximo lanzamiento, lo hice con la clara intención de arriesgarme a jugar la última carta de la baraja. Subí nuestra foto juntos en su casa, viendo aquel maravilloso atardecer que no soy capaz de olvidar.

¿Quién de los dos dará el siguiente paso?

Como siempre, Leo vuelve a sorprenderme enviándome un mensaje. Una notificación que me deja sin aliento.

Hola, Cata

Han pasado demasiados atardeceres en soledad
y ninguno ha sido como el que vivimos juntos.
El otro día fui con Sky a las cataratas y cayó
un diluvio. Solo faltabas tú y nuestro beso. Me
acordé de ti, bueno, siempre me acuerdo de ti.
Imagino que el título de tu próxima novela y esa foto
es una manera sutil de pedirme que te escriba,
o a lo mejor es que me estoy volviendo loco
sin saber nada de ti

Me pediste el presente y me he contenido para
no ofrecerte un futuro. He respetado tu decisión,
pero no aguanto más

Necesito decirte que quiero vivir contigo más
atardeceres de todas las estaciones. Si no quieres,
lo entenderé y solo tendré que pedirte perdón
por decirte esto. Me gustaría que la persona
que me permitió cumplir el sueño del festival
venga este año a presentar su próxima novela,
que, por el título y la portada, promete

No sé qué has hecho, pero este año los autores
confirmaron su asistencia en cuanto recibieron
la invitación. Ya no quedan plazas en el complejo
de Irene, pero mi casa siempre será la tuya.
He dudado muchas veces en proponértelo por
miedo a que me dijeras que no, pero he decidido
arriesgarme como tú aquella noche que viniste
a mi casa de madrugada

Sigo tu ejemplo. Me arriesgo por ti, por lo nuestro.
Ojalá sea posible

Te quiero

Los dedos me tiemblan cuando decido responderle a
través de mis historias. Voy a gritarle a él y al mundo entero que le quiero.

Subo una foto nuestra, besándonos, donde se nos ve
bien, y escribo:

Quiero volver a vivir la historia más bonita del mundo.
Yo también deseo ver más atardeceres contigo

Leo no me hace esperar.

Necesito verte ya…

Epílogo

Septiembre del mismo año

—No te imaginas las ganas que tengo de besarte.

—No sé a qué estamos esperando.

Al final, solo necesitábamos un atardecer más para prometernos un futuro juntos.

Porque sí, hay amores fugaces que se convierten en eternos.

Y el nuestro es uno de ellos.

Agradecimientos

Bueno, bueno, no me lo creo...

Si tuviera delante a la Andrea de quince años, que con miedo e indecisión comenzó la aventura de escribir y puso la primera letra en aquel manuscrito, le diría: «Contra viento y marea, no te rindas. Trabaja sin descanso, que lo vas a conseguir».

He tenido suerte y me siento privilegiada por haber llegado hasta aquí. Han valido la pena el esfuerzo y el sacrificio de estos casi cuatro años; los momentos de risa y de llanto, de emoción, cuando salía el capítulo a la primera, y de angustia, cuando se acercaban los días de entrega y creía que no llegaría a tiempo; las largas noches de desvelo marcando el rumbo de cada uno de mis personajes. He logrado una vez más hacer una historia de la que me siento superorgullosa y que me ha enamorado de principio a fin. Acompañada, por supuesto, de Ana, mi editora, y del gran equipo de Penguin Random House. A todos, mil gracias por tanto apoyo. ¡Cómo mola, una vez más, poder decir que mi libro sale con Grijalbo!

Este viaje ha sido un camino de rosas, por lo bonito y colorido, pero también por lo espinoso. No todo fueron alegrías. Este año ha sido el más difícil que he vivido, pero no me voy a detener. Solo tengo una vida, así que voy a vivirla al máximo.

Gracias a tod@s l@s lector@s por regalarme vuestro tiempo soñando entre las páginas de mis libros. Gracias por cada reseña, por cada mensaje, por cada etiqueta en vuestras historias de Instagram, por los tiktoks haciendo que más gente conozca mis historias. Nada de esto sería posible sin vosotr@s.

Quiero hacer una mención especial a las personas que están siempre a mi lado. A las que creyeron en mí. A las que me animan a seguir adelante cuando en alguna ocasión he dudado de si era posible. A mi pequeña gran familia: gracias.

Por último, a ti, chic@ con ilusiones y metas. Si has llegado hasta aquí, te voy a decir algo: cree en ti, no importa la edad, ni lo que diga la gente; si tienes un sueño, ve a por él y no lo abandones si no sale a la primera. Los sueños se cumplen, te lo dice una escritora novata en la página de agradecimiento de su quinto libro.

Nos vemos por la red.

Os quiero, amores.